人只是宇宙中会思考的虫子

虫 | 科幻中国
WORMS

ALIEN INTRUDER
异种入侵

王晋康 等著

北京理工大学出版社
BEIJING INSTITUTE OF TECHNOLOGY PRESS

未来卷

科学只对客观负责
Science is answerable for objectiveness.

目录

001　**大饥之年**
　　　"微小恶魔"重现人间 / 张冉

057　**拉格朗日坟场**
　　　1250颗氢弹飞向太阳 / 王晋康

107　**三色世界**
　　　惊人直觉 / 王晋康

163　**拉克是条狗**
　　　换个视角看世界 / 王晋康

201　**树会记得许多事**
　　　兽性的人与神性的树 / 阿缺

243　**桦树的眼睛**
　　　万物有灵 / 赵海虹

张冉　大饥之年
"微小恶魔"重现人间

未来

宝永三年（1706年）四月七日
日本萨摩藩屋久岛下屋久村

雨下个不停。浅灰色的云幕笼罩着屋久岛山脉，已经连续一个半月看不到屋久岛的最高峰宫之蒲岳，下屋久村的三十三间草房都生出了惨绿的青苔。

数十人聚集在村中央一栋大屋门前，在雨幕中拥挤着，发出低沉的嘟哝声。深红色泥浆淹没他们枯瘦的脚腕，那是用来刷涂墙壁的红色涂壁土的颜色，这个屋久岛山深处的村落正在融化于连绵大雨之中。

透过墙壁上的破洞，能看到两个男人坐在屋子当中。水珠滴滴答答落入火塘，腾起呛人的烟雾。坐在上首的白发老人喉结滚动，将唾液咽进枯涸的喉咙。饥饿感如一只巨手攫住他的胃，抓挠着肝肾，把肠子狠狠揉成一团。他肮脏的脚趾用力抠紧榻榻米，枯黄趾甲刺进草席。

他已经断食整整二十天了。二十天里，他吃下三十八升五合白米，相当于两名精壮武士的饭量，可他还是饿，饿得浑身浮肿，眼睛发黄。再多的米饭都填不饱肚子，唯有味噌和豆腐能带来一丁点儿充实感。

他不住地进食，紧接着呕吐；继续进食，继续呕吐。

下屋久村名主（村长）饭田守很清楚自己需要什么。他需要肉，山猪、牛羊、鸡鸭，充满油脂的肥腻的肉是治疗饿病的唯一药品。然而早在二十多天前，村里就再也找不出任何肉类了，即使治饿病不那么有效的咸鱼干虾也已吃光。全村三十三户，每家每户的米缸都装满了白花花的大米，去年棚田（梯田）丰收，本该让村子安然度过青黄不接时节，可牛头天王在春雨时分降下饿病，使下屋久村陷入一片混沌。

"父亲大人，村寄合（村议会）早已做出决定，他们已经无法等待下去了。"下首正坐的年轻人说。他的身体浮肿胀大，面色焦黄，显然也正在经历难捱的饥饿。这个年轻人的名字叫稻盛孝广，下屋久村的百姓代，饭田守的女婿，今天是他断食第十九天。

雨鞭打着屋顶，火塘即将熄灭，屋外突然传来巨响，腐烂的篱笆墙被人们推倒在水中。呻吟声渐近，雨幕里，人影摇摇晃晃走来。

饭田守下定决心，从衣袖中慢慢摸出一柄短刀，说："这柄肋差是下屋久出身的本乡大人赐给我的宝物，本乡大人是我们七十七万石萨摩藩的总番头（骑兵大将），为人宽厚，一定会原谅我吧，原谅我吧……"

看着老人抽出短刀以白绢擦拭，稻盛孝广忍不住变了脸色，"父亲大人，你要做什么？难道想要自杀吗？我们是农户之身，怎么可以擅自切腹，那可是诛灭全族的罪名！"

"孝广啊……"饭田守翕动嘴唇，以黄疸严重的眼睛望向屋外昏暗的天空，"你还不明白吗？下屋久村已经完了。出去求援的人没有回来，说明所有的桥梁都被洪水冲垮了，通往港口的路也毁掉了，在这场雨停止之前，没人能进来，没人能出去。我活了五十八

未来

岁,从没听说世上有这样的饿病,牛头天王将疫种撒在这里,又用山洪封锁道路,就是要彻底毁掉下屋久啊……可是孝广啊,你想想,若能够将瘟疫同下屋久一起埋掉,对萨摩来说不是最好的事情吗?"

年轻人猛地站了起来,双腿因虚弱而摇摇晃晃,"村子不会毁灭,我们会活下去,撑到岛津大人的援军到来!"

饭田将短刀举起,借昏暗天光凝视刀身的云纹,"这话我在饿病刚发生的时候说过,在吃光肉的时候说过,在村寄合决定开始吃人的时候也说过。孝广,外面那些人已经不再是人了,而是食人的鬼,我们都是食人的鬼。每天吃掉一个人,这是恶鬼的行径,就算神佛也不会原谅的……夕子是柔弱的女人,甘愿为村子牺牲,成为大家的食粮;可是朝子才刚八岁,无论如何我也没办法……"

稻盛提高音量:"固然朝子是我的亲女儿,可作为百姓代,我必须听从村寄合的决定!父亲大人,你把朝子交出来吧,别让饭田家蒙羞!"

"嗤——"饭田浮肿的脸突然挤出一丝笑纹,老人回答道:"你没有吃夕子,我很感激你,可你终究会吃人的,不是朝子,就是其他人,变成外面那样的恶鬼……你找不到朝子的。你的眼神已经变了,只要我一倒下,你就会撕下我的皮肉,喝光我的血啊!稻盛,朝子已经走了,她会把灾祸带走,将一切终结……"

这时雷声从天际滚过,闪电照亮山峡间的孤村,下屋久村第十二代名主饭田守,猛力将冰凉的短刀刺入自己的左腹,慢慢向右横拉,刀刃切裂胃肠的感觉并未缓解蚀骨的饥饿。"本该拿锄头的手,看来还是不适合拿刀啊……"老人喃喃自语,"杀死夕子的时候也是这样不干脆,要死很久的样子吧。稻盛,你能当我的介错人吗?……这听起来真像武士说的话啊。"说完,他头一歪,断了气。

"父亲大人!"

鲜血的气味芬芳四溢,稻盛孝广终于屈服于腹中的恶鬼。他扑向自己的岳父,牙齿映出雪白的光。那么多日夜的忍耐,只是因为对父亲大人的尊敬,如今表达敬意的方法,就是将对方的身体当成治病的良药。

村民们拥进大屋,浮肿的、恶臭的、如鬼一般的村民,人群将尸身淹没。外面的人开始啃噬同伴的肢体,呻吟声与咀嚼声在雨声中显得含混不清。

屋外的水流急促起来,红色泥浆冲走浮土,使地下草草掩埋的数十具骨骸显露出来。河水开始泛滥,在山腰用以分流溪水的堤坝旁,一个小女孩正用木棍吃力地翘起闸门。她不明白妈妈究竟去了哪里,也不知道宁静的村子为何变了模样,她只知道自己小小的身体里还有一丝力气,足够完成外公给予她的最后指令。

"嘿呀……"朝子撬开闸门,蜷缩身体,把怀中的东西护卫起来。

堤坝崩溃,洪水到来。来自宫之蒲岳的洪流轰鸣而下,将山石、树木、泥土与小小的村庄一同吞噬。短短几分钟内,泥石流就彻底改变了山谷的模样。

印有萨摩藩大名岛津家十字丸纹章的船帆在风中飘摆,一位武士站在船头远眺,看到黑沉沉的雨帽覆盖下,屋久岛的绿色山脉正在流淌。

"山崩了……"武士摇摇头,叹息道,"返回鹿儿岛吧,下屋久已经完了。"说出这句话时,他的眼角挤出一颗泪珠,那是对故乡最后的惦念。

未来

2012 年 12 月 20 日
美国内华达州提卡布山谷无名农场主宅起居室

"5，4，3，2，1——"顾铁瞅着腕表读出数字，"现在是 2012 年 12 月 21 日了，同志们。"

屋里的四个人一齐扭头望向屋角的座钟，时针指向午夜十二点，自鸣钟咚咚敲响。人们屏住呼吸，静静等待了一会儿，然而什么都没有发生。壁炉内的火焰噼啪跳动，老式电唱机上有黑胶唱片在嗞嗞空转。有人手中的酒杯倾斜了，琥珀色的酒液沿着杯壁流下，无声地坠入羊毛地毯。

"又一个世界末日！"长着一头浓密黑发的中国人倒在摇椅中，有气无力地摊开双手，"从 1999 年到现在，我们已经度过多少个这种狗屁世界末日了？无聊，无聊！"

有人将悬空的唱针复位，Billie Holiday 的歌声再度响了起来。"玛雅人的历法同样令人失望啊，铁。那么该下一个故事了，我们每年只聚会一次，除了例行的世界末日妄想之外，总该有点儿新鲜话题吧……浅田，该你了。"一个梳着两条大辫子的印第安女人转过身说。

"没什么好说的。"开口的是端坐在沙发上的中年日本人，这人皮肤黝黑，神情阴郁，看起来不大像是个喜欢讲故事的人。

顾铁嘟囔道："老兄，拿出点儿奉献精神来吧，难道一年之中就没遇到点儿什么稀奇古怪的事情吗？"

"没有。"名叫浅田的日本人生硬地答道，"我是个杀手，一年来只杀人而已。"

"当然，杀手……"屋里的几个人同时举起杯，喝了一口酒。这个穷极无聊的沙龙有且仅有四名成员，成立十六年来，只聚会过十六次。四个人的国籍、职业和教育背景完全不同，促使他们走到一起的，是90年代中期刚刚兴起的网络留言板上一场有关生存意义的大讨论，哲学问题是没有最优解的，思维碰撞的结果是漫长而丑陋的论战，而在这场论战当中，四个陌生人发觉了彼此身上某种共性的东西，决定成立一个小小的讨论组，那就是这个沙龙的前身。

这个沙龙是松散的，成员之间基本互不联系，只在每年例行的聚会当中分享故事，彻夜长谈。今年的召集人是顾铁，他是中国北京一家投资基金的管理人，对未知事物有着超常的好奇和敬畏之心，带来的话题总是有关反进化论、反人类沙文主义和末日审判的激进观点。而此刻该讲故事的，是日本人浅田，没人知道他的真名是什么，也没人知道他的职业，浅田总是用那种故作深沉的语气说自己是一个杀手，这成了沙龙的一个例行娱乐项目，每当"杀手"二字出现，大家就要笑饮一杯酒——谁都知道真正的杀手是不可能承认自己是杀手的，所以这只是个玩笑而已。

"离天亮还早着呢，总得聊点什么吧？"坐在唱机旁的人说。这个年纪四十岁的女人是美国华盛顿史密森学会的人类学家，名叫祖尔·科曼彻。

日本人闷闷地喝下杯中酒，"好吧，一个月前，我得到了一件东西，我不太明白它究竟是什么，或许你们能找到答案。"他从灰色外套的内兜中取出一个布袋，解开绳结，将里面的东西倒在咖啡桌上，"三十三天前，我在鹿儿岛县出差，负责接洽的客户是早稻田大学考古研究所的教授，他在鹿儿岛外海的屋久岛上进行考古发掘工作，那里新发现了绳文时期的建筑遗迹。这件东西从他手中得来，似乎

未来

对他很重要。我把它当作战利品——不，纪念品留了下来。"

祖尔说："绳文时期是日本旧石器时代的后期，南九州的绳文遗址多有发现，基本上是距今九千五百年前的小村落遗迹。"说着话，她拿起桌上的物件端详着，"这可不是什么绳文时期的东西，它最多不超过三百年历史。和式的枣木木盒，做工粗糙，并非将军和大名所使用的器物。"

这个不起眼的盒子呈现朱红色，体积与一台游戏主机相仿，接缝处用淡黄色的蜡封闭。浅田点头道："没错，这是日本幕府时期的东西，当时屋久岛属于萨摩藩管辖，岛上有人居住。在挖掘绳文遗址的时候，考古队发现了一个掩埋于地下的近代村落，根据地方志记载，应该是18世纪初毁于山体滑坡的下屋久村。由于没有得到挖掘许可，考古队并未进行深入发掘，不过在工程机械掘出的坑洞中找到了大量尸骨。这个盒子是早稻田教授私自取得的，没有列入日志当中，我猜想其中一定有着什么不寻常的理由。"

"可以打开吗？"顾铁拿出一柄薄刃的匕首。

"要考虑到毒气和病菌的可能性。"旁边金发碧眼的男人提醒道，随即耸耸肩，"仅仅是提醒而已。"这个英俊的北欧人是沙龙的第四位成员，芬兰医药集团公司IDD的研究中心主任安德鲁·拉尔森，目前在美国CDC疾病预防控制中心从事高等级病毒实验室的组建工作。

"那我打开了，看看里面有什么宝贝。"顾铁催促道，"浅田你接着说。"

刀刃沿着盒子的缝隙刺入一翘，蜡封被破坏，中国人轻轻抽出盒盖，向里面看了一眼，"咦，还有一个盒子。"

日式木盒里装着另一个黑漆漆的木盒，除此之外空无一物。祖尔脸上掠过惊疑之色,将黑色小盒捧在手心,"奇怪,这是中式的红酸枝机关盒,用料相当考究,没猜错的话,应该是中国明朝所造。这种机关盒由能工巧匠订制,每只盒子由数十个木块榫卯拼接而成,必须按照特定顺序才能组装起来;而开启的时候,也必须按照特定顺序抽出相应木块才行,否则榫卯会越咬越紧。瞧,盒子表面还用黑色的火漆刷过,所以变成这种颜色,火漆中的虫胶经过数百年时间胶结干燥,已经把机关盒彻底黏成一个整体了。"

这时屋中的人都聚集在咖啡桌前,好奇地端详着黑色机关盒。顾铁一副心痒难耐的表情,"能打开吗?日本盒子套中国盒子,里面没准儿还有个埃及盒子呢?"

"以现代技术对盒子进行扫描,把结构中的每一块木片还原为三维模型,就可以找到开启的顺序。"祖尔有点儿犹豫,"可是这只盒子已经无法正常开启了,恐怕只能切割开来。"

浅田给自己杯中倒满酒,继续说下去:"我的客户——早稻田大学的教授先生留下了一份工作日志,其中有对那几十具骸骨的描述:绝大多数骨骼有噬咬的痕迹,留下齿痕的并非兽类,而是人类,下屋久村遗址毫无疑问是一出食人惨剧的现场。这一发现能够颠覆日本人长久以来自我标榜的国民品格,除了斯特拉·马力斯大学橄榄球队事件以外,还未曾有过如此确凿的证据证明文明社会中的群体性食人事件存在。"

"吃人?"安德鲁·拉尔森倾斜身子,显出很感兴趣的样子,"洞穴奇案是最著名的法学、哲学问题之一,看来今年浅田带来了一个好故事。这盒子在其中又扮演了什么角色呢?"

日本人摇了摇头,说:"我不知道。教授先生应该已做出某种

| 未来 ——

程度的推断,不过他并没发表研究成果,他只提到这个盒子是在一具矮小的女性尸骨身旁发现的,那具骨骼表面并没有啃噬痕迹。在萨摩藩的地方志中,下屋久村是被罕见的大雨隔绝交通近两个月之后,才被泥石流摧毁,两个月之中究竟发生了什么,这谁都不知道。"

顾铁挑起眉毛,"那还等什么?"他抓起盒子站了起来,"X光照相,确保里面的东西不被伤害,然后用锯子锯开它,我们的地下基地有这些设备。"

"这种机关盒一般用于保存非常重要的资料、信物和贵重物品,如此完好的明代红木机关盒是极其罕见的,未开封的更是收藏家眼中的至宝。"祖尔说,"这件东西如果完整地送到苏富比,有超过三十万美元以上的价值。"

"比起人类的好奇心来说,三十万美元一点儿都不贵。对吧?"中国人如此作答。

四个人起身离开温暖舒适的客厅,沿隐秘的螺旋楼梯降至地下一层,这间大屋装满了稀奇古怪的收藏品(一半是与外星人有关的玩意儿,另一半是泡在福尔马林里面的诡异器官),周围四间实验室有着完备的解剖和理化分析设备。

沙龙的成员们走入第四实验室。红木盒子在 X 射线成像仪上转了几圈,一个立体模型呈现在投影屏幕上,盒子里的东西显出形态——毫不令人意外,那是另一只盒子。

"看起来是金属的。"顾铁挠挠鼻尖,"体积不大,正好将机关盒的内部空间填满,一丝缝隙都没有。"

"不,应该说机关盒就是为了封锁里面的金属盒而制造的,中国古代工匠有能力把硬木工艺品的误差控制在一毫米之内。"祖尔用手指在模型上画出几道切线,"这台 X 光机的功率太低了,看不清更里面的东西。应该从正面和两个侧面下锯,将上半部的红木剥离下来,锯路一定要窄,以防伤到金属盒子——这是在破坏艺术品,你们知道的。"

安德鲁·拉尔森微微一笑,"让我来吧,这不会比外科手术更难。"他将盒子捧至旁边的一台仪器上,熟练地键入数据设定参数,将机关盒用夹子固定,按下数控木工机床的启动按钮。嗞嗞……0.3毫米的超薄链锯开始切割木盒,人造金刚石锯齿柔滑地破开坚硬的红木,空气中出现一股微酸的香气。

这时顾铁发言:"历史上有关吃人的纪录是很多的,比如中国史书中就多有记载,大饥之年,易子而食,割肉道殍,灾民为了活命是不顾伦常的……关于人性的讨论先搁一边,我倒是想起一件不太平常的吃人事件,就发生在制造机关盒的明代。明朝天启二年,贵州一带爆发'奢安之乱',彝族头领安邦彦率领大军围困贵阳城三百天,贵州巡抚李橒率军死守城池,城中缺粮,开始吃死人的肉,后来吃活人的肉,再后来连亲人朋友都抓来吃,军队公开贩卖人肉,每斤生肉卖一两银子,等到叛军退走的时候,原本十万户人口的贵阳城只剩下千余人幸存,好几万人被活活吃掉了……这事是《明史》中记载的,听起来更像恐怖小说里的情节,若不是黑纸白字写着,绝对想象不到人类的疯狂能够达到这种程度。"

这耸人听闻的故事使屋子陷入寂静。过了一会儿,祖尔开口说:"这不是我研究的方向,不过在战争中出现的食人事件并不罕见。根据史料记载,伯罗奔尼撒战争中,波提狄亚人被围困时就以尸体为食,十字军东征时也曾烤食战俘,而《拿破仑传》中多次提到俄国士兵烹食小孩的场景。《圣经·列王纪》说:你在仇敌围困窘迫

未来

之中，必吃你本身所生的，就是耶和华神所赐给你的儿女之肉。这说明吃人这件事情在特定条件下是被社会所接受的。"

"阿兹特克文明的献祭仪式中有吃人的环节，当然那主要是宗教意义上的行为。"北欧人说。

"数万人疯狂地大规模彼此相食，这不能仅仅归结于战争的原因吧。"中国人若有所思道，"若说起类似的事件，中国还发生过一回……我突然有点儿不太好的预感。"

这时机床嘀嘀一响，切割完成了。拉尔森松开滑动卡扣，黑色木片左右倒下，露出下面的金属表面。看到显露出来的东西，几个人同时屏住了呼吸，浅田突然向后退了一步，低声道："这是一个错误，不应该继续下去了。"

"要有科学求真的精神，浅田。"金发的芬兰人说，"绝不应该就此停下。"

出现在众人眼前的是一只金灿灿的长方形金属盒，看起来像镀金制品，可短短半分钟内，其表面就浮现了一层青绿色的锈迹，显然以前是红木机关盒阻止了氧化反应发生，而当金属盒暴露在空气中时，这一反应过程便加速了千万倍。盒子表面雕有人物图案，线条是诡异的暗红色，五个人物分别位于盒子的五个面，五人面目不清，分别手执勺与罐、皮袋与剑、扇、锤、火壶，唯一没有人物的表面则刻着复杂纹饰。肉眼看不到盒子的接缝，看起来完全是一个金属浇铸的整体。

祖尔显得神色凝重，她默默观察金属盒，思考了一小会儿，说道："这五个人物形象，应该是中国神话传说中的'五瘟'，也就是五位瘟疫之神。而纹饰图案代表'四神'，镇守四方的四大神兽。在中国文化里，这种形式叫做四神镇五瘟，表示降服瘟疫的意思。

我在去年召开的墓葬文化研讨会上见到过类似的壁画,那是在瘟疫死亡者的合葬墓中出现的。"

"越来越有意思了。"顾铁拍了拍手,"根据惯例,不感兴趣的人可以提前退出了,到上面继续喝酒吧,酒柜里还有上好的单麦芽威士忌——我记得是美妙的麦卡伦30年。"

浅田一语不发地转身就走。剩下三个人围在工作台旁边互相注视,直到离开者的脚步声消失在楼梯口,芬兰人说:"继续吧,看来你已经找到什么线索了。"

顾铁将眼神投向那神秘的小盒,"算是吧。这金属盒子是件青铜器,未经氧化的青铜器呈现金黄色,这证明盒子刚一制造出来就被封锁在了外层的机关盒中。只是有一个问题对不上号,看来需要做一个碳14鉴定才行。祖尔,如果没猜错的话,四神五瘟的图案应该流行于唐代,而那个朝代正是中国青铜器时代的尾声——这盒子来自唐朝。"

"这不可能!"其他两人异口同声叫道。

2012年12月21日
美国内华达州提卡布山谷无名农场地下实验室

"铜盒铸成之后立刻被红木机关盒收纳,因此两只盒子的年代应该是一致的。明代是最合理的推测吧。"芬兰人说。

祖尔犹豫道:"这只盒子从造型和纹饰来说,确实符合唐代器物的特征。中国自五代十国以后普遍使用黄铜和紫铜,一般只有钟

| 未来

鼎等大型器物才会使用青铜浇铸……不过不排除仿古的可能性,宋代曾铸造了相当数量的仿古礼器。"

"碳14,很简单就能解答我们心中的疑惑,半衰期不会骗人。"顾铁戴上手套,小心地捧起盒子来到第三实验室,把铜盒摆在一个不锈钢操作台上。地面上的仪器只是冰山一角,庞大的加速器线圈藏在深深的地下,这台加速器质谱仪是足可以媲美顶尖大学实验室的新型设备,而懒散的主人们看来很少使用它,仪表上落着薄薄的灰。

祖尔对这种仪器并不陌生,她使用一次性探针从红木机关盒上取了三个样本,又从青铜盒表面阴雕处取得三个样本。碳14鉴定法无法测定无机物的年代,不过盒子阴雕线条中涂有赤红色颜料,"这应该是银朱(硫化汞)与桐油的混合物,能够代表铜盒制造、雕刻、涂装的年代。"人类学家介绍道,一边将探针插入收纳口,盖上保护盖,打开质谱仪的电源开关。

嗡嗡……不知藏在何处的大功率柴油发电机启动了,加速器要将同位素原子加速到数十兆电子伏特,所需要的电量是惊人的。屏幕显示整个程序需耗时十分钟,几个人就在仪器旁边坐下来,一边观察铜盒,一边继续讨论。

安德鲁·拉尔森将领带稍微松开,做了一个深呼吸,"稍微整理一下头绪。从营养学角度来讲,人肉同猪肉和牛肉没有太大分别,不过作为食物链顶端的生物,人肉是自然生物中污染富集程度最高的,常吃容易重金属中毒;而长期食用死者的肉则会导致某些疾病的交叉传染,例如新几内亚Fore部落因朊蛋白病毒而引起的震颤病。另一方面,顾铁刚才提到的大规模食人事件是有医学可能性的,甲状腺异常、胰岛功能亢进、皮质醇增多症等都可导致食欲亢进,若某种未知的传染病能够抑制饱食中枢的活动,使感染者出现异常旺盛的食欲,那么一千人吃掉几万人的场面就很可能出现。他们会吞下比食量多十倍的食物,不住呕吐,继续进食,直到成为别人的食物,化为一摊呕吐物……想象一下那是什么样的画面?"

祖尔露出恶心的神色,顾铁打了个响指,说:"就是这个思路!刚才我想到另一起群体性食人事件,灾难发生在唐朝至德二年,安史之乱时期。当时,安禄山的儿子安庆绪派兵进攻睢阳,唐将张巡守城十个月,粮尽后开始大规模吃人,到城破时,睢阳城四万户被吃了个干净,只剩四百人活了下来。盛唐年间发生这种惨剧,恐怕是大多数人所不知道的吧。"

"你是说唐代、明代的两起事件,都是盒子里的东西引发的?"拉尔森质疑道,"这说法没什么依据,虽然骇人听闻,可毕竟是战争中发生的事情,战争的本质就是剥夺生命。"

中国人摆摆手指,"不不,它们不符合战争的基本规律,守城战本身是消耗战,一旦资源枯竭,战争就走到了尽头。军民相食开始的时候,就是城防崩溃的时候,根本不可能再坚持那么长的时间。两起事件的守城时间都是十个月,即三百天,其中显然有着明显的规律性。无论史书中怎么记载,我认为,真实的攻城战其实早早就结束了,是敌军在城外隔岸观火,不肯进入这两座陷入疯狂的城。当数万人、数十万人大口大口撕扯对方血肉的时候,谁会做出大举进攻的决定?十个月,或许是幸存者人数递减到一个足够小的规模,或许是传染病的传播期已经过去,一切才算结束。"

祖尔脸色变得煞白,"就是说,这铜盒子里装着的是病毒?能导致人吃人的恶性病毒?"

芬兰人立刻纠正:"病毒在活体之外不呈现生命特征,离开宿

| 未来

主细胞后，没有代谢机制的病毒最多只能存活几天。"

"传染病在唐代的爆发导致了睢阳食人事件，当时的人铸造了四神镇五瘟纹青铜盒将最初传染源封存起来；八百六十五年之后，盒子被打开了，贵阳食人事件发生，于是人们按照唐代铜盒的原样铸造了第二只铜盒，重新封锁传染源，并且用红木机关盒加以额外保护。八十年后，这盒子辗转流落到日本，在九州的一个小岛上引发了食人事件。我刚在红木盒底部发现了一个直径不到两毫米的小孔，像是手钻留下的痕迹，日本人一定想窥探里面的东西，不小心把青铜盒与红木盒那微小缝隙中的瘟疫释放了出来。"顾铁向大家展示红木机关盒的碎片，"这就是我的推断。"

祖尔说："也就是说，我们正处于危险当中吗？"

拉尔森略加思索，"我不这么认为，排除病毒的可能性之外，细菌类的群体生命是无限的，而在封闭环境中的单体受到细胞寿命限制，其生命周期其实很短，比如大肠杆菌只有二十五分钟左右，酵母菌不超过一个小时。目前最耐不良环境的细菌芽孢也存活不过二十年。无论里面曾关着什么怪物，都应该早已死去了。"

祖尔嚷道："可是几起事件间隔几百年，就说明病原体一直活在盒子里头——这分明就是现实中的潘多拉盒子！"

"战争。疯狂食人。被毁灭的城市。"顾铁眉心打了一个结，"如果反过来想想的话，蒙古人进攻克里米亚半岛时就曾经将死尸抛进城市，用黑死病作为生物武器。这种食人怪病难道也是作为一种武器存在的？只是其表现形式太过凶残，威力不易控制，而安全期又太漫长，才会被重重封印起来，极少被使用在战争当中……"

拉尔森说："那么日本村庄事件只是个意外，真正的瘟疫，还藏在明朝铸造的铜盒里未被释放出来。"

屋里突然安静了，三个人不约而同地沉默下来。青铜盒子闪耀着异样的绿光，五瘟使者在铜锈下若隐若现，仿佛在盒子表面蠕动起来。

"到此为止。将铜盒密封起来，埋藏在内华达的戈壁滩深处，我们得去做个全面的身体检查，然后忘掉这件事情。"

"我同意。"

"同意。"

"同意。"

不知谁先开口，一个决议立刻达成。

祖尔说："我突然想起一件事，你们是否知道印度的摩亨左达罗遗址？它被称为'死丘'，是印度河中一座岛屿上的大型城市遗迹，科学家们推测这座城市是在相当短的时间内毁灭的，有四万到五万人集体死去，大量骸骨堆积在城市当中。如果是类似的食人事件的话……"

正在这时，质谱仪嘟嘟的提示音打断了她的话，检测结果出现了："样本一：1620年（正负8年）；样本二：1620年（正负8年）……样本六：1620年（正负8年）；复检将在十秒钟内开始。"

顾铁点点头，"没错了，正是贵阳城事件发生的年代。若分析青铜盒的成分，一定能发现那符合唐代青铜器的合金比例，因为新盒是融化旧盒重新浇铸的，古人一定认为这种特殊的金属和纹饰能够压制瘟疫。"

轰！这时不知从何处传来砰然巨响，四周立刻陷入漆黑，焦糊味沿着通风系统传来。屋里混乱起来，惊叫声和碰撞声响起，有人嚷道："短路了！供电系统的负荷太大了，备用发电机启动需要

未来

三十秒钟……好了好了！"

头顶灯泡啪啪闪烁，接着慢慢亮了起来，实验室重新被柔和的白光照亮，三个人站在质谱仪旁，胸口起伏不定。"等等……"顾铁慢慢低下头，望着工作平台上完整的青铜盒，长长地出了一口气，"还好没事，要是有人碰到盒子就糟糕了，这种青铜器很坚硬，因为铸造时添加锡的比例相当高，不过同时韧性会变得很差，一摔就会碎成渣子吧？"

祖尔说："快把它封起来，我再也不想看见这玩意儿了，即使这是个能获得诺贝尔奖的研究课题。"

安德鲁·拉尔森小心地捧起青铜盒，放进玻璃箱，带到第二实验室进行喷洒消毒，用玻璃和铅盒做了双重密封，最后用 HDPE 热塑树脂将铅盒裹在里面。芬兰人亲手将这团琥珀一样的东西丢进地下室的渗漏竖井，然后向井中灌入大量的速凝水泥，确保它被埋在无人能触及的地方。

完成这一切时已是凌晨六点。拉尔森摘下手套，抹去脸上的泥浆，"我们再去做一次消毒，接下来我会抽取咱们几人的血液样本做病理检验，确保没有染上什么怪病。观察期三天，没有异状的话才能离开这里，没异议吧？"

"当然，安全第一。"祖尔说。

"可惜没能看到那东西的真相，有点遗憾啊……"顾铁打了个呵欠，"这次聚会要延期了，希望大伙儿都有其他的好故事可讲。"

三个人说着话离开地下室，灯光熄灭，屋子重归黑暗。

咔嗒——在八十米深的地下，被重重包裹起来的铜盒突然裂开。它早就被人砸裂，只是拼合在一起勉强维持形态而已。若有光源照亮盒子，能看到断茬处的青铜呈现耀眼的金黄色，五瘟使者的脸支离破碎。盒子的内部空间小得可怜，只能勉强塞下一只ZIPPO打火机——而无论里面曾经装有什么，此刻都已不在了。

2014年12月24日 18:22
美国纽约皇后区肯尼迪国际机场6号航站楼

来自拉斯维加斯的航班刚刚降落，人流拥向机场捷运换乘站，航站楼中央竖着一棵巨大的圣诞树，喇叭播报起降信息的间隙一直在反复播放《铃儿响叮当》，"哦呵呵呵呵——"圣诞老人驾着电动雪橇滑过大厅，笑着向孩子们分发礼物，大屏幕上每隔一分钟就飘过一阵雪花。圣诞节到了。

一个穿着黑色风衣、戴着黑色滑雪帽和墨镜的人低头向停车场走去，看起来似乎不太享受这温馨的圣诞氛围。这时滑动门开了，一群身穿厚棒球外套的男孩冲了进来。"汤姆，传球！""二垒！传给二垒手！"他们大声叫嚷着，将棒球掷过人们的头顶，瞧着吓了一跳的人们哈哈大笑。

嘭——黑衣人与其中一个男孩撞个满怀。这群高中生立刻将他围了起来，用金属球棍推搡着他的肩膀嚷道："喂喂，你差点撞坏我们的第三棒打者哩！斯特里国王学校棒球队正要去佐治亚教训红脖子乡村队，万一大明星汤姆·史迪威被你害得怯场起来，难道要由你站上该死的打者席吗？"

"听着，我不想惹麻烦。"看不清面目的人举起双手，"快点

| 未来

去赶飞机吧,大明星们。我只想走出这道门而已。"

棒球队员们笑了起来。"有意思。教练怎么说来着?"被撞到的健壮男孩将棒球抛来抛去,突然握住球用力砸向对方的心窝,"……砰!痛快地用触杀来解决战斗!"

黑衣人捂住胸口痛苦地弯下腰,男孩们发出一阵哄笑。"你们在干什么?"机场保安在远处大喊一声快步跑来,领头的男孩带着队员迎上去把保安围在当中,"没什么,先生,这位路人跌倒了,我们扶他起来而已。"

这时候黑衣人低声说:"你有没有想过……有一天改变整个世界?"

"你说什么?"手持棒球的男孩愣了一下,接着笑了起来,"这是灵异电视剧的桥段吗?你要告诉我,我是被什么组织选中的?有任何一位灵魂导师是你这副男不男女不女的模样吗?哈哈……"

"在飞机上我做了一个决定。"黑衣人自顾自说下去,"我一直在试图了解人类,想搞清楚人心中最深的善和恶,可接触的人越多,就越觉得迷茫。刚才看到三万公尺的蓝天,我感到人类只是这地球上寄生的渣滓而已,没有半点儿价值;可当纽约出现在舷窗里,我又改了主意,因为无论是多么丑陋的物种,能建造起这么复杂高效而美丽的城市,都是件相当了不起的事情。"

健壮男孩皱起眉头,用力推了他一把,"你精神有问题吗?"

黑衣人缓缓抬起头,"我必须做出选择,因为身上肩负着使命,从你的小脑瓜里不存在的遥远时代的遥远帝国继承而来的使命。我做了个决定:从下飞机的一刻起,第一个跟我对话的人若是善意的,我就停止这件事;若相反,我感受到了人类的恶意,那么一切就从此刻开始。德国演化生物学家吉斯·詹森通过对黑猩猩的研究得出结论：即使最接近人类的黑猩猩，也没有人类这种纯粹的卑劣品格，它们不会主动拉动机关剥夺其他黑猩猩的食物——'恶意'这种东西是人类所独有的，是与社会性共同产生的毒瘤，是天性，是人的原罪。你们没有让我失望，大明星，恭喜你，2014年12月24日19时23分，你改变了世界。"

黑衣人的右手伸进衣兜捏碎了什么东西。随着手指抽出，一缕灰白的粉末从指缝间飘散。没人看见这小小的动作。

"疯子！"男孩使劲一搡将他推倒在地上，转身挤进人群。棒球队员们还嘻嘻哈哈围着保安说话，球队教练正走进机场大厅，圣诞老人抛出系着红色蝴蝶结的礼物盒，孩子们的眼神追逐着雪橇上的铃铛，一片雪花从自动门的缝隙中飞进来，马上被空调的热风融化。

空气循环系统让某种未知的物质在半个小时内散布到整个机场。

一个小时后，有人通过网络访问了纽约城市供水委员会的网站，浏览了纽约市几大自来水系统的概况。

四个小时后，黑衣人站在朗道特河北岸白雪覆盖的针叶林中，打开银色密封箱，捧出一团淡黄色的物体。北风吹来，笼罩着这团有机质的灰白色烟雾如纱轻舞。黑衣人松开手指，浅绿色河面泛起小小的水花。

"嗨，老兄，别乱丢东西啊。"不远处一位裹着厚毯子的垂钓者抱怨道。

"对不起……祝你好运。"黑衣人向他点头致歉，提着箱子转身离开河岸。

薄冰碰撞发出细碎的声音，清澈的河水向南流淌。这些来自卡

| 未来

茨基尔山脉的清流将流入朗道特水库,在那里进入供水系统,为纽约市提供百分之五十以上的日常用水;而流出朗道特水库之后,水体会一直向东汇入哈德逊河,贯穿整个纽约,注入纽约湾。

四十个小时后,黑衣人播下的种子已遍布整个纽约。

2015 年 2 月 19 日 16:02
俄罗斯摩尔曼斯克市北海水文水资源研究所

"别连科先生,你在这里,太好了。"办公室门开了一条缝,副所长把头从里面探出来说,"我需要七天内的所有水文资料样本,深度由两百米至表层每十米抽样,精确到每小时。这事儿要保密,客人不希望惊动所长,所以别通过系统报备了,直接去样品室拿吧,我打过招呼了。"

名为别连科的实验室助手刚刚在门外偷听,此刻显然吓了一跳,"是、是的,博士,样本数量这么多,可能要花点儿时间。"

"别耽搁太久,装箱的时候要千万小心,别连科先生。"大胡子的中年副所长摆摆手,关上屋门。他走到沙发前,给客人的骨瓷茶杯续满红茶,"再喝一杯吧?反正时间还早。"

裹着黑色羽绒服的人扭头看看窗外,虽然只是下午四点,摩尔曼斯克港的夜幕已然降临。港口的探照灯照出雄伟巨舰的剪影,那是进港检修的俄罗斯北方舰队旗舰"库兹涅佐夫"号航空母舰。受到北大西洋暖流的影响,摩尔曼斯克是北极地区的优良不冻港,俄罗斯最大的渔港和北方地区最大的商港,也是北方舰队的驻扎地。

"谢谢。这茶很棒。"客人端起茶杯,抿了一口深红色的茶水,慢慢咽下滚烫香甜的液体。不适感自胃部传来,客人不动声色地侧过脸,以免主人看到自己的表情。

副所长愉快地摆弄着茶壶,"一到冬天几乎晒不着太阳,只有喝茶才能让身体暖和一点。这种中国茶加上柠檬、蜂蜜和红糖是最美味的,能让你的脚暖和一整天……对了,你为什么对北海的海水有兴趣?摩尔曼斯克的水没什么特殊的,在其他几个不冻港能找到几乎相同成分的海水样本呐。"

客人答道:"只是在这里短暂停留而已,我从布雷顿角、纽芬兰、冰岛和挪威来,前面也到过几个港口,通过一些手段收集了海水样本。因为我们是旧识,所以特地在摩尔曼斯克多停一天,好跟你坐下来喝杯茶。"

副所长说:"那么你已经去过特隆赫姆和纳尔维克了?"

客人说:"没错,接下来还要去阿尔汉格尔斯克和伊加尔卡看看。"

"你在追逐北大西洋暖流啊。"主人笑了起来,"我们早过了做这种傻事的年纪了,在找什么东西吗?这可不是你擅长的领域。"

黑衣人说:"并非特别寻找什么,只是有个特别长的假期需要浪费而已。这么说吧,圣诞前夜那天,我在纽约附近丢下了一些东西,这小玩意儿被墨西哥湾暖流带到北冰洋来了,按照洋流的平均速度,它们应该已经到达这里了吧。"

副所长笑道:"我们的圣诞前夜可是1月6日,别忘了这儿是俄罗斯。对了,你记不记得漂流小黄鸭的故事?1992年,一艘从中国出发去往美国的货船在太平洋遭遇风暴,两万九千只塑料小黄鸭

未来 ___.

坠入大海,其中一批鸭子花了三年时间完成了一万一千千米的北太平洋副热带环流漂流,访问了印尼、澳大利亚、南美洲和夏威夷;而另一批鸭子向北漂去,通过白令海峡前往北冰洋,花了五年时间才穿越北极到达格陵兰,向南进入大西洋,乘着墨西哥湾暖流抵达英国西海岸。这支迷路的鸭子舰队总共花了十六年时间才完成从太平洋到大西洋的环游之旅,总里程三万五千千米,几乎绕了地球一圈。到现在还有上万只鸭子在海上漂流,上个月我们的研究员就在港口捡到了一只鸭子,看来有些鸭子乘着墨西哥湾暖流来做客了呢。"

"啊,很有趣。"黑衣人说,勉强挤出礼貌的笑容,"根据我的观测,洋流推动漂浮物的速度比预想得要快呢,尤其是微小的漂浮物。"

副所长问:"什么漂浮物?"话刚出口,他又笑着摆手,"不不,你不用回答,我知道你是个很有原则的人。那么,聊点不碍事的话题吧,我的三女儿娜斯塔西娅去年获得了摩尔曼斯克州大提琴演奏比赛的银奖,要不要看她的比赛视频?我一直存在手机里面呢。"

"啊,当然。"黑衣人说,"不过我时间有点儿紧,老朋友,这回没空去你家里做客了,如果样本准备好的话,我会搭一个小时以后的飞机离开。"

"……别连科先生,五分钟之内准备好样本给我。"拉开门冲外面吼了一声,副所长回到桌前,掏出手机调出比赛视频,然后殷勤地给客人斟满红茶。"起码喝够了茶再走吧,尝尝卡莲娜亲手烤的饼干,偷偷告诉你,右边的锡瓶里装的是最好的斯米尔诺夫伏特加。"他调皮地眨了眨眼睛。

手机屏幕上红脸蛋的女孩开始演奏舒曼的《梦幻曲》,走廊里响起实验室助手的脚步声。两个男人举杯相碰。

呕……离开研究所五分钟之后，黑衣人跪倒在路边不停呕吐，令他感到恶心的并非红茶、伏特加和饼干，而是一切来自于农作物的纤维类副产品。

几乎将整个胃清空之后，这个男人虚弱地靠在路灯杆上，摸出一块食物塞进口中，当囫囵嚼碎的肉干滚落喉咙的时候，他发出了满足的呻吟。

"这只是开始。"望着北极星照耀下的港口，他自言自语道，"我会好好培育你们……人类种下的是什么，收获的也是什么。顺着情欲撒种的，必从情欲收败坏；顺着圣灵撒种的，必从圣灵收永生……"

悠远的汽笛声传来，庞大的北海舰队即将起航。

同一天 16:24
美国纽约曼哈顿上东区理查德·纳茨内科诊所

"最近这样的例子多起来了，太太。您是在过分担心而已。"纳茨医生合上病历表，"就像我一直在说的那样，挑食对这么大的小伙子来说不算什么大问题。我开给你的复合维生素片可以弥补膳食中缺乏的营养成分，而且对于棒球队的运动员来说，牛肉和牛奶是最好的蛋白质来源……只爱吃牛排、小羊肉、炸鸡和培根？这听起来像三亿美国人的通病呀，哈哈哈……"

桌子对面的女人犹豫着说："可汤姆以前不是这个样子，他很爱吃蔬菜，也爱吃肉汁土豆泥和起司通心粉。现在除了肉类以外，他什么都不碰。"

未来

医生再次打开病历表,指着上面的字母和数字说:"现代医学是非常精准的科学,史迪威太太,您儿子的身体非常健康,所有读数都在正常范围之内,他的体能比同年龄段的大多数孩子要好得多。唯一的问题是右肩三角肌拉伤,挥棒动作导致的职业病——相比那些浑身零件都已经破破烂烂的职业选手来说,这根本不值一提。"

"好吧,谢谢。"史迪威太太站起来同医生握手,走出了办公室。外面的高中棒球明星早就等得不耐烦了,他挥舞着拳头嚷着:"我就要错过晚间练习了!快点,晚高峰就要来了,我可不想堵在路上!"

"走吧。医生说你一切正常。"女人拎起儿子的棒球包。

"我早说过。"汤姆·史迪威烦躁地走在前面,"对了,路过135街的时候停一下,我去买一桶鸡块。"

"你以前总说那是贫穷的黑人才吃的食物啊。"

"……随便啦。"

同一天 23:50

沙龙的几位成员同时收到了顾铁发来的一封电子邮件:

"To 同志们:

我最近一直在考虑人吃人的法律问题。吃人这件事本身犯了侮辱尸体罪,可如果为了生存不得不吃人,则可应用《刑法》第二十一条的紧急避险原则:'为了使国家、公共利益、本人或者他人的人身、财产和其他权利免受正在发生的危险,不得已采取的紧急避险行为,造成损害的,不负刑事责任。'也就是说,如果我们不亲手杀死别人（中国也没有对见死不救量刑的法律条款），被迫吃人就是无罪的。我不是法律专家，只想问问其他国家的情况是不是类似？这大概是个挺有意思的话题。

　　附上一本很有价值的专著《中国古代食人考》，里面或许有青铜盒子的线索。

——顾铁

　　P.S. 今天是中国的农历新年，最近大鱼大肉吃多了肚子真难受，身体是革命的本钱！祝大家都好胃口。"

2015年4月1日 20:44
日本横滨京滨工业区A6道"山吉"进出口株式会社

　　浅田刚刚结束为期一个月的工作，回到横滨。他按照惯例在离公司两千米外的地方下车，确认没有受到跟踪，绕了几个弯回到那栋陈旧的三层小楼，掏出钥匙开锁，将卷闸门拉开一条缝，钻了进去。

　　门前街灯将一束光投向屋内，照亮一双高高跷起在办公桌上的脚。浅田放下行李箱，转回身关闭卷闸门，让自己和不速之客同时陷入黑暗当中。"我不喜欢这样。"他的声音沉闷地响起，"出去。"

　　"我也不喜欢，但谁让你手机不开机呢。"坐在桌后的人说，"停电两天了，你冰箱里的菜都开始发臭啦，瞧瞧你的电费账单，从去年六月份起就没交过一分钱，攒钱留着干吗用啊？老兄。"

　　"出去。"日本人的声音换了一个方位。

　　椅子挪动声传来，桌后的男人站了起来，"我只想跟你聊聊而

| 未来 ——

已,虽然这样不太符合沙龙的规章制度,可谁让我没什么朋友呢。"他说着话,发现一个红点出现在自己胸口部位,隔着衣服灼得心脏怦怦直跳。

"出去。"浅田第三遍重复道,语气听起来,他不想再重复第四遍了。

啪嗒。突然一朵小火苗亮起,一次性打火机的火焰照亮了顾铁扬着眉的脸,"原来你真是个杀手啊。我会自己滚出去的,可走之前,我必须问你一个问题……你饿不饿?"

这问题显然出乎日本人的意料。沉默了一会儿,阴影中走出浅田高瘦的身影,他手腕一转,手枪无声地消失在袖管里。"吃完东西,然后出去。"丢下一句话,他拎起行李箱转身登上楼梯。

三支蜡烛的光填满屋子,这栋楼的二层空荡荡的,没有任何家具,两人盘腿坐在地板上,每人面前摆着一份单兵作战口粮。

在等待口粮自加热的时间里,顾铁说:"我知道咱们俩没有多深的交情,不过能坦率地把老巢的地址告诉我,就当是你相信我的证明吧。浅田,我的身体出问题了,从几个月前开始的。问题就是——米饭和面条再也填不饱我的肚子,只有肉才能解馋。宣武医院消化科主任医师给我做过检查,结论是缺乏必要消化酶导致的异食症。他开了几瓶药给我,让我每顿饭前服用一片,过段时间再去检查。"顾铁从兜里掏出一个小药瓶放在地板上,"复方消化酶:含胃蛋白酶、木瓜酶、淀粉酶、熊去氧胆酸,用于食欲缺乏、消化不良等症。药效起初非常好,我又能吃大碗的炸酱面,大口大口嚼黄瓜了,每天三次,每次一片,药效持续了一个礼拜。"

作战口粮开始冒出白烟,浅田沉默地拆开咖啡包,倒入一次性茶杯。

顾铁叹息道:"那天晚上我在公司加班,吃了盘外卖的炒饼。几分钟后,我开始喷射状呕吐,像个洒水机一样把整张办公桌浇了个遍。之后情况就更严重了,与肉类无关的物质不能与胃相容,加大用药量的话能暂时控制这种情况,可只能维持很短一段时间——这是个不断下降的螺旋。"他平伸双手,药片噼里啪啦掉了一地,"现在再多的消化酶也不起作用了,我只能吃肉,大量吃肉,远超过身体需要量的红肉。"

日本人抬起眼皮看了他一眼。顾铁露出苦笑,"我没有再去医院,因为这不是什么异食症。我被感染了,浅田,被那盒子里的东西感染了!而你就算没有亲身参与开启盒子的过程,也与盒子处于同一个房间之内,面对同样的感染源……如果没猜错的话,你也早就不能进食谷物和蔬菜了,对吧,老兄?"

口粮加热好了,红酒牛肉烩饭散发出诱人的香气,日本人用叉子铲起米饭送进口中咀嚼着,一边说:"不,我很好。我说过不要打开盒子。我根本就不该把那盒子带到沙龙,更不该当众拿出来。"

顾铁三口两口把牛肉吃完,然后用自己包里的牛肉干补充能量,"你是个嘴硬的家伙……不承认也没关系。我想问的是:你认为是谁开启了最内层的青铜盒子?红木盒子是安全的,青铜盒子才是感染源,我认为是在农场断电的半分钟内,有人用重物敲裂了青铜盒,把里面的东西取了出来,造成我们几人的连带感染。"

"不是我。"浅田冷淡地回答,继续吃着米饭,"或许是你,或许是芬兰人,又或者是祖尔。我不关心。吃完你就赶紧出去,我不想被你传染。"

中国人咧嘴笑了,"你这么谨慎的人,怎么可能听说我身患传染病的消息而无动于衷?唯一的解释,就是你也得了一样的病……

| 未来 _____.

别闹别扭了，事情比你想象得严重得多，这可不是什么玩笑！"

浅田吃光盒里的饭，喝完咖啡，把垃圾装进纸袋，站起来说："好了，话说完了，走吧。"他没再给顾铁说话的机会，用瘦长的双臂推搡着顾铁下楼，直到把客人送出门外。"路口右转，便利店门口有一辆丰田花冠，车钥匙在右后轮胎上面放着，开着去机场，然后飞回中国去。"他说，"再见。"

卷闸门轰隆隆关闭。顾铁站在街灯下，望着一片漆黑的小楼，没有离开。五分钟后，他绕到楼房后面，攀着排水管爬到二层，敲敲玻璃窗，"喂，接下来讨论点有建设性意义的话题吧，老兄。"

黑暗的房间中央，孤独男人的身体如虾米般蜷缩。

同一天 21:25
南非开普敦维多利亚港桌湾酒店 Vista 酒吧

"先生。"侍应生悄无声息地出现在黑衣人身后，用手捂住无绳电话的话筒，低声道，"来自美国的电话，先生，您要接听吗？对方没有表明身份，说有重要的事情必须找到您。"

男人愣了一下，"我知道了，谢谢。"他递出一张纸币换来电话机，目送侍应生鞠躬离去，"是美国 CDC 的人吗？我已经辞职了，请不要来打扰我，病毒实验室与我没有任何关系。我会马上离开南非，消失在你们的情报圈外，就这样，再见。"

"不。我是祖尔·科曼彻。"听筒里传来中年女性的声音，"我必须同你谈谈。回房间用 Skype 联系，电话不安全。"

"祖尔?"黑衣人显得很意外,他摘下墨镜,湛蓝的眼睛望着阿尔弗莱德码头的点点白帆。"你怎么找到我的?我是用假护照出境的,处处谨慎,没有留下任何电子指纹。除了该死的医药间谍之外,没人能跟在我身后。"

女人严厉地说:"开普敦大学是社会人类学的学术中心,南非是我的大本营,拉尔森!"

芬兰人叹息道:"大学教授的情报网吗?我给你五分钟时间,就在这里说吧,用不着什么网络电话。"

"是你放出了匣子里的东西!就是你!"祖尔叫了起来,"我出现了严重的症状,那不是幻觉,我被感染了!……顾铁和浅田并不了解你,只有我知道你在打什么主意!从我们认识的那一天起,你就总在念叨那些疯狂的念头,安德鲁·拉尔森,你根本不爱别人,也不爱你自己,你只爱显微镜里的那些小东西!你取出匣子里的东西,将它们——无论那是病毒还是别的什么玩意儿——散播到每一个地方。你想让整个人类灭绝,疯子!"

男人端起杯子抿了一口"龙舌兰日出"鸡尾酒。糖浆、酒精、水,除了肉类之外,这是消化系统所能接纳的极限了。"让人类灭绝?你从何处得来这么荒谬的结论?"他舔舔嘴唇,"我最近是在周游世界,追寻洋流和大气环流的路线,印证之前的一些设想而已。上帝按照自己的形象制造人类,让他们管理海里的鱼、空中的鸟、地上的牲畜和所有的爬虫,我尊重人类的存在,正如我信仰上帝本身。"

"闭嘴,你的话令我恶心。"祖尔说,"听着,我已经提取了自己的体液样本交给我的助手,只要拨出一个号码,他会立刻联络CDC、国土安全部和FBI,几个小时后他们就会找出病原体,把你

| 未来

的名字加入全球通缉的黑名单！用不了半天时间，从航空母舰上起飞的 X48 无人机就会把你轰成一团碎肉！"

"可你没有那么做。"

"尚未那么做。但现在我的手指就放在电话的呼叫键上，拉尔森。"

"我猜是多年的友谊拯救了我，对吗？"

"我把自己关在房间里，整整四个月。征兆一出现，我就断绝与外界的联系，以染病为由闭门不出。我每天测量自己的生命体征，记录身体的微小变化，怀着恐惧和侥幸默默等待。我变成了食肉动物，过着'五月花'号到达北美大陆之前美洲部落祖先们的生活。有一天我突然发现生肉比熟肉更加美味，我怀着愉快的心情吃下了两磅淌血的牛肉，然后睡了个午觉。醒来之后我在浴室看到自己嘴角的血液，整个人突然崩溃了，要知道在此之前，我当了整整二十年的素食主义者，就连人造肉汉堡包都未曾碰过一下……没错，这就是盒子里的瘟疫，令人类变成食人狂的传染病！疾病在古代缺乏肉食补充的情况下爆发，一定会令人类陷入彼此相食的疯狂状态，饥饿感会夺取人的理智……我只尝试过三天不进食，就在无意识中咬掉了自己的左手小拇指。"

芬兰人平静地说："可你现在还活得好好的，不是吗？"

祖尔说："不，我不好。充足的肉类供给能延缓疾病进程，但一切正在变得更糟，我用显微镜在呕吐物中找到了病原体——那比想象中简单得多，根本用不着电子显微镜，致病的是一种微米级的生物体，用普通光学显微镜就能看到。我不是专家，分不清这是阿米巴原虫、细菌还是别的什么东西，可这些该死的虫子在游动，一刻不停地游动……"

"祖尔,"男人突然打断了她的话,"你是人类学家。人类学是什么?"

"是从生物和文化的角度来研究人类的学科。我没有玩问答游戏的心情!"

"那么,人类是什么?"

"……智慧生物。文明的创造者。社会组成者。"

"分类学意义上呢?"

"……动物界脊索动物门脊椎动物亚门哺乳纲……"

安德鲁·拉尔森在南非的灿烂阳光下眯起眼睛,"没错,目前已知的物种数量共约两百万,未知物种数量可能是这个值的十倍,仅从动物界来说,人类只是灵长目下面一个微不足道的科属,一百五十万种分之一。遍布整个星球的人类在分类学意义上不过是末梢的一个节点,渺小得不值一提。"

"你想表达什么?"祖尔的声音明显在颤抖,不知是在压抑愤怒,还是在掩饰恐惧,"人类是生态圈最重要的组成部分,你、我、他,七十亿人构成了现在的世界!"

"那是因为其他物种没有获得同等的机会。自然选择还是上帝造人,这话题俗不可耐,我只相信物种存在的机会性。设想,如果人类彻底消失,地球会变成什么样子?"拉尔森提出问题,然后自己作出回答,"仍然是我们熟知的地球,或许会稍微冷一点、绿一点而已。不仅如此,借用BBC大卫·阿腾保爵士的话:'如果一夜之间所有的脊椎动物从地球上消失,世界仍会安然无恙。'构成陆地生态系统的不是高度进化的脊椎动物,而低等的无脊椎动物、植物和微生物。"

未来

"……你到底在说什么？"

"一个假设。令人类极度衰弱、给予其他生物平等机会的假设。我已经思索多年，感谢浅田带来的魔盒，那里面藏着的并非瘟疫，那并非顾铁设想的生化武器。那里面装的，是远古的遗产，留给世界的希望。"

拉尔森的手机响了起来，那是一条来自莫桑比克国家科学中心的水文分析报告。男人滑动屏幕，在赞比西河入海口处采集水样的分析结果中找到一个不起眼的参数，他的眼中泛起了满意的光彩。他在尼罗河、刚果河、尼日尔河与赞比西河四大流域的种子投放都已顺利完成，加上季风与洋流的复合作用，整个非洲大陆已被充分覆盖，包括最干旱的撒哈拉地区。

"我要拨通电话了。"印第安女人说，"就现在。"

"不，再给我一点儿时间吧，我还有最后一个地方要去，飞机就快起飞了。"安德鲁·拉尔森站了起来，"祖尔，这也是你最后的人类学研究课题。当你注定很快死去，而任何一个决定都可能影响整个世界未来的时候，人类趋于作出怎样的判断？先天的恶意与后天养成的社会责任感哪个比较强大？把原罪和自我救赎放上天平，又是哪一边比较沉重？思考一下吧，我们还有足够的时间来完成这前所未有的课题。"

"你说服不了我。"在华盛顿的宅邸中，坐在来自世界各地的民俗工艺品当中，浑身浮肿的女性人类学家用力咀嚼着生马肉，咬牙切齿地说。

"我们总是说谎。"北欧人挂断了电话。

同一天 21:45
美国纽约斯特里国王学校体育场

棒球赛进入第八局,斯特里国王高中目前落后两分,汤姆·史迪威坐在休息席上,用帽檐遮住自己的脸。连续七场无安打,这对高中球队王牌打者来说是难以置信的糟糕成绩,汤姆的电子邮箱塞满了恐吓信,女孩们对他视而不见,除了父母之外,没人再为他加油叫好。

两人出局,三垒满员,被寄予厚望的强打者拎着球棒走向打击位,体育场响起热烈的欢呼声。投手掷出一个速度很快的直球,打者挥棒,清脆的打击声传来,棒球高高飞向电子记分板。"全垒打!全垒打!"观众席沸腾了,"国王万岁!"

汤姆竖起耳朵。在嘈杂声中有人叫嚷着:"让软蛋汤姆·史迪威去死!没了他我们一样能赢得冠军!"

汤姆摘下棒球帽。他的眼睛布满血丝,体型明显消瘦下去,腹部却鼓鼓囊囊撑起棒球服。饥饿感如炼狱的火炙烤着他的灵魂,他被身体和精神的双重痛苦折磨了太久,终于到了爆发的时刻。

他踩着长凳爬上观众席,在惊呼声中扑进人群,抓住那个咒骂自己的男孩,张开嘴巴,一口狠狠咬在对方脖颈上!

热乎乎的血液充满口腔,汤姆咕咚咕咚咽下甘美的血浆,用力撕扯肌肉。人类没有撕裂肉类用的犬齿,他花了很大力气才切下一整块肉,匆匆咀嚼后吞进腹中。滑腻而柔韧的触感沿着食道一路向下,胃部传来欣喜的悸动,汤姆开始后悔为什么没有早这么做。这感觉太棒了!还不满足,还要更多!更多!

摄影机将行凶画面准确捕捉,两千五百名观众从体育场的大屏幕上看到了汤姆咬死男孩的一幕。史迪威太太坐在那儿,不能动弹,

| 未来 ——．

不能说话，史迪威先生站了起来，逆着惊惶四散的人潮向自己的儿子走去，手伸进外衣，死死握住了柯尔特手枪的枪柄。

嘎嘣！半颗门牙被坚硬的颈椎硌断，汤姆抬起头来，吐出沾血的牙齿。这一刻，他觉得需要向父亲和母亲解释点儿什么，主导自己身体的并不是名为汤姆·史迪威的十二年级学生，而是几个月前机场那位怪人所施加的诅咒。但他什么也没说出来，原始的掠食冲动强迫他俯下身子，张开血淋淋的嘴巴。

2015 年 4 月 3 日 9:06
印度加尔各答市索纳加其贫民窟

安德鲁·拉尔森停下脚步，立刻被几十个光脚的孩子围在中间。"先生，行行好吧。"这是孩子们唯一会说的英语，他们用脏兮兮的手拽着芬兰人的衣角，翻着他的衣兜，解开他的鞋带以防他逃跑。警察刚刚离开，他们曾再三告诫这位游客不要拿出任何一个铜板，找一根木棍当自卫武器，快速通过最混乱的棚户区。拉尔森却向最混乱的街巷走去，直到被乞讨者包围，再也挪不动步子。

他丢出兜里所有的零钱，在人群中引起短暂的混乱，可乞讨者们并未满意，越来越多的人围拢过来，裸着身体的孩子、枯瘦的吸毒者、年老的妓女。索纳加其棚户区有数十万人口，其中包括一万两千名未成年的性工作者，这些女孩用不足两美元的日薪养活着她们的男友、母亲和孩子。低矮砖房间用木板互相连接，破败的遮雨棚覆盖天空，人们像昆虫一样在建筑物的缝隙中生活，无数恶臭而黑暗的小巷织成庞大的蛛网。"来玩玩儿吧，先生。"女孩们用厚厚的粉底掩盖年龄,她们躲避着遮阳棚缝隙里的阳光,如影子一样在门背后发出邀请,"只要一美元。"

拉尔森扫视四周。一位肤色漆黑的老人倒毙在路旁,他手指的方向是一栋象牙白的二层建筑,"仁爱传教会——垂死者之家"——白色拱门上如此写道,可大门紧闭着,挂着冷冷的锁。

芬兰人喃喃自语:"八十年前,一个阿尔巴尼亚人来到加尔各答,以自由修女的身份帮助有需要的穷困者,她工作了整整六十年,救助了无数被霍乱、麻风病和战乱所迫害的垂死者,在一百多个国家留下了四千名修会修女,还有超过十万名义工。她是个伟大的人,可她改变了什么?"

一个孩子用小刀割断带子抢走了他的背包,但没等冲出人群,他就被打倒在地,失去了刚刚到手的战利品。"什么都没有改变。人类不会改变,永不改变。"拉尔森取出一个银色盒子,弹开盒盖,将一团淡黄色的原生质抛向空中。灰雾被风吹散,就算这闭塞而黑暗的贫民窟深处,也总有外面世界的风吹来。

春季季风将会吹遍整个加尔各答,乃至恒河三角洲。这是布置在南亚次大陆的最后一粒种子。

同一天 9:31
美国乔治亚州亚特兰大 CDC 总部 NCID 国家传染病中心

"已经确认了,这不是玩笑。"CDC 中心主任曼根海姆博士对着摄像头说,"恐怕我有个非常糟的消息要公布。你们必须马上控

| 未来 ──

制体液样品的提供者,我们从粪便样品中提取出了致命的传染源。"

"正在做。"对方简短地回应道,"有多糟?"

"正式报告还没有出来,但已经糟到必须把总统先生从床上叫起来。糟透了!"曼根海姆博士犹豫了一下,点击鼠标发出一份文件,"实际上,刚才我发现全美报告的类似事件已经有两百二十起,提取的样本数很多,可我们传染病实验室的系统没有把同类样本归档,反而将报告的重要性降到最低,拖延我们发现病原体的时间……拉尔森——这个人是我们新传染病实验室的负责人,实验室建设已经完成,他应该在CDC进行一年半的调整观察,可几个月前他突然辞职了。是他对系统做了手脚,这一定是有关联的。"

对方沉默了几秒钟,看来是在阅读档案,"安德鲁·拉尔森,我们正在调查这个人。博士,你还没有回答我的问题,事情糟到什么地步了?总统已经被电话吵醒,半个小时后他会在白宫听取简报。"

CDC主任摘下眼镜丢在桌上,"直径三微米,单细胞结构,有八根游动鞭毛。我们发现的是一种孢子,准确地说,一种真菌孢子。需要解释吗?孢子是真菌的繁殖器官,由菌丝分裂而成。真菌有寄生和腐生两种形态,我们发现的真菌会寄生于人体消化器官内部,一旦这些孢子进入消化道,就没有什么能阻止它们在胃和肠道中分裂繁殖。"

"真菌?"对面的人顿了顿,"危害呢?"

"还不清楚。样本中没有明确病变征兆,我相信你的样本提供者一定还活着。我不清楚真菌到底想做什么,或许它们能像消化菌一样与人类达成共生?"

"可你说'糟透了'。"

"是的,基于三点判断。第一,这是全新的物种,从未在人类视野中出现过的消化系统寄生真菌;第二,这种孢子(以及在粪便中提取到的少量菌体)几乎不可能被现有手段杀死,它们对紫外线和 X 射线免疫,对甲醛、石碳酸、过氧乙酸等化学消毒剂高度抵抗,常用的伊曲康唑等三唑类抗真菌剂、特比萘芬等丙烯胺类药物的药效都不明显。我们怀疑新真菌及孢子的细胞膜磷脂双分子层具有特殊的物理结构,能够抵抗药剂及消毒剂的通透。目前唯一有效的杀灭途径是一百二十度以上的高温长时间作用,不过这只对孢子起作用,长在消化道内壁的真菌显然不能这样消灭。"

"继续说,博士。"

"第三点,也是让人绝望的一点。"说到这里,曼根海姆博士吸了一口气,组织一下语言,"刚才我让新传染病实验室的几名研究员做了自身抽检,所有人都检验出真菌感染。你知道这意味着什么吗?实验室是 P4 级别的,全球生物安全最高级别的实验室,我们的负压、过滤、隔离和消毒系统是最顶尖的,我敢肯定管理方面没有任何疏漏,样本不可能泄漏,外面的东西也不可能进来……没错,这证明我们所有人早已被真菌感染,只是它们没有表现出明显症状,所以没人注意到而已。"

"你是说,整个 CDC 的人都被传染了?"

"不,是整个亚特兰大,整个乔治亚州,整个美国,整个世界。"博士说,"叫总统起床,让所有人做个粪便检测吧,到时候你就会明白什么叫'糟透了'。"

| 未来 ___

同一天 09:45
美国纽约长老会医院心脏外科手术室

医生关掉体外循环机,正式宣告汤姆·史迪威的死亡。

棒球场惨剧发生时,汤姆被其父亲的大口径手枪射出的子弹击中心脏,倒在另一个孩子的尸体上。他被送入医院时并没有咽气,子弹擦伤心脏,打穿横膈膜后坠入腹腔,尽管伤势很重,经验丰富的长老会医院心脏外科医生们还是有信心保住他的性命,起码支撑到人工心脏准备完成。心脏瓣膜修复手术进行得很顺利,当医生们准备切开汤姆的腹腔取出子弹时,某些不寻常的现象使他们停了下来。

"……告诉我并不是我眼花了,埃德。"

"你没有眼花,医生。这鬼玩意儿……是他的食道、胃和小肠。"

呈现在众人眼前的,是怪异的明黄色人体组织,就像医疗教学中用到的解剖模型一样,汤姆·史迪威的消化系统被鲜艳的黄色标示出来。"从没见过这样的病例。"主刀医生说,用手捧起一截小肠,不同于健康器官,手中的肠子有一种怪异的橡皮质感,仿佛有人把洗车用的黄色橡胶软管胡乱塞进了男孩的腹腔。

"这里有一处伤口,子弹看来钻进去了,医生。"第一助手指着胃壁提醒道。

"这可能不是个好主意。"医生犹豫了几秒钟,"用衬垫把胃垫起来,我要从伤口切开,准备引流,别让里面的东西流进腹腔。"

手术刀在小小的伤口上做出十字切割,几乎同一时刻,一股黏糊糊的黄色流质猛地将子弹头推了出来,就算戴着口罩也能闻到四溢的恶臭,"上帝!"医生后退一步,摘下手术放大镜,"你们看到切面了吗？他已经完全没有正常的胃壁组织了，有种东西侵蚀了整个消化系统！这孩子是怎么活到现在的？手术暂停，准备缝合！埃德，去叫消化内科的朴教授来，现在！"

消化科主任匆匆赶来。在他的要求下，医生切下一小块胃壁样本，然后进行胸腹缝合。朴教授通过仪器做了简单观察，然后宣布这可能是一种罕见的真菌病，因为布满消化系统的东西是真菌的菌体，无数菌丝刺入消化器官内壁，向器官内部伸展，现在病人的整个消化道成为了真菌的营养体，他吞下的每一克食物都要先被寄生者享用。

意识到事态的严重性之后，医院立刻通知CDC，并将汤姆·史迪威移入传染病观察室。这时汤姆的生命体征正在急剧恶化，仿佛触动了某种防卫机制，真菌的活动加剧了，棒球手的心跳、血压、激素水平和血含氧量出现大幅度波动，短短几个小时后，他的心脏、肝与肾脏都陷入衰竭，不得不以循环机维持生命。

当CDC将整个楼层完全封锁时，汤姆·史迪威的脑波消失了。

他是第一个牺牲者。

2015年4月3日 9:06
美国内华达州提卡布山谷

"贝尔"407直升机从内华达戈壁上空飞过，炙热太阳下飞机的投影在仙人掌和月见草之间快速穿行。"科曼彻博士！"坐在副驾驶席的银发男人回头喊，"状况怎么样？能坚持住吗？"

"还没死。"祖尔·科曼彻回答道，衰弱的声音没能穿透防化

| 未来 ___.

服面罩,她随即意识到无线电没有开,于是举起右手大拇指作为回应。这简单的动作耗去了她大半力气。

"还有五分钟就到了,让伙计们准备好。"银发男人敲敲无线电麦克风。

"进入目视距离,中校。"直升机驾驶员指向前方,"与卫星图片一致,主建筑物只有一栋。"

"按计划来,当心防空火力。"

稀疏的铁丝网圈起一百五十英亩的土地,除了满地的风滚草以外,这个荒凉的农场看不到什么像样的植物。红色屋顶的主宅与车库、谷仓连成一体,坐落在杂乱无章的车辙辐射线中央,随着直升机高度下降,地面的杂草倒伏下来,瓦片噼啪作响。

四架CH-47"奇努克"直升机悬停在十五米高度,身穿橙色防化服的突击队员沿滑降绳进行快速降,将屋子四周包围起来。"贝尔"直升机缓缓降落在正门前,银发男人摘掉耳机,扣上防化服面罩,跃出机舱。后舱门开启,祖尔乘坐电动轮椅驶出,臃肿的A级防化服让她牢牢卡在轮椅里面,能动弹的只有两只手臂。

"你确定要这么做?"男人说。

"这屋子的地下室是一个迷宫,除了我们四个,没人能摸清所有机关。"祖尔的轮椅咯咯碾过沙砾,"我相信他正躲在地下室深处研究那种致命病毒。让我带路是最好的选择。"

男人做了个手势,突击队员扩大了包围圈,CDC特勤小组点燃气囊弹,嘭!水桶大小的弹丸被抛上天空,向四周洒出三百枚钢针弹,随着钢针啪啪钉入地面,一顶覆盖整座建筑物的高密度聚酯薄膜帐篷建立起来了。特勤小组在气囊正面制造出一个拉链拱门,两名士兵抬着破拆器材钻进帐篷,将冲击槌的两脚架钉入地面。砰!第一次冲击就将那扇厚重的红橡木大门撞得四分五裂,士兵向屋内抛入几枚震爆弹,然后把UAV涵道风扇微型无人机送进门内。

"其实我有钥匙。"祖尔小声说。

嗡嗡作响的无人机在起居室上空盘旋,震爆弹的声光平息之后,屋内的光电／红外感应画面出现在指挥系统上,一个三维战场模型正在被建立。投影式头盔内壁出现代表安全的绿色信号,"走。"银发男人手持冲锋枪钻进屋门,祖尔操纵轮椅跟在后面,四个战术小队鱼贯而入,胶底军靴悄无声息地踩过地板。

绕过沙发、餐桌和吧台向楼梯前进途中,祖尔说:"让我走前面,中校。你不认识路。"

男人向身后打个手势,放慢了脚步。人类学家将轮椅驶到楼梯前,拉着扶手撑起身子,笨拙地迈步下楼。楼道里的壁灯亮着,"千万别启动那什么炸弹。"她一边艰难地挪动木柱子一样的腿,一边嘱咐,"那会毁掉所有的资料。你们需要那些资料。"

中校在无线电里说:"……看来无线电静默是没用了,博士。突击前破坏建筑物的供电系统,这是标准程序,对于这种拥有独立供电设备的房屋,我们不得不准备定向EMP冲击炸弹。在明确情况之前,我不会发动EMP攻击的,毕竟那对我们的电子设备也是致命打击。"

"那么,谢谢?"

祖尔喘着粗气踏下最后一级台阶。在身后的士兵转过螺旋形楼梯之前,她有十秒钟不受监视的时间,可这并不够,"……小心!"她隔着厚厚的手套抓起旁边的一个金属罐子向楼梯丢去,来自中国

| 未来

的茶叶罐叮叮当当反弹着乱滚。她几乎能想象到中校和突击队员们动作突然静止的滑稽样子。

压缩空气阀门嘶嘶响着,祖尔向第三实验室走去。

同一天 9:10
芬兰赫尔辛基

不足四十平米的房间里堆满了实验设备,除了烧杯和烧瓶之外,浅田叫不出任何一样东西的名字。他熟悉的是手中的瓦尔特 P22 手枪,点二二口径,短螺纹枪管,Silencerco 牌的消声器。这支手枪射出的子弹只能在眉心开一个洞,打不穿后脑的头盖骨,浅田最中意的就是这一点:翻滚的子弹能把脑子搅成一锅杂碎粥,而伤口最多淌几滴血而已,又干净又高效。

不过他从来没有冲着朋友的脑门开过枪——如果他可以把眼前的人称作朋友的话。浅田是个不善交际、沉默寡言的家伙,长久以来唯一的消遣就是做完杀人买卖之后,回到横滨港的一家芬兰浴去洗个澡,趁着身体暖和,去临街的小馆吃老板娘煮的萝卜、炸豆腐和鱼板,喝三杯烧酒,然后回家躺在冷冰冰的木地板上睡觉。顾铁成立的沙龙对他来说是个非常奇特的存在,他害怕每年一次的面对面谈话,又对那种疏远而亲密的关系有所憧憬,甚至将自己的真实身份告诉了大家——尽管没人相信。

"下一枪打准一点。"安德鲁·拉尔森抱怨道。他捂着肩膀坐在地上,指缝里汩汩冒出鲜血,"原来你真是杀手,真让人意外。

是谁派你来的?"

浅田沉默地望着对方,手枪的照门准星重合在北欧人的眉间。他再次犹豫了,这对杀手来说显然是个极大的错误。想了想,他说:"是顾铁。他说必须杀掉你。那种病毒……已经被你散布到全世界了吧。我和他的身体都不行了。"

拉尔森望着他,"那不是病毒,是真菌。病毒只能算一串基因而已,真菌才是完整的生物,浅田。没错,是我打破了青铜盒子,把里面的东西拿了出来,那时候我们四人都被最初的孢子感染了……想看看它的模样吗?"他把身体挪动了几厘米,肩膀一撞桌子,一个透明树脂球掉了下来。

浅田戒备地望着那东西。封存在树脂里面的是一块黄色的生物组织,厚度约两厘米,像一牙披萨饼的形状,凑近观察,能看到组织表面生满极纤细的绒毛。"这就是中国明代被封存进盒子的东西,一块被寄生后长满菌丝的胃,人的胃。"拉尔森靠在桌子上,胸部起伏,"当时我在黑暗中没来得及细看,顺手把它塞进衣兜,第二天回到亚特兰大的CDC实验室之后才拿出来研究。我有了惊人的发现。1622年的真菌孢子至今仍保持着活性,它们以一种完全脱水的无生命状态度过五百年岁月,然后在适合的温度湿度条件下复苏。它们寄生在人的消化道,几乎不可能被杀死。它们会改造人类的肠胃,生出无数菌丝结成菌毯,吸收人类吞下的水和蛋白质作为养分,分裂释放出孢子……"

浅田打断了他的话,"我不想听。我杀死别人是为了报酬,一份报酬,一条生命,这是必须遵守的游戏规则。你呢?"

"我快说到了。"芬兰人说,"真菌需要大量的蛋白质,所以

未来

它们寄生的第一步就是改造人体肠胃的消化酶。人的消化液中有许多种消化酶，每种酶都是专一的，只催化另一种化学反应，比如淀粉酶促进淀粉和糖原水解，脂肪酶分解脂肪，蛋白酶分解蛋白质。真菌改变黏膜细胞使其分泌的蛋白水解酶变质，极大地加强了蛋白酶的活性。你知道，酶本身就是一种蛋白质，变质的蛋白酶会将其他种类的消化酶全部分解，导致消化系统内只剩下一种酶存在。这种变化体现在人身上，表现为对肉类的强烈渴求，因为淀粉、脂肪类食物无法被分解，只有肉能够被肠胃（应该说肠胃中的寄生真菌）分解吸收。这就是我们饥饿感的来源，人类从杂食动物变成了食肉动物……这本应是上帝的工作吧。"

这时，电话震动的嗡嗡声响起。两个人对视一眼，日本人垂下枪口，默默地摸出手机按下通话键。

"喂，拉尔森还活着吧，我想跟他说几句话。"顾铁说，"给我视频对话模式吧。"

浅田把手机转个方向，屏幕上出现了一个黑发男人的形象。"顾铁，"芬兰人虚弱地抬起右手打招呼，"你好吗？"

"好个屁！"中国人毫不客气地说，"半死不活的，饿得想吃人。我昨天一顿吃下了两斤半猪五花肉，生的，吃得越多越饿。黄豆、豆腐、面筋……植物蛋白一点儿用都没有，看来肚子里寄生的玩意儿对动物蛋白情有独钟啊。"

拉尔森回答道："没错，真菌需要的是动物蛋白质，我猜可能与免疫球蛋白和赖氨酸含量有关，不过没有做相关实验。你我所经历的只是一个阶段而已，当真菌菌丝体彻底成熟，人类就不会再有饥饿感了。"

顾铁啐道:"呸,废话,死了还知道饿啊!距离最后阶段还有多少时间?"

"因人而异,如果营养补充充分的话,成熟期会推迟一些。最多还有三四个月吧。"拉尔森说,"当整个消化道被成熟菌体侵占,人会死去,孢子则通过体腔飞散出来,完成真菌的生殖过程。你看过成熟的菌丝体吗?非常美丽的金黄色,与这种半成品完全不同。"他手指一松,凝固着人体组织的树脂球在地上骨碌碌滚动。

顾铁问:"我身边的所有人都检测出了孢子感染。做什么都太晚了,对吗?"

"很抱歉,是的。"

"跟我说说有关真菌的事情吧。我搞不太懂它的生态。"

"……它其实很单纯。第一,它通过孢子传播,孢子具有很强的环境耐受力,可以在空气、水和泥土中生存,极难被杀死,一旦进入消化道,它们会在食道、胃和肠中扎根;第二,它制造饥饿感,促使寄主大量进食肉类,分解蛋白质作为养分。孢子的正常生存期是六个月,而菌丝的正常成熟期也在四到六个月之间。接下来发生的事情很有趣:在一个小圈子里(比如古代中国一座被围困的城,或者日本一个被封闭的村),被感染的人类将会被饥饿感驱使化为食人魔,他们杀死别人,撕开其他人体腔的时候,未完全成熟的真菌会提前完成生殖过程,这时释放出来的孢子感染力很弱,只要短短几天就会失去活性;而倘若处在食物充足的环境中,寄主因消化道崩溃而自然死亡,这时菌丝会成长为真正的菌体,释放出第二种孢子:腐生孢子。可以这么说,寄生孢子是手段,腐生孢子才是目的,这种奇异的真菌有两种生命形态,藏在人体内部的寄生形态和生存

| 未来

在腐殖体之上的腐生形态,前者微需氧,后者需氧。"

顾铁皱着眉头说:"那盒子里的孢子是怎么回事?上百年了啊。"

北欧人眼睛明亮,"这是最有趣的地方,寄生孢子若处于极端环境中,会产生一种我们尚不能理解的变异,或者说进化——孢子会自我脱水,进入无生命状态,再次接触到水源和氧气的时候又恢复活性。这种状态可能持续数百年甚至上千年,而复活只需要短短几秒钟。我最初在纽约散布的是盒子里藏着的原生孢子,而后来通过这种脱水假死制造了大量的新生孢子,两种孢子从形态到能力上都毫无不同。"

"你制造了大量孢子?用人类做原料?"

"当然。"

"你估计全球人类被寄生孢子感染的比例有多少?"

"接近百分之百。"

"其中有多少人会死去?"

"接近百分之百。"

"也就是说,人类还剩下几个月时间。这应该够了,如果全世界的科学研究齿轮启动,总会找到治疗感染的办法……"

"不。"

拉尔森咳嗽着,"我留给人类的时间,只有十天。你说的几个月是在肉类供应充足的前提下,可我已经在全球一百二十四处关键地点埋下了种子,它们会陆续爆炸释放孢子,全新的孢子……这些宝贝是我在实验室里制造出来的,不同于只以人类作为寄主的原生真菌,新孢子会感染一切具有完整消化腔的动物——所有脊椎动物。"

顾铁沉默了几秒钟,"你是说,从天上的鸟到海里的鱼到大象猴子青蛙还有猪圈里的猪牧场里的牛羊养鸡场里的鸡……"

"一旦被感染,杂食与草食的牲畜会开始自相残杀,人类的肉食供应链在几天之内就会中断。植物蛋白无法满足需要,人工肉的技术尚不成熟。顾铁,现在全球的肉食储备最多支撑十天,十天后,整个地球将变成……天启二年的贵阳城。"安德鲁·拉尔森平静地述说着,仿佛谈着一件毫不起眼的小事。

这时,日本人突然扣动扳机。

同一天 9:13
美国内华达州提卡布山谷

当突击队员进入地下室的时候,祖尔·科曼彻正倚着第三实验室的门喘气,"他不在这里。最里面的那扇门,第一实验室是生化实验室,他一定在那里。"她伸手指向地下室深处,"中校,我已经解除了警卫系统。这里安全了。"

中校挥挥手,士兵们如幽灵一样潜入地下室诸多收藏物的阴影里,在外星人标本、大头婴儿和风暴武士之间穿行。"你可以出去了,科曼彻博士。"中校说,"接下来的事情交给我们。"

"我走不动了。再说,我也想亲眼看到最后。"人类学家慢慢坐了下来。

突击队员们很快到达第一实验室门前,在铝合金气密门铰链处装上黏性炸药,插入引爆线路。这时,UVA 垂直起降无人机嗡嗡地降下楼梯,开始在地下室中盘旋,头戴式显示仪仍然显示代表安全

| 未来 ——.

的绿色信号,这证明无人机的声光电探测设备并未找到任何潜在危险,例如枪口焰、瞄准镜反光和激光发射器等。

中校做出手势,士兵们隐蔽起来,咚!沉闷的爆炸声响起,冲击波推倒一排展示架,装满福尔马林的瓶子在地上摔得粉碎。大门轰然倒下,无人机加速冲向爆炸烟雾,机身下部激光致盲武器的保护盖咔哒弹开。军靴碾过扭曲变形的金属门,两个小队的士兵跟着无人机进入房间。

"把手放在看得见的地方!"中校通过防护服肩部的扬声器高喊,"安德鲁·拉尔森,放弃抵抗!"

这一刻,他突然觉得这次行动有点儿太过顺利了。走下楼梯的时候,他发誓听到了什么声音,可不能确定。如今想来,那应该是机械或电流嗞嗞的噪音,从很遥远的地方传来。这个念头令他心神不宁,可爆炸烟雾正在散去,士兵已经控制了实验室,他必须前进。跃出隐蔽处,他快速冲进门内。

无人机悬停在房间中央,用传感器扫视四周,它的激光脉冲并未发射,因为这房间里并没有任何需要攻击的对象。"安全!"突击队员回报,"这里没有人,长官!"

中校愣住了。在头盔射灯纵横交错的光柱里,展现在眼前的是一个塞满了线圈和管道的狭窄房间,这根本不是什么实验室。他转身望向被炸开的大门,厚达十五厘米的门只有薄薄一层铝合金外壳,里面灌满了铅。几秒钟后,他猛然转身叫道:"撤退!控制科曼彻博士!别让她再碰任何东西!"

然而已经太晚了。那种蜜蜂般的嗡嗡声越来越响,士兵们扭头寻找声音来源,发觉噪声从四面八方传来。

"你说得对,安德鲁。"祖尔自言自语道,"在知道死期将近的时候,人的行为模式会变得难以预料。文化背景、性别、年龄、教育程度,什么也好……研究了一辈子有关人的问题,却连自己都看不明白,这感觉真是无力啊……"

一千五百米长的巨蛇首尾相接,在深深的地下将整栋房屋环抱,质谱仪的串列加速器线圈正在全速运转,铯枪射出的离子被三百万伏特的电压差加速,在环形线圈中狂奔。负责供电的大型柴油机转速已进入红线区,带电粒子达到极限速度,正在这时,用以检修线圈的工作间防辐射门被炸开了。震动使环形真空管出现一丝裂缝,而比爆炸更早到来的,是强大的辐射。

橙色防化服在辐射面前如纸片般无力。人们的晶状体化为一团熟透的蛋白,内脏被热量煮沸,五官开始融化。

二十秒后,一场爆炸将农场从内华达的荒原上彻底抹去。

同一天 9:18
芬兰赫尔辛基

一个弹孔嵌在安德鲁·拉尔森的眉心,点二二子弹射入头颅,男人却一时尚未死去。血沿着鼻梁流向嘴角,他目视窗子,眼神安静,声音低微地念起了诗:

"……假如我变成了一朵金色花,为了好玩,

长在树的高枝上,笑嘻嘻地在空中摇摆,

未来

又在新叶上跳舞,妈妈,你会认识我么……"

顾铁说:"没来得及问他到底为什么。我虽然总想着世界末日的事情,却从未有过亲手毁灭世界的念头,就算再破再烂,毕竟也是自己的家啊,被无良房地产商强拆就算了,难道住着住着突然抡起大锤乱砸?真是莫名其妙。"

"任务完成了。"浅田松开手指,手枪坠落在地,"我可以休息了吗?"

"当然。"

日本人捂着腹部,慢慢走向房门。他的脚尖踢到一件东西,透明树脂球滚向门外,在地板留下一行鲜艳的血迹。推开门,浅田沐浴在芬兰赫尔辛基的明亮晨光中,越过封冻的山麓,能看到宁静的城市被波罗的海环抱。几只燕鸥划过树梢,浅田转回头,望着树林中的红顶小屋,这是安德鲁·拉尔森家的老宅,那个男人出生和死去的地方。

两天前在横滨的家里,顾铁对他说:"你这个白痴杀手。明知自己死期将近,还是按部就班过着从前的日子,简直无聊透顶!我给你一个任务,你要找到那个混账芬兰人,问出有关真菌的情报,然后杀死他。"

一天前,祖尔·科曼彻发来一封没头没尾的邮件:"我受到监控,这可能是最后一次同你们接触了。拉尔森在芬兰,在完成一切之后,他一定会回到那个地方去。五岁那年,他第一次在那儿完成了真菌培养试验;二十九岁那年,我们在那儿第一次做爱,也是唯一的一次,是个错误,但很美好。我不会让美国人找到他,用刑逼问他解药的制作方法,因为开启魔盒的是我们几人,审判与被审判的,也应该是我们自身。再见,朋友们。"

一个小时前,浅田敲了敲门,门开了。拉尔森说:"你终于来了,我等了很久,开枪吧,除非你还有什么事情想要知道。"

日本人做了个深呼吸,林间清冷而芬芳的空气令他内脏的灼痛逐渐平息。

在屋子后面,本来生长着大片铃兰花的地方,隆起数十座浅浅的坟茔。一层柔软的金黄色厚毯覆盖了大地,闪耀着湿润光泽的真菌迎着太阳展开菌伞,菌丝垂挂下来,如柔软丝绒在晨风中轻摆。成熟的孢子被风吹起,越过林巅,投向大海,它们不再是危险的寄生者,而是渴求腐烂原生质的甘美养分、能够在空气中茁壮成长的崭新生命。

同一天 9:30

中国山东省枣庄市一家国营养猪场发生意外,一头母猪吞吃了刚刚产下的六头猪崽。母猪产后食崽通常是营养不良造成的,负责调配饲料的几名职工因此被扣了当月奖金。养猪人老徐在下班后回到猪舍,用铁锹杆子抽打老母猪泄愤,突然被猪一口咬住脚腕。

"放开!"老徐挥锹用力戳向母猪的眼睛,可猪嘴却并未放松。人类血液和肉的味道对它来说是陌生的,可那毫无疑问,是食物的味道,代表生存的味道。

未来

四百五十斤重的母猪奋力扬起前蹄将老徐扑倒在地,张嘴咬住了他的喉管。与此同时,幸存下来的两头小猪开始啃噬人类的手指,用乳牙磨破皮肤,吮吸着甜美的血浆。

同一天 9:44

中国北京中关村华富大厦三十三层的办公室,顾铁在键盘上敲下最后的休止符。"准备好了。"一个穿白大褂的人从隔壁房间进来开口提醒道,一边推了推老式玳瑁框眼镜,"黑市医生的技术很不错,不过他可没做过这种手术。你想好了,可别后悔。"

"知道啦,马上过去。"顾铁嚼着肉干摆摆手,站了起来。他的办公室贴满了电影海报,天花板的高清投影仪在屏幕上投出一百五十寸画面,十四只 DTS 环绕音箱隐藏在四周的墙壁中。他非常喜欢看电影,不过近一段时间以来,他的投影屏幕没有出现过任何电影片段,复杂的编程软件已经运行了两个月时间,到今天终于完成了最后调试。

这就是他为世界所作出的努力。他以旗下基金公司的名义收购了一家业内领先的基因工程公司,亲自编制了崭新的基因图谱,当项目启动后,五百个正在培育的人工胚胎将被注入新基因片段——除了顾铁本人,没人会知道这件事。

这家公司是世界医学伦理委员会放松基因调制管制后成立的高级定制企业,面对顶级客户服务,为富豪进行人工胚胎的基因优化工作。

"你算错了几件事情啊,老兄。"望着墙上的一张海报,顾铁自言自语着,"就算所有脊椎动物都被真菌感染,以浮游生物-肉食性动物为主链的海洋生态系统还能工作很长一段时间,鱼类蛋白质足够全世界有钱人活到生命机能的极限;而即使我们想不出治疗真菌寄生的法子,也还是能苟延残喘下去啊,拉尔森,这就是人类。"

投影屏幕上的基因序列表明,五百名富豪之子将成为先天性的无肠人,他们没有食道、胃和肠,没有适合真菌寄生的消化道缺氧酸性环境。位于腹部的黏膜是他们获得营养的途径,尽管效率低下,又有感染风险,可这些新生儿将对寄生孢子完全免疫。

顾铁脱去衬衣西裤,换上手术用的蓝色开衫,走进隔壁的房间。在巨大无影灯的照耀下,几名面目模糊的医生围在手术台旁边,戴玳瑁框眼镜的人说:"去消毒,我们马上开始。切下来的东西要怎么处理?"

"留着,种在土里,做个盆景什么的。"顾铁撇撇嘴。

这将是世界第一例消化道完全摘除手术。他决定将自己的消化系统切除,赶在身体机能崩溃之前,如壁虎断尾一样将寄生者抛弃。他可能死在手术台上,也可能撑过这离奇的手术,在有生之年他不能再吞咽任何东西,只能靠点滴维持身体机能,肠外营养无法长久维持人体运转。几年后,他将死于败血症与尿毒症,可在此之前,他能够见证那些新生婴儿的第一声啼哭,看护着他们以完全不同的方式慢慢长大。

手术台硌得后背生疼,凉丝丝的麻醉剂进入血管,"跟着我数数,一、二……"麻醉师的脸在眼前慢慢模糊。顾铁喃喃道:"大饥之年。彼此相食,伦理崩坏,谁能想到我们的末世是这副模样……人

| 未来 ___

类建立了文明,又以最不文明的姿态灭亡……几年之后,这世界会是什么样子?有多少人还活着?七十亿尸体,将开出多少朵金黄色的花?……应该说多少朵金黄色的蘑菇吧,噗,想想还真是好笑……"

"六,七……麻醉完成。"麻醉师说。

同一天 9:59

"你为什么这么做?"

"五岁那年,我妹妹失踪了。二十天以后,我们在山谷里找到了她,她被埋在厚厚的树叶里,身上长出五颜六色的蘑菇。非常美丽的蘑菇。生命的形态是平等的,祖尔,盒子里的东西选定了我,这是命运。"

同一天 10：00

"Life finds a way。"

手术台上的男人突然睁开眼睛,说出了他最爱的电影里的台词。

注:
1. 本文人物由《星空王座》里的角色客串;
2. 可以玩玩《瘟疫公司》感受一下真菌传染病的威力。

王晋康 ● 拉格朗日坟场
1250 颗氢弹飞向太阳

| 未来 ——

上

　　快艇已经开了半个小时,夜色浓重,岸上的灯火渐渐隐没。前边,黑黝黝的海面上突然出现了几点灯光,灯光逐渐变大,直到变成灯火通明的魔境,五彩缤纷的霓虹灯疯狂地闪烁着。

　　正在驾驶快艇的鲁克看见船舱里的人都已经出来,站在甲板上,迫不及待地看着这一片梦幻之地。这是"星球动物园"号空天飞机乘员组的全体成员,是鲁克的玩命伙伴。老猢狲拉里,巴基斯坦人,65岁,身材瘦长,脸上皱纹密布,像一只风干的核桃,按说他已经该退休了。鬣狗班克斯,西班牙加西里亚人,这个饕餮之徒的牙床特别发达,有一次航行事故中,他用牙齿咬断了一根缆绳,排除了故障。小个子布莱克,肯尼亚吉库尤族人,时常哼着节奏跳荡的黑人民歌。还有他自己,老虎鲁克。近十几年航天事业急剧衰落,他的"星球动物园"已是私人空天飞机中硕果仅存的一艘了。

　　那片魔境实际上是露出水面的几座半截孤楼,星星点点散布在广阔的海面上。他们脚下是繁荣的澳门,但50年来,在人类对"狼来了"的警告逐渐麻木时,狼真的来了。温室效应来势凶猛,南极冰冠的38亿立方千米的冰冠全部融化,海平面上升60米,濒海的几百座国际都市成了龙宫。人们被迫迁往高原地带,但贫瘠的高原是不会一夜之间变成沃土的。全球性洪水又引发了地震大爆发,几年之间毁灭了几十座繁华都市,在地图上,一向安全的地区,也标上了狞恶的地震标识线。

地球发疯了,人类的疯狂导致了地球母亲的疯狂。后悔莫及的人类尽力挣扎,也只能刹住文明之车使其逐渐下滑而不致突然翻车。

好在人类的本性是随遇而安的。这些劫后幸存的半截楼群很快变成了销魂之窟,夜空中,性感的霓虹女郎挑逗地频送秋波,不厌其烦地脱着衣服。大门口是几十位真实的性感女郎,穿着极暴露的比基尼泳装,搔首弄姿地迎候客人。鲁克对急不可耐的船员们说:

"冲锋吧,老规矩,今晚的开销我包了。""星球动物园"号已经老化了,所以每次航行,船员们都是笑嘻嘻地和死亡亲吻,送死前的这一晚放纵也成了惯例。鲁克说:

"这一次的业务很可观,利润十分丰厚。我想跑完这一趟,一定把空天飞机好好检修一番,以后就不必冒险了。"

班克斯和布莱克已经开始在女郎群中寻找自己的相好,打着飞吻,怪声喊叫着。船泊好后,拉里问鲁克:

"你要同妹妹见面?"

"嗯。她一会儿到这儿。"

拉里摇摇头:"你不该让她到这种地方。"

鲁克苦笑:"是她坚持的。"

拉里看看他,不好再说。他知道鲁克对这个乖戾骄纵的妹妹是百依百顺的。班克斯回过头嬉笑着说:

| 未来

"你的妹妹太迷人了！如果把她嫁给我，我保证不再碰世界上任何一个女人！"

鲁克的目光刷地阴沉下来，从牙缝里骂道：

"去死吧。"

拉里抢在班克斯的怒气还未滋生前，赶忙把他拉过去故意打岔。好在班克斯的注意力很快被一位臀部凸出的越南姑娘吸引住，没有酿成冲突。班克斯和布莱克跳上岸，拥着相熟的女人，嬉笑着上楼了。老拉里早已没了这种兴致，他在酒吧的角落里要了几杯朗姆酒，安静地喝着。他看见鲁克系好快艇，最后一个上楼，到豪华的中央大厅里去了。

同样穿着比基尼三点式的女侍们穿着旱冰鞋在各个桌子中穿行。看见鲁克，她们笑着点头。有一位黑人姑娘滑过他身边时低声窃笑道：

"亲爱的老虎，你好。阿慧在盼你呢。"

鲁克坐到他的老位子上。一个身材娇小的侍女很快过来为他摆上五粮液，在世界各地混了这么久，他始终没学会喝那些口味怪异的饮料，仍然钟情于家乡的烈性酒。这个侍女身材娇小玲珑，带着南国女子的柔媚性感，她含情脉脉地问候："你好，老虎鲁克。"鲁克大笑着把她一下子拉到怀里，狂热地吻着她的樱唇和乳沟。阿慧佯作推拒：

"别这样，老板要生气的。"

但她很快就顺从了，开始热烈地回吻。在中央大厅里这是失礼的举止，邻座的一位绅士鄙夷地对身边的女伴说：

"知道吗，那个宽肩膀、络腮胡子的中国人是一艘空天飞机的老板兼船长。记得上个世纪七十年代，人类的航天之梦刚实现时，那时的宇航员是何等的俊杰!他们都是人类的精英,一言一行都是人类的楷模。现在你看这些渣滓……"

他的声音不大,但鲁克还是听见了。鲁克回头横他一眼,懒得理他,仍和阿慧旁若无人地拥抱、抚摸。阿慧仰起头喃喃地说:

"老虎,你说过再跑几趟运输就和我结婚的,到什么时候才兑现呢?"

鲁克敷衍着:"快了,快了。"他从来没有打算让这个吧女成为鲁寓的女主人,他不想让任何一个女人为他套上笼头,除了……他不知道怀里的阿慧有几分是真情,几分是逢场作戏。据他的感觉,这个女人看来是真的爱上他了,这使他有几分歉疚,也打定主意尽早离开她。

鲁克是夜总会的大主顾,没人敢干涉他,所以两人一直腻在一块儿。忽然鲁克觉得气氛异常,大厅里反常的安静。他抬起头,一个衣裾飘飘的仙子出现在门口,她穿着白丝裙,开领很低,露出光滑的后背,胸口处饱满的乳胸半隐半现。人们显然被她的美色震住了。她站在门口傲然扫视着大厅,也像有意作一个刹那的亮相,随即她看见了哥哥和他怀里的女人,目光阴沉下来。

鲁克没料到妹妹这次来得这么早,很尴尬,他近乎粗暴地从怀里推开阿慧。阿慧把伤心藏起来,看了鲁克一眼,便垂下眉眼,默默地滑走了。鲁克起身为妹妹拉开椅子,扶她坐下。

一时间似乎无话可说。他知道不该让妹妹到这个肮脏地方,他也常常在心里责怪妹妹的打扮太出格,不像一个大学生。但他知道,骄横任性的妹妹不会听他的劝说。他叹口气,亲切地说:

"最近可好?上月六日是爸爸的忌日,你去扫墓了吗?"

未来

"去了。"

"还是和姚云其住在一块儿吗?"

鲁冰鄙夷地说:"不要提那个可怜虫。"

鲁克暗自叹一声。姚云其是一个性格软弱的青年,鲁克从未喜欢过他。但姚云其对鲁冰的爱倒是十分真诚十分狂热的。只要鲁冰一句话,他可以毫不犹豫地把心剜出来。鲁冰同他同居两年多了,一向把他当成一个可以呼来喝去的奴隶,这使鲁克对他的鄙夷中加着怜悯。他换了一个话题:

"钱够花吗?今年生意不好,不过我马上就要接到一笔大生意。"

鲁冰烦倦地说:"勉强够吧。"

鲁克暗自摇头。以他的财力,每月拿出十万元供妹妹花销已是力不从心了,但妹妹从没有满足的时候。这些年来,鲁克一直咬牙紧缩开支,不愿缩减妹妹的花销。他不能辜负父母临死的嘱托,也想以此来弥补自己的愧悔。

鲁冰斜靠在座位上,目光烦倦地打量着大厅里各色人物。她的鼻梁挺秀,睫毛很长,裸露的颈项和脊背十分润泽。鲁克看着她,目光无意中滑到了妹妹的胸前,那儿有白腴的乳沟。他浑身一震,赶忙把目光挪走。这个动作当然没有逃脱鲁冰锋利的眼睛。她早就发现,在哥哥对自己的亲情中,偶然会冒出一些超出兄妹之情的东西,她因此十分厌恶和鄙夷这个粗野的汉子。自从父母横死后,她患了失忆症,那个凶日之前的事一点都回忆不起来了,那一切都坠入一个幽深恐怖的地狱。但她仍能回忆起父母的温情,能模糊感受到那种与生俱来的亲近。可是,为什么独独对于鲁克,她很少有这种朦胧的温馨?为什么在下意识中总把他与一种模糊的恐怖感觉相连?

夜深人静，她常常强迫自己回忆过去，可是，每当回忆到父母死亡时，她的意识便恐惧地尖叫着四散逃走，使她坠入一片黑暗。回忆的结果常常使她内心充满戾气和绝望的愤怒。

她的回忆之河是从母亲去世那天接续上的。她清楚地记得瞎了一只眼的母亲喘息着，拉着她的手放到鲁克手里：

"孩子，冰儿托付给你了，你们兄妹好好地活下去，让我和你爸爸能够瞑目。"

20岁的鲁克红着眼睛答应了。平心而论，他在此后的16年中确实履行了他的承诺。但鲁冰不知道为什么，始终把那次托付和一段模模糊糊的恐怖回忆联在一起。妈妈为什么瞎了眼？哥哥为什么对此讳莫如深？她敢断定，在这道记忆的断层后一定藏着许多可怕的往事。

这会儿，她被浮上来的片断回忆压得喘不过气来，感到那股戾气又慢慢漫过她的胸膛。她微笑着，故意向鲁克俯下身，使那道乳沟更加清晰：

"哥哥，我漂亮吗？"

鲁克惶惑地看看她，目光十分痛苦，他移走目光，站起身勉强笑道：

"我去小解。"

鲁冰看着他僵硬的背影，残忍地笑了。她能感到那个可憎的男人在努力压制自己的卑鄙欲念。

"当然漂亮！你太漂亮了！"身后有一个男人接过话头，鲁冰恶狠狠地横他一眼。这是个白人青年，大约35岁，金发，嘴角挂着微笑。他穿着随便，T恤，牛仔裤，拷花皮鞋，显然都是名家制作，

未来

手上带着几只沉甸甸的戒指。总的说来,这是个相当英俊的男人,鲁冰在最后一刻把怒容换成了微笑:

"谢谢你的夸奖。"

"你确实漂亮!秋水般的双瞳,秀挺的鼻子,性感湿润的嘴唇,还有丰满硬挺的胸部,凸起的臀部……你的身上,把东方的典雅和西方的性感不可思议地揉合在一块儿,实在美极了!告诉你,对于女人的美貌而言,我是一个世界级的鉴赏家。我很遗憾,《花花公子》杂志的封面裸照中竟然漏掉了你!"

鲁冰仍微笑着:"很高兴听到你的赞扬。"

那人笑着伸出手:"自我介绍一下,亨利·盖茨,美国人,预先说明一点,我与70年前那位世界首富比尔·盖茨先生没有什么瓜葛,虽然我也是一个很成功的商人。请问小姐芳名?"

"鲁冰,上海艺术学院的学生。上海沦入海底后,学校早迁往黄山了。"

他彬彬有礼地接过鲁冰的小手,在唇边吻一下:"那么,我是否有幸同小姐跳一场呢?"

鲁冰笑着点头答应。等鲁克回来,看见妹妹正同那个白人青年在探戈舞曲中兴致飞扬地跳舞,青年在她耳边说着什么,鲁冰时而侧耳倾听,时而仰面大笑。

鲁克阴沉地注目着。他本能地讨厌这个家伙,也可能是他太漂亮,多少带点脂粉气的漂亮,鲁克认为这种花花公子是最靠不住的;也可能他自己经常在死亡线上跳舞,对这种养尊处优者有本能的仇恨。

也可能……是一种嫉妒心理?这是鲁克从来不愿承认的,他难以摆脱深藏在心底的负罪感。

清晨，精疲力尽的船员们陆续回到船上。他们发现老虎鲁克懒散地靠着锚桩坐在甲板上，嘴里叼着一根早已熄灭的烟卷，凝视着地平线上的启明星。班克斯大惊小怪地喊：

"老虎船长，你怎么回来得这么早！阿慧把你蹬到床下了吗？"

鲁克昨晚没有去找阿慧，他想那个痴情的女人这会儿可能在哭泣，在咬牙切齿地骂他。他同班克斯笑骂几句。老拉里也步履蹒跚地回船了。拉里问：

"冰儿呢？"

"昨晚我把她送回去了。咱们启航吧，必须赶上火奴鲁鲁的班机，今天要和那帮家伙把生意敲定，平托律师已经出发到那儿和我们汇合。老拉里，这笔生意能狠赚一笔，干完你也该退休了。"

透过落地长窗，能看到火奴鲁鲁国际航天中心发射场停着的鲁斯式空天飞机。那个老人从窗边转过身，把窗帘拉上。他身材颀长，白发，蓝眼睛，穿银灰色毛衣，老人牌皮鞋，笑容十分慈祥。

"鲁斯，好样的，"他亲昵地评论着，"一般来说，技术的发展没有奇迹，任何一点微小的技术进步都必然经过一步步艰苦的努力，是渐变而不是突变。但这种空天飞机简直是一种科幻性的成就。它是上个世纪九十年代乌克兰宇宙科研推广设计总局尼古拉·拉祖姆内的杰作。近地载重量1000万吨，使用混合金属燃料，几乎能以任何速度飞行，甚至悬停在空中，这就使极为困难的飞船再入大气层过程变成了小孩子的游戏。2027年西安航天公司制成第一艘样机。你们的"星球动物园"号是世界上第八艘，也是目前仍在服役的唯一的一艘。如果……人类文明自此不能复苏，那么你的飞船将成为航天技术的顶峰。千百年后，人类愚昧化了的后代将把它作为圣物

未来

顶礼膜拜。"

鲁克笑道:"弗罗斯特先生,你对航天技术十分内行,我想你一定是一个航天专家。在这之前,看到你们的神秘举止,我还以为你们是国际恐怖分子呢。"

他的话中别有含义,但老人一笑置之。"那么,鲁克先生,今天我们是否可以按下指印呢?"

鲁克踌躇片刻,说:"弗罗斯特先生,你们的价码不低,1000吨货物,4亿美元的运输费用,预付5000万。但是,你们有一个严苛的条件。"

弗罗斯特微笑着接口:"保密,严格保密。为此我们多支付了百分之十的钱款。"

鲁克冷笑道:"不够,那点钱不够。先生,我们心照不宣,我们知道你是代表哪个国家,因为你的身上有太多的山姆大叔的作派。你们就像当年的日不落帝国,虽然已经衰落了,但在心理上仍然顽固地保留着王族徽章。这次,你们要求我们保密,你们要自己装货,要加铅封……如此等等。我想,你们的集装箱里总不会是自由女神像、美国独立宣言、人权宪章这类东西吧。"他讥讽道,"但我是一个唯利是图的商人,我不管那些东西是印第安人的尸骨还是玛雅人酋长墓里的财宝。我只要求一个合理的价钱,能够补偿我为此承担的额外风险。谁知道呢,也可能我会为此陷入一场马拉松官司,或被某个组织追杀。"

老家伙沉吟着,和他的助手罗杰斯先生交换着目光,最后弗罗斯特笑道:

"好吧,你给个价,只要在我的权限范围之内。"

鲁克略为沉吟后说:"五亿五千万,预付八千万。"

弗罗斯特皱着眉头说:"五亿五千万我可以答应,但预付金还是五千万吧,离飞船启航只剩下一个星期了,我坦率告诉你,在这样短的时间内,我无法通过秘密走账筹到那额外的三千万现款。这一点务必请你谅解。你知道,即使在我们政府内,我们也不能过于公开地行事。"

鲁克勉强答应:"那好吧,我相信一个有教养的绅士,不会在付讫全部费用上面让我为难。"

弗罗斯特轻松地笑道:"那是自然。我想我们可以在合约上签字了吧。"

鲁克爽快地答应:"好,晚上吧,我们带上各自的律师。"

他们彬彬有礼地互道晚安。鲁克走后,罗杰斯先生恼怒地骂道:

"哼,五亿五千万,这个该死的中国佬!"

弗罗斯特从窗户里看着鲁克坐上自己的汽车,回过头冷淡地说:

"他拿不到的,他仍然只能拿走五千万。那五亿元我们将献给上帝。这个暴发户,他连在餐桌上怎样使用刀叉还没有学会呢,和我们斗心眼,他还嫩了点。"

"姚云其,什么是拉格朗日坟墓?"鲁冰一边对镜检查着自己的妆容,一边问道。

"拉格朗日坟墓?什么拉格朗日坟墓?"姚云其茫然地问。他刚陪鲁冰去美容院做完妆回来。这套公寓是鲁克为妹妹购置的,房子相当宽敞,屋里乱七八糟摆满了各种昂贵的家具和饰物。姚云其住在附近的学生公寓,有时候也留宿在这里,全看当晚鲁小姐心情如何。

| 未来

鲁冰不耐烦地说:"知道了我还问你?反正是在外太空,鲁克要往那儿运货。"

姚云其恍然道:"噢,我知道了。那个地方应该叫作拉格朗日点。一位天文学家拉格朗日发现,距地球和月亮各38万千米、与地球和月亮成等边三角形的两处空间,由于受到地球和月亮引力的双重约束,此处的天体处于稳态平衡,它们只会绕着这个点作震荡而不会飞离。天文学家发现,这儿聚集了一些太空微粒,在阳光下显得比别处明亮。太阳系中还有更典型的例子,像太阳和木星系统中就有阿基里斯卫星和普特洛克勒斯卫星处于这种稳态平衡。"

"飞船向那儿运什么?"

姚云其奇怪地问:"你一点都不了解吗?你父亲就是靠这种运输业发家的。自21世纪初,人类就把地球上难以处理的核废料送到这儿作永久保存地,因为在这儿不怕它飞走。当然,它们对过往飞船有一定的危险,因此也有人称它为拉格朗日墓场。能直接投入太阳熔炉是最保险的,但那样费用太高,航行也太危险。不过,温室效应造成文明衰退后,这个行业也几乎衰亡了,人类只顾为口腹苦斗,已经顾不上什么环境保护了。"

姚云其提到父亲,使鲁冰的心脏被重重捶击了一下,她不愿陷入恐怖的回忆,立即扯开话题:

"核废料不是埋在海底吗?"

"不,海葬方法太不安全,早已放弃了。核废料的衰退期太长,有的元素在一亿年内还存在放射性,在这种情况下,任何永久性埋藏方法都不可靠。美国曾在内华达州的尤卡山地下300米的凝灰岩地层里建立了核废料永久存留地,将核废料密封在玻璃内,再用不锈钢容器保护。前后花费了600亿美元，历时30年。不少科学家曾认为这是万无一失的办法。现在呢，南极冰冠融化后，地球上物质重量的重新分布造成了许多新的地震带，其中有一条正好穿过尤卡山！山姆大叔正在为此焦虑呢。他们已经没有财力新建堆放场了，美国的航天业也已衰退，没有力量往拉格朗日废料场运送。"

鲁冰对这些知识已经没有兴趣了。她打着哈欠脱去衣服，换上真丝睡衣。姚云其在她身后心旌摇荡地看着那层薄纱后的胴体，他想紧紧搂住她。忽然鲁冰问道：

"危险吗？"

"什么危险？"姚云其稍愣之后才悟到她的话意。"噢，你是指哥哥的这次运输。不会有什么危险吧，是一种例行的运输。"他犹豫着，委婉地说，"我知道你心里还是很爱哥哥的。你不要对他那么冷淡寡情，好吗？他对你那么好，确实是一个难得的好兄长。"

鲁冰立时毫无来由地翻了脸，恶狠狠地说："你想教训我吗？姚先生，请你不要忘记，你是我拿钱养着的鼻涕虫！对，我是很关心他，他若把性命送到拉格朗日坟墓，谁给我钱花呢。……不说了，你走吧，我要睡觉了！"她冷冰冰地下了逐客令。

姚云其尴尬地笑着，他早就预料到，自己的劝告会惹翻这个骄横乖戾的公主。他多少次想一怒而去，但终究下不了狠心。他太喜欢她了，他常常在心里为鲁冰辩解：毕竟她还是在病中，她还没有从失忆症中复苏……他可怜巴巴地说：

"那好，我走了。"

看着姚云其的可怜样子，鲁冰多少有一点怜悯，她忽然转怒为笑：

"不要走了。今晚陪我出去跳一个通宵，好吗？"

| 未来 ____.

姚云其立即容光焕发,他张罗着为情人穿好晚礼服,正在这时门铃响了,是怯怯的不连贯的声音。姚云其打开门,门外是一个六七岁的小男孩,样子很伶俐,他仰起头,把一束鲜花高高举在头顶:

"是鲁冰小姐吗?一位先生让我向你献上一束鲜花。"

鲁冰好奇地问:"是谁让你来的?"

小孩奶声奶气地说:"我不知道他的名字,小姐。"

自那次跳舞之后,那位叫盖茨的美国人就开始了狂热的追逐,他声言要走遍天下去追求鲁冰,所以她断定一定是那个家伙:"是不是高个子,金发,长得很漂亮?"

"对的,小姐。"

鲁冰扭头看看暗自生气的姚云其,笑容更甜蜜了:

"小鬼头,他给你多少钱?"

"十元,是世界共同货币。"

"好,我给你二十块。小东西,你的记性好不好,能不能记住我的话?"

"放心吧,小姐,我的记性好极了。"

"好,那你就告诉他,不要以为他的小白脸能迷住鲁小姐,再告诉她,鲁小姐不爱花,爱钱,很多很多的钱,把他的臭钱尽管往这儿送吧!你记住了吗?"

"记住了!"

"复述一遍!"

小孩口齿伶俐地复述一遍,拿上钱一溜烟地跑了。鲁冰咯咯地大笑着,扔掉花束,拉着姚云其坐上自己的雪佛莱。

凌晨五点,姚云其扶着疲惫不堪的鲁冰回到寓所,他让鲁冰靠在肩头,腾出一只手掏出钥匙,但门竟然是虚掩的,推开门,姚云其忽然愣住了!鲁冰感觉到他的诧异,睡眼惺忪地抬起头,立时她也睁大双眼。

屋里盛开着鲜花,金钱之花,是用各种纸币折成的,有人民币、美元、英镑、世界共同货币、日元、新加坡元、马克、克朗、卢布……有花篮、花束,琳琅满目,住室内辉映着富贵之光。

鲁冰微张着嘴,出神地望着这一切。这个神秘的讨人喜欢的盖茨!即使他是亿万富翁,他又是用什么办法在一夜之间提出这么多种类繁杂的现金,还要找人一张张折成纸花?

姚云其黯然看着鲁冰迷醉的眼神,他知道自己该退场了。他走过去,轻轻吻一下鲁冰的额头,苦笑着说:

"冰儿,我想我该走了。"

鲁冰热烈地回吻一下,但没有一句挽留之词。她想了想,随手抽出两束花递给姚云其:

"拿着吧,算我的临别留念。"

姚云其凄然一笑,没有去接花束,默默地走了。听到脚步声下楼,忽然又急急地返回,他推门进来,没有抬眼看鲁冰,只是默默捡起那两束花,他想了想,又抽出一束,然后抱着三束金钱之花默然转身下楼。

鲁冰半是鄙夷半是怜悯地看着他走出房门,然后便在金钱花丛中心醉神迷地徜徉,心头空空地没有任何思维。电话铃响了,是盖茨带有男性磁力的声音:

"我的小鸟,礼物怎么样?你看它既是金钱,又是漂亮的花束。

| 未来

这一下你无可挑剔了吧。"

鲁冰笑着,很久才回答:"你没有因此变成穷光蛋吧。"

盖茨大笑道:"谢谢你的关心。我告诉你两点,第一,我有钱,很有几个臭钱;第二,为了我心爱的女人,我乐意把钱花光。"

"这会儿你在哪儿?"

"向楼下看,一辆黑色奔驰旁边,一位罗密欧正望眼欲穿地等着朱丽叶的信号呢。喏,我刚看见那个中国青年走过去,还抱着几束花。"

鲁冰微笑着说:"你赢了,你可以进来了。"

天光甫亮,姚云其目光直直地在路上疾步行走,行人惊奇地看着他,他们发现他手里的纸花是用钞票折成的,货真价实的英镑、人民币和马克,还都是大面额的。

姚云其没有注意行人的目光,他的心里沉重如铁,有耻辱,痛苦,还有一种模模糊糊的担忧。他向警察打听到狄士龙侦探事务所的地址,坚决地敲响房门。这是上海有名的私家侦探所,刚搬迁到这儿不久。一个穿睡衣的中年人打开房门后笑了:

"来送花?时间太早点吧。噢,不是普通的花,是金钱之花。请进,性急的送花人。"

他领着姚云其避开地上堆放的杂物,走进客厅,问:"喝点什么?"

姚云其摇摇头:"不要张罗了,说正事吧。"他叙述了昨晚的经过,"我并不是嫉妒这个人,但我总觉得,这个神通广大、行事怪异的年轻人令人不放心。我委托你调查一下。这是我提供的费用,我只有这些了,不知道够不够。"

狄士龙老练地打量一下:"一般说来,只要三分之一就够了。

当然还要看调查工作的难易程度。你可以预付一些，其他的事成后结算。"

姚云其不耐烦地摆摆手："都是你的了，请你即刻就开始吧。"

澳大利亚的海滨，海水十分澄彻。海平面升高后，悉尼歌剧院的贝壳型建筑已经半没在水中，很多珊瑚礁岛屿连同上面的建筑都已淹没在几十米的水下，透过澄碧的海水看下去，光怪陆离，宛若龙宫。

那些洁净细软的天然海滩也被淹没了，现在狄士龙脚下是昂贵的人造沙滩，离他不远，那一对恋人正在凉伞下嬉闹。自从臭氧层减薄后，日光浴已是太危险太昂贵的爱好，所以游客不多。不时传来鲁冰清脆的笑声，她常常突然起身，伏到盖茨身上狂热地吻一阵。

他跟踪盖茨已经七天了，没有发现什么异常。他的表现是一个热恋中的情人。狄士龙通过各种途径了解了盖茨的情况。亨利·盖茨，36岁，持美国护照，委内瑞拉 BKW 公司董事长，那是一个中等规模的公司，成立时间不长，但经营上比较成功，经营被淹没地区的企业搬迁和重新开发业务，商业信誉良好。这些天，盖茨似乎忙于谈情说爱，很少同公司联系。但狄士龙发现，盖茨每天下午七点都要准时出去通一次电话，地点每天变化，但一定是公用电话亭。他从不用室内电话、汽车移动电话或手机。狄士龙试图发现他的通话号码，但盖茨每次通话完毕都要小心地清除自动电话中的号码存储。这种过分的谨慎，表明他恐怕不是同外祖母寒暄天气。

已经六点十分了，离盖茨平时通话的时间还有 50 分钟。但那对情侣还在旁若无人地长吻，没有离开的意思。这使狄士龙有了一个主意。他没有犹豫，立即开始行动。

未来

"冰儿,我的小鸽子,我的小天鹅,你真的太美了。"盖茨从头到脚,吻着鲁冰身上每一个部位,"答应我,同我结婚吧。"

鲁冰摩挲着他的金发,笑着说:

"再等等,如果半个月后,你还没有让我生厌,或者我还没有让你生厌,我就答应你。"

"你哥哥不会反对吧,我总觉得他讨厌我,请你教教我如何去讨好他。"盖茨笑着说。

鲁冰皱起眉头,冷冷地说:"不要管他,他干涉不了我。"

盖茨扬起眉毛:"你讨厌他?我看这位哥哥倒是蛮疼你的,对你百依百顺。噢,对了,听说他的空天飞机马上就要有一趟远行,是吗?"

"大概吧。"

"你是否乘过他的飞船?"

"没有。我曾对哥哥要求过,但他唯独在这件事上没有依从我,他说太危险。"

盖茨忽然问道:"你是否愿意作一次太空旅行呢?"

鲁冰扬起眉毛笑道:"你不是开玩笑吧。据我所知,航天旅游业只是昙花一现,早就衰亡了。"

盖茨得意地笑起来:"还是我告诉你的两点,第一,我有几个臭钱;第二,我愿为我心爱的女人把钱花光。还有一点,这个世界上,只要有钱,就没有办不到的事。这件事就由我来安排吧。我们要突然出现在你哥哥的轨道上,让他大吃一惊。走,我现在就去打电话,安排这件事。"

他拉着鲁冰回到汽车上,发动了引擎。鲁冰抽出车内电话问:

"打哪儿?我为你拨号。"

盖茨摇摇头:"不用这个,它有一点毛病,我们找个电话亭吧。"

汽车开过海滩附近几个电话亭,不巧这会儿都有人。他们在一间电话亭旁等了几分钟,里边好像是一个流浪汉,口齿不清地一个劲儿啰嗦,看来决心要说到圣诞节。盖茨看看表,6点55分,他把汽车倒出来,重新寻找,终于找到一个空着的电话亭。盖茨在里边打电话时,狄士龙正微笑着坐在自己的汽车里监听。他手头只有一个窃听器,不过,往海滩附近其他电话亭里塞几个人是很容易的事。他总共只花了150元,找了5个流浪汉,关照他们至少在电话亭里待到7点10分。这样就不露痕迹地把猎物赶到唯一的陷阱里了。

盖茨的电话是打给母亲的:

"妈妈,告诉你一个好消息,我抓到了那只最漂亮的小鸽子。我想5天后在天上举行婚礼,请你为我安排一下。谢谢。"

狄士龙从电话内容里没有听出什么异常。他拿出一张方格纸,把录音重放了一遍。拨音信号响时,他熟练地按信号长短画出几排长短不等的横线,这些横线代表一个电话号码:84886255。这是委内瑞拉的号码。

狄士龙随即拨通了瑞士的一个电话,先自报了姓名。

"你好,我是狄士龙。"

对方是国际刑警组织的一名高级警官,他简短地说:

"你好,有什么需要我效劳的吗?"

"我想请你查一个委内瑞拉的电话号码。"

| 未来 ──

对方记下了号码，爽快地答应："好，我想最多明天就可以告诉你有关背景资料。"

"十分感谢，先生。"

"不用客气，我欠你的人情。"

盖茨钻进奔驰，正要踩油门时忽然顿住。鲁冰问：

"怎么啦？"

盖茨略为沉思后笑问："刚才经过的几个电话亭内都是老式的投币电话吧？"

"大概吧，连咱们用的也不是磁卡电话。"

"可是那个流浪汉打电话肯定超过5分钟了，我没发现他投过一次币。"

鲁冰奇怪地问："那又怎么啦？"

盖茨笑嘻嘻地摇摇手指："不，我想大概有哪个家伙在同我们开玩笑，我们去看看。"

他驾车返回刚才的电话亭，见几个流浪汉正围在一辆汽车旁边，一个中年人正从车窗里向他们分发钞票。等流浪汉们散走以后，盖茨冷笑着记下了那辆车的号码。

中

飞船升空前一天，晚上六点，平托律师如约来到鲁克的寓所。他是巴西人，今年近70岁，身体健壮，粗硬的胡子已经花白了，穿一件格子呢西服。鲁冰父亲手下的公司老人,如今只剩下他和拉里了。来到客厅,首先闻到一股酒气。拉里和鲁克正在对饮,地下扔着一只酒瓶,是中国著名的五粮液酒。他皱着眉头,和拉里打个招呼:

"你好,老猢狲。"

老拉里醉醺醺地说:"你好,老河马。"

鲁克醉眼陶陶地起来同平托拥抱,平托温和地责备拉里道:"老家伙,你不该让他喝这么多,明天就要升空了。"

拉里的眼睛倒是十分清醒,他说:"没办法,是鲁克逼我来的,他心情不好。"

平托目光锐利地盯着鲁克,问:"孩子,你有心事?"

鲁克避开他的目光,喑哑地问:"5千万元汇到了吗?"

"汇到了。鲁克,这笔生意真不错,利润十分可观。"

鲁克声音低沉地说:"这正是我担心的,这几天我一直心神不定。倒不全是因为他们的保密条件。你知道,要求货物保密的货主过去也有不少。但唯独这次总是有一种不安的感觉,可能就是因为条件太优惠了吧。平托大叔,你相信预感吗?"

平托笑道:"我只相信一半。预感到好运时,我就去相信它;预感到厄运时,我就坚决摒弃它。鲁克,不要胡思乱想。哪怕货舱里装的是撒旦,等把它运到荒僻的拉格朗日墓场,它也不能兴风作浪。"

鲁克咧着嘴笑道:"谢谢大叔的吉言。平托先生,你安排一下,我明天想留一个遗嘱。万一"星球动物园"号回不来,我想把遗产分割一下。老猢狲大叔,不要做出这么一副苦脸,我只是想吓一吓死神,那是我们形影不离的好朋友。我们经常角斗,可他从未占过我的便宜。"平托从他玩世不恭的嬉笑中听出几丝怆然,他和拉里

未来

交换着眼神,皱着眉头说:

"好,明天我安排这件事,但首先你不要喝酒了。老猢狲,你这个老糊涂,你只会由着他的性子胡闹。下回再看见你这样,我就把你头朝下泡到酒缸里。"

火奴鲁鲁国际航天中心,鲁斯式空天飞机正在做升空准备。这种空天飞机与以往的航天飞机和老式的空天飞机都不同,它是水平放置垂直升空的,所以机场内没有高耸入云的起飞塔。十几个工作人员和机器人正在解除空天飞机的防风缆绳。除此之外,航天中心内平静如昔。送行的平托感慨地说:

"今天是 2041 年 4 月 12 日,正是第一个宇航员加加林上天 80 周年,是第一艘航天飞机哥伦比亚号上天 60 周年。想一想那时候,每一次升空都是牵动全世界目光的大事,单是地面控制人员就数以百计。喏,你看!"他指指寂寥的控制室,那儿只有七八个人在工作。"我不知道这该算作技术的进步,还是社会的倒退。"

鲁克笑道:"我可付不起几百人的工资。再说,即使发生什么事故,说到底还得靠我们在天上去苦干。你放心吧,这几个人都是在空天飞机上长大的,这匹马的脾性早就摸熟了。"

平托深深看他一眼:"孩子,航天业的衰退已经是无可逃避了,在衰亡过程中孤军奋斗是格外艰难的,听我的话,这次飞行结束后就急流勇退吧。"

鲁克笑道:"行,听你的话。鲁冰呢,还没有消息?"

平托摇摇头:"没有,七天前她同一个叫盖茨的美国人一块儿走了,听说是去澳大利亚旅游。这个孩子。"他不满地咕哝着。

鲁克勉强为她辩解:"不要指责她,平托大叔。都怪那次事故,她至今还是一个病人嘛。"他沉吟一会儿,说:"万一这次我回不来,请你好好照料她。告诉她,我会在拉格朗日坟墓里盯着她,叫她不要让我失望。"没等平托答话,他就呵呵笑道:"呸,干吗在这会儿说这些丧气话,再见,平托大叔。"

他同平托握手后大踏步走出控制室的边门。平托转过头盯着控制室的屏幕。不久,穿着宇航服的鲁克出现在指挥舱里。飞船的主电脑开始了例行的自检程序:

"燃料系统自检完毕。"

"安全系统自检完毕。"

……

鲁克忽然插话道:"小兔子,你再用肉眼检查一下盖革计数计。"不久布莱克回答:"检查完毕,放射性指数正常。"

鲁克对着屏幕向控制室打一个响榧:"OK,起飞吧。"

随着倒计数声数到一,大地忽然震抖一下,鲁斯式空天飞机几百个垂直喷管喷出蓝白色的火焰,它平稳地缓缓升高,消失在云层中。从屏幕上看到它的垂直喷管自动收回,随之尾喷管开始点火,空天飞机改变了方向,疾速向外太空飞去。

十个小时后,"星球动物园"号已经离地球 35 万千米。这会儿它是在地球的阴影里,天幕漆黑,星星不再眨眼,安静地镶嵌在天幕上。月亮仍如平素一样大小,只是更加明亮。地球则显得黑黝黝的,只有在边缘有一个淡蓝色的环形带,十分明亮而迷人。

从屏幕上已经能看到拉格朗日墓场,那是一个不规则的巨大的立方体。飞船关闭了动力系统,这会儿正靠惯性在继续"爬高"。等爬升到离地月各 38 万千米的目的地时就可以"下锚"了。鲁克喊道:

| 未来

"伙计们，飞行很顺利，我马上就要进行手动姿态调整了，班克斯，你再检查一遍投料机构。"

就在这时传来地面控制室主任詹姆斯的呼叫：

"'星球动物园'号，鲁克船长，我们收听到一艘来历不明的小型航天飞机的呼救信号。它的升空是秘密的，事前没有通知全球航天管理中心。这会儿它正好在拉格朗日点附近，离你们的直线距离7万千米。你愿意同他们联系吗？"

鲁克迅速在屏幕上找到了那艘小飞船，它正在废料山侧后方游荡。鲁克恼怒地低声咒骂道："我还得先扮演一个太空救生员的角色，我会为这次重新点火白白损失十万元，没有人会向我付一分钱。"他又骂了一声，不情愿地喊："喂，告诉我他们的通话频率！"

他调整了频率，立刻听到一个女人急切的声音：

"鲁克哥哥，是我，我和亨利·盖茨！"

鲁克十分震惊："是小冰？你怎么会到航天飞机上？"

大概是觉得理屈，鲁冰没有了往日盛气凌人的语气，她软声道："哥哥，怪你从来不让我坐飞船嘛。盖茨为我弄了一艘，陪我上天玩玩儿，谁知道它会出故障呀。"

盖茨在话筒中喊道："鲁克船长，怪我太莽撞，冰儿一定要过过太空瘾，我就千方百计弄来这一艘破玩意儿，现在动力系统已经完全失灵了，请你快来救我们！"

鲁克冷漠地说："好，我现在就去。告诉我你们的具体方位和速度。"他对这些参数计算后说，"两个小时内赶到。飞船上电力系统怎么样？"

"电力系统正常，生命保障系统能正常运转，几个小时内不会有问题。我们盼着你们。"

"星球动物园"号点燃了姿态调整发动机，飞船艰难地绕了一个弧形，全速向那个方位飞去。飞行途中，鲁克为了排除妹妹的恐惧，一直同她通着话。他问盖茨：

"你的飞船上一共有几个人？"

"就我们两个人。"

"你会驾驶飞船？"

盖茨笑道："20年前，航天旅游业正兴旺时，我那时16岁，接受过航天驾驶速成训练。这种私人旅游飞船是傻瓜型的，很好驾驶。不过，一旦出故障我就傻眼了。"

鲁克讽刺地说："你很勇敢嘛，21世纪的堂吉诃德。"

盖茨笑道："过奖，要知道，爱情能使一个懦夫变成勇士。"

话筒里传来鲁冰咯咯的笑声，接下来是响亮的亲吻声。鲁克皱着眉头关了送话器。

狄士龙接到那位警官朋友的电话后，一刻也没有耽误，立即拨通姚云其的电话，姚云其急切地问：

"狄先生，有收获吗？"

狄士龙把话筒夹在肩头，到冰箱里拿了几片面包，一盘香肠和一罐啤酒，他边吃边说：

"有。现在我给你念一念我刚得到的情报。"他努力吞下面包，喝口啤酒润润嗓子，把电话记录念完。最后他总结道："这个金发男人是一个危险人物，他从属于一个极端秘密的被称作'末日审判'

的组织,这个组织神通广大,残忍成性。对于他们,警方了解的还远远不够。所以,我劝你立即抽身退出来,我也不会再继续调查了。你预付的款子我只用了1000英镑,其余的我将从银行退给你。"

电话中沉默了很久才问道:"那鲁冰会有危险吗?"

"不知道。从目前的迹象看,盖茨似乎是对鲁冰一见钟情,他可能真的爱上她了。如果是这样,鲁冰暂时还不会有危险。"他听见敲门声,"喂,稍等一下,有人敲门。"

他走过去,侧身站在门边问:"是谁?"

没有回音。他警惕地通过猫眼向外窥视,猫眼中看到一个黑色的圆环,等他意识这是一个枪口时已经晚了。一声轻微的枪响,子弹通过猫眼钻进他的右眼,接着门被撞开,一个小个子拎着无声手枪闯进来,对着地上的狄士龙又补了一枪,子弹准确地钻进眉心。

无绳电话被摔在地上,话筒中姚云其焦急地喊:

"狄士龙先生,你怎么啦?你摔倒了吗?"小个子恶意地笑着,对着话筒又开了两枪。话筒被打得四散飞迸,通话声断了。

狄士龙仰面倒在地上,一只眼睛血肉模糊,一只眼睛还在大睁着,小个子确信他死亡后从容地离开了。

现在"星球动物园"已同那艘"飞蛾号"并肩飘荡,就像一只巨雕在带着幼雏飞行。鲁克小心地向它靠近,直到两船距离保持在100米。然后,他让拉里代替他驾驶,他带着一根太空飘浮的保险绳来到减压舱门前。班克斯嬉笑着说:

"让我去吧,我很想扮演一个英雄救美的角色。"

鲁克简短地说:"我去,让他们做好准备。"

几分钟后，鲁克已站在打开的减压舱外门门口。他看见"飞蛾号"的减压舱门也已打开，两个人也已穿戴整齐，盖茨抱着鲁冰站在门口等着。两艘飞船都未配置动力飞行器，只有来一个太空跳远了。他向那边招招手，盖茨猛地把鲁冰推开，鲁冰依靠惯性飘飘荡荡地飞过来，从她背后抽出一条保险带，就像一只吊丝的蜘蛛。鲁克也猛地双脚一蹬，迎着她飘飞过去，很快，他把妹妹揽到怀里。透过头盔，看见妹妹十分亢奋紧张，但并不是胆怯，她在头盔里热烈地说着什么。洁白的太空服严严地包着她，使她显得娇小而纯真。鲁克似乎在头盔里看到了16年前的小妹妹，心头泛起一阵苦涩的甜蜜。

鲁克解开她的保险带，朝盖茨扬扬手，盖茨也扬扬手，把带子抽回去。鲁克带着妹妹拉着自己的保险绳返回飞船。他把妹妹留在减压舱内，然后又过去把盖茨接过来。

尽管穿着臃肿的太空服，鲁冰还是兴高采烈地投入盖茨的怀里。鲁克哼了一声，关上减压舱外门。舱内慢慢充上气，然后内门缓缓打开了。鲁冰跳进去急不可耐地取下头盔：

"哥哥，谢谢你，这次太空旅行太精彩太刺激了！"

她兴高采烈地吻了吻哥哥，又旁若无人地和盖茨热吻。盖茨很绅士地微笑着，面色平静，一点也看不出刚从死亡中逃生。这使鲁克不由得对他滋生了好感。他想，一个敢为爱情到太空冒险的人，算得上一个真正的男人。

鲁冰欢笑着和众人打招呼：

"你好，老猢狲大叔，你好，班克斯先生，你好，布莱克先生！"

她在每人的额头印上一记。小兔子布莱克张着嘴傻笑着，班克斯目不转睛地盯着她，大声赞叹着："我的上帝！你太美了，真正的女神!"

鲁克飘过来:"你们到生活舱休息一会儿,我们马上要卸货了。"

盖茨走前问了一句:"我的'飞蛾号'怎么办?"

鲁克微嘲道:"就让它在那儿飘荡吧,有地球和月亮的引力锁定,它会很安分地在那儿待到世界末日,那将是你留给子孙后代最牢靠的遗产。"

班克斯和布莱克都笑起来,盖茨耸耸肩,钻进生活舱。

飞船再次调整姿态,靠上核废料堆。它的大小像一座山峰,外形呈不规则的立方体,无数废料桶通过长长的铁臂膀勾连在一起,形成颇为壮观的立方网格。这样,寒冷的外太空可以通过空隙充分冷却每一个废料桶,使残余裂变的热量不致聚集到危险的程度。不过,透过网格看,在堆积物的中心,由于引力作用,铁臂已被压弯,废料桶已经相互堆叠起来。好在这个废料场实际上已经关闭,重力不会再增加了。

投放废料是一件细致的工作,在自动投料机把废料桶推出飞船后,要人工操纵它们,用类似火车挂钩的装置同上下左右准确地勾连,班克斯已有十几年没干过这个活了。

一切准备都已就绪,班克斯按下投料按钮,没有动静。班克斯急忙报告:

"船长!投料机构发生故障!我检查时一切正常呀。"

正在这时,地面控制室又呼唤道:

"'星球动物园'号,鲁克船长,有一个自称姚云其的先生一定要立即同你们通话,他说有极端紧急的情报通知你们。现在就把他的电话转过去,请注意收听!"

鲁克略为沉吟，他头脑中忽然有不祥的预感。他果决地说："拉里大叔，你想办法把鲁冰一个人喊出来，不要惊动盖茨！"

拉里很快牵着鲁冰出来，他惊慌地说："盖茨不在生活舱！"这时姚云其焦急的呼唤声从 38 万千米外传过来，鲁冰满脸疑惑地听着：

"鲁克先生，冰儿，告诉你们一个可怕的消息，盖茨是国际恐怖组织派来的，他要对'星球动物园'采取某种行动，详情还不清楚，这是侦探狄士龙先生刚刚告诉我的，狄先生随即被凶手杀害。你们千万要小心！"

鲁冰的脸庞刷地变得惨白，惊慌地看着哥哥。鲁克怒声问："盖茨这会儿在哪儿？"

鲁冰惊惧地说："他陪我到生活舱后就出去了，不知道在哪儿。"

班克斯突然怒冲冲地喊道："投料机构一定是他破坏的，我去把他抓起来！"

鲁克阴沉地说："我们一起去，注意，他一定带有武器。"

"不必去，我已经来了。"盖茨笑嘻嘻地从服务舱里钻出来，手里拎着一把威力强大的激光枪。"你们几位老老实实给我待在那儿，你，船长先生，你们三位，还有你，鲁冰小姐。"

几个人在手枪的逼迫下聚集到一块儿，鲁克顺手把一件多用锤子抓到手里，他十分后悔飞船上没有一只武器。鲁冰没有动，她茫然望着几分钟前还对她俯首帖耳的恋人，老拉里赶紧过去把她拉过来。

"不要害怕，等我把话说完，你们甚至要感谢我。你们看这件盖革计数器，它不是一直正常吗？告诉你，那些人在装载货物时已对它做了手脚，我把它恢复了，你们听。"他把计数器打开，计数器立即发出清晰的吱吱声。盖茨笑道：

| 未来

"听到了吗?在货舱里它叫得更欢,就像一只饶舌的百灵。你们知道货舱里装的是什么吗?你们兢兢业业运上天的究竟是什么?是1250颗氢弹,每一颗的当量都在一亿吨以上,它们足以把地球毁灭一次了。鲁克船长,那位和蔼的美国绅士没告诉你这些情况吧?"

美国华盛顿郊外有一个不起眼的小镇,每年有那么七八次,这儿会举行一次不事张扬的聚会。客人一般有7名或9名,都是60岁以上,衣着简单,但他们的座车大都是手工特制的麦克拉伦F-1碳纤维高级轿车,时速450千米,1200马力以上的引擎,防弹玻璃,装甲外壳。

具有讽刺意味的是,在这个新闻自由的国家里,没有多少人知道,正是这些沙龙聚会控制着美国的航向。在20世纪70年代,当尼克松总统因水门事件灰溜溜地下台时,世界上不少人在赞叹民主的胜利。但是,真正原因是鲜为人知的:固执的尼克松在国内政策上让这几个老人厌烦了,在一次元老集会后,水门秘密被不露痕迹地捅出来,于是,全国的民主机器立即狂热地轰鸣起来。狡黠多智的国务卿基辛格比总统早一步看出了门道,他立即和总统拉开了距离。在一次接见外国客人时,他竟然不顾礼仪抢占总统的镜头,使尼克松大为恼怒,也使尚不明真情的记者迷惑不解。

这个组织的成员都是经过复杂的甄选推举程序选出的各集团代表人物。他们代代更替,但总人数不变,每次会议有表决权的代表人数不得少于5人,且必须是单数,因为在这种政治寡头会议中倒是实行着极严格的民主。今天的会议主席是68岁的戴维斯·布朗先生,他面色沉重地说:

"今天诸位要面临一个很不轻松的议题。因为柯尔和赫伯特先生上次没有与会,我先简单介绍一下。诸位知道在2030年全世界销毁核武器公约生效后，我国还保存着一个不小的秘密核武库。我想我们不必为此苛责我们的前辈。那时世界上有铁幕国家，我们无法对他们实施完全可靠的监督。一旦他们在销毁核武器时打埋伏，就会严重威胁我们的民主制度。但历史发展到现在，情况已有了变化，第一，已经确认，2030年以后除我国外的所有国家，包括那些铁幕国家，都确实销毁了全部核武器。第二，这个星球在温室效应后已经太脆弱了，再使用核弹会把它彻底毁灭，不会有胜者。所以，这些核弹已经成了烫手却毫无价值的山芋。

"这批核弹全部秘密保存在尤卡山核废料堆放场，但是，洪水引发的新地震带正好有一条穿过此地。为了避免在世界上造成一场风波，上次会议决定租用私人飞船把它们运到外太空去，然后让这个秘密在一声轰响中永远消失。"他苦笑道：

"虽然我们派了最精干的人员去谈判和组织这件事，但不幸的是，国际恐怖组织《末日审判》竟然窃到这个秘密。据半小时前收到的消息，他们已经派人登上那艘飞船，当然他们肯定会借机对我国进行讹诈。我们必须立即决定采取哪些应变措施。"

所有的人都面色阴沉。上次没有与会的柯尔先生今年75岁，是代表中年龄最大的，素以精明严厉为人敬畏。他刻薄地说：

"我真为这个愚蠢的决定而羞愧。你们兴师动众地把核弹运到外太空去处理，又想保守它的秘密，这不是白日做梦吗？美利坚合众国在长达两个半世纪中一直是地球的核心，多少美国政治家在世界舞台上叱咤风云。谁能想到他们的后代这样低能？"

戴维斯·布朗冷冷地说："柯尔先生，恐怕没有时间聆听你的责备了，言归正传吧。"

未来

"我们能有多大的回旋余地？我们能做的，第一，在我们捉襟见肘的财政中尽量收拢一笔款子以应付恐怖分子的讹诈。第二，命令防御系统全面启动，一旦他们的条件太苛刻——这是很可能的——就拦截这艘飞船，不让它进入能准确投弹的近地空间。那时，同样受到威胁的各国政府就不会隔岸观火了，他们会和我们同心协力地对付恐怖分子。"

乔治·布朗皱着眉头说："那首先会使我们成为众矢之的。"

柯尔阴笑道："那并不一定是坏事。这桩秘密肯定已经包不住了，既然如此，我倒是很高兴看到衰老的山姆大叔能再当一次世界舞台的主角，哪怕这次是扮演一个反派角色。"

戴维斯·布朗先生对众人扫视一番，说："如果没有不同意见，我们就对此表决吧。"

七个人依次敲响面前的小木槌表示赞同，执行主席说：

"全体通过，我们可以把这件事通报给那位年轻人了。"

他是指惠特姆总统，他今年34岁，是美国历史上最年轻的总统。

盖茨挥动着激光手枪，笑嘻嘻地继续说下去：

"还有一项秘密呢，你们的飞船上已经安装了一枚威力很大的爆炸装置，与投料机构连动，一旦投料机构动作，两小时后，也就是返回途中，飞船会在一声爆响中化为绚丽的礼花。是我把投料系统的电源断开了，所以，你们该对我感恩戴德才对。鲁克船长，你要是不相信，我可以领你去看看现场。"

鲁克咬着牙说："不必，我信，我在娘胎里就知道那帮婊子养的是什么东西。"

盖茨笑道："很好，到现在为止，我想我们已经有了进行合作的坚实基础。鲁克船长,不要卸下这些宝贵的货物,我们返回地球并悬停在美国上空,然后向那些美国佬敲一大笔钱,敲它一百亿。如果他们舍不得,我们就把这些爆竹一颗颗投下去,啪!华盛顿;啪!纽约。他们一定会屈服的。等钱到手,我们的组织会照付你的运费,另外每人付500万美元,船长加倍,怎么样?"

鲁克看看他的船员,他们都已从最初的震惊中苏醒过来,盖茨提出的优厚条件使他们眼睛发光,有一种跃跃欲试的劲头儿。只有鲁冰似乎没有听懂这些话,她死死地瞪着盖茨,像一只凶恶的母猫。鲁克阴笑道:

"似乎盖茨先生也是一个美国佬?"

盖茨一挥手:"正是这个国家教会我,金钱比一切都重要。"

鲁克冷笑道:"盖茨先生既然能狠下心向自己的祖国投氢弹,会对我们讲信用吗?会不会事情干成之后,对我们也啪啪一通呢。"

盖茨看看其他船员,他们的眼中闪着疑虑的光。他忙笑道:

"我可以拿我同你妹妹的爱情发誓,鲁克船长,我真的十分喜爱冰儿。拿到这笔钱后,我会让她过上公主般的生活。"

大家都向鲁冰望去,她惨然一笑,慢慢向盖茨移过去,她的目光蒙胧,像是在梦游中。

"盖茨,你真的爱我?"

"当然,但是这会儿你不要过来。"

"你真的爱我,不是利用我,不是拿我当工具?"

"我可以发誓!但你快停住,你再过来我就开枪了!"

鲁冰忽然双脚一蹬舱壁,不顾一切地扑过去。盖茨稍一犹豫,她已经抱住他的胳臂猛咬,盖茨疼得大叫一声,揪住她的头发猛地

未来

一拽,把她的脸向后扳去,她的凶恶表情使盖茨暗暗吃惊,他不得不用手枪在她头上敲了一记。鲁冰惨叫一声,脑袋无力地垂到胸前。

在盖茨扬起手枪时,鲁克已经暴怒地冲了过去,一拳把他的手枪打飞。几个船员也同时扑上来,一场混战之后,他们把盖茨紧紧捆起来。鲁克把妹妹抱在怀里,她面色苍白,飘曳的黑发下渗出血迹。她在鲁克的呼唤中悠悠醒来,两颗豆大的泪珠从眼角溢出,悬荡在空中。老拉里匆匆拿来急救箱要为她包扎,但鲁冰凶狠地推开哥哥,从布莱克手中夺过激光手枪,对准了盖茨。盖茨急急地叫道:

"冰儿不要冲动!我刚才打你实在是迫不得已!鲁克船长,快拉住令妹,你一定要好好考虑我的建议,那对双方都有利。难道你们愿意把到手的几千万美元扔掉吗?喂,你们几个愿意吗?"

盖茨对看押他的船员们喊道:"你们愿意吗?你们愿意吗?"船员们默不作声,但他们的表情分明已经动心了。鲁克看看大家,默默地拉住鲁冰,劈手夺过手枪,然后沉着脸走向驾驶位置:

"准备返航。"

盖茨喜出望外地喊道:"这就对了!亲爱的鲁克,咱们联起手敲敲山姆大叔的肥脑袋!喂,你们可以松手了吧,班克斯,你的手掌就像鬣狗的牙床,把我的胳臂都夹断了!"

几个船员询问地望望鲁克,鲁克头也不回地命令:

"放了他。"

盖茨做梦也想不到局势会突然转变,他很为自己的辩才自矜。他想起了鲁冰,走过去拍拍鲁冰的面颊:

"冰儿,我的小鸽子,你怎么会突然变成一头母狼了呢?请你原谅我,我刚才那一下实在是迫不得已。"

鲁冰仇恨地瞪着他,扬手一个脆亮的耳光!

盖茨耸耸肩,离开鲁冰向驾驶舱飘过去,笑嘻嘻地挤在鲁克旁边。飞船重新点火,几个小时过去了,飞船同地球的距离已缩短到十几万千米。这时传来地面的呼唤:

"'星球动物园'号,鲁克船长,现在美国总统要同你通话,请注意!"

"美国总统?我真的能有这个荣幸?"

"鲁克先生,我是美国总统惠特姆。根据可靠情报,有一名恐怖分子盖茨已经登上了你们的飞船,现在情况如何?"

鲁克平静地说:"噢,小事一桩,我们已经及时发现,并把他击毙了。"

短时间的停顿,这不仅是30万千米造成的信号延迟,鲁克能从话筒中感觉到总统的惊喜。

"仁慈的上帝!"总统低声喊道,"这真是个意外的好消息。谢谢你,美国谢谢你。"

鲁克真诚地惊奇着:"你们太客气了,竟然劳驾总统本人向我致谢。我既然拿了你们的钱,自然有义务把这批核废料运到拉格朗日墓场。总统先生,还有什么事吗?如果没有,我就要启动投料装置了。"

盖茨兴高采烈地拍拍鲁克的肩膀,他很佩服鲁克能这么平静地向总统射出恶意之箭。地面上显然有片刻的犹豫,接着总统喊道:

"鲁克先生,不要投放!请立即返回。"

"为什么?总统先生,这不是开玩笑吧。"

"不,请立即返回。回来后我们会告诉你返航的原因。请放心,

| 未来

原定的费用我们仍然照付。"

鲁克狞恶地大笑起来:

"总统先生,为什么不在这儿说呢?害羞吗?还是让我来说出真相吧!你们让'星球动物园'号运送的核废料实际是 1250 颗氢弹,足以把 30 亿人投入地狱之火的氢弹。你们还在投放机构里安置了延迟爆炸的炸弹,准备让几个辛辛苦苦的送货人在回程中送命。你们这些狼心狗肺的畜生!"

他的怒气缓慢地却是不可抑制地膨胀,就像在地下潜行了 300 年的岩浆一朝迸发。在他向几十万千米之下的美国总统泼洒着仇恨和愤怒之雨时,他觉得自己受苦受难的先辈在天上默默地看着他:

"你们这些道貌岸然的白人畜生!你们用火枪屠杀印第安人,夺去他们的家园;你们把赤身裸体的男女黑人展示在看台上,像牲口一样拍卖;你们屠杀澳洲土人,南美玛雅人,屠杀中国人,印度人;你们用肮脏的鸦片榨干中国人的血汗。你们干尽了天下最卑鄙的勾当。等你们有了钱,可以洗净血迹戴上白手套时,你们就人模狗样地谈论民主、自由、人权和公理。现在你们还有什么可说的?在全世界都销毁了核武器之后,你们还暗藏着这么多的氢弹,是不是准备在自由女神像前来一场喜庆焰火?"

他嘎嘎地笑起来,然后刻毒地说:"这点小事就让我代劳吧。我们正在返航,我们会把鲁斯式飞船悬停在美利坚上空,到华盛顿,啪,一颗;到纽约,啪,一颗。那将是世界上最绚丽的礼花。哈哈哈!"

柯瑞·瑞德先生半夜被急骤的电话铃声惊醒。他从情人颈项下抽出手臂,不情愿地拿起话筒:

"柯瑞·瑞德。请问是哪一位?"

电话中是一个年轻人的声音：

"瑞德先生，你是《每日镜报》的主编吗？我是从电话号码中查到的。"

瑞德的职业本能马上惊醒，他预感到年轻人要提供什么重要消息。他答道："对，你有什么事吗？"

"我是一个业余无线电爱好者，今天无意中收听到一段奇怪的对话。信号是加密的，但正好我是一个破译密码的小天才。"他得意地笑起来，然后，这个叫作马可尼的年轻人详细叙述了美国总统和"星球动物园"号飞船的通话。"你有什么感想？我已经给《每日电讯报》的主编打过电话，他大概认为我还没有睡醒。你相信吗？"

瑞德的情人抬起头，睡意蒙胧地问：

"亲爱的，什么事呀？"

瑞德向她摇摇手，年轻人的话虽然像是天方夜谭，但他的直觉告诉他，正因为它是如此荒诞，反倒很可能是真实的，他按下录音键：

"喂，马可尼先生，我相信你，请再说一遍，要尽量详细和准确。"

下

几分钟后，镜报在电讯网络中向几百万订户送去了快讯：

"1000多亿吨当量级的氢弹正在我们头上游弋"

"……科学技术的发展使人类的生存变得如此脆弱，今天又有了一个鲜明的例证：地球的存亡竟然依赖于一个中国人的一念之仁。

| 未来 ▬▬.

让我们祈祷上帝唤醒他的良知,尽管我们怀疑上帝的法力对这些从不信奉上帝的中国人是否有效。"

38万千米之外停顿了片刻,才传来惠特姆总统的呼喊:

"鲁克先生,不要冲动,千万不要冲动!"他诚恳地说,"鲁克先生,很可惜你的私人飞船上没有设传真装置,使我们不能对面谈心。但我面前有你的全部资料,有你的音容笑貌。我觉得我已经很了解你了。我知道你的话只是一时的愤激之言,我不相信一生耿直仁爱的鲁克会把千万人推入地狱之火中,你会吗,鲁克先生?"

鲁克恶狠狠地说:"我会的!"但他在心底承认,这个狡猾的美国佬准确地击中了他的弱点。

"鲁克先生,我知道对付你的最佳策略,是开诚布公的谈话。也许下面我说的你不会相信,"他苦笑道,"身为美国总统,这一切我是不久前才知道的。不不,我并不是推卸责任,既然坐上这个位子,那么这个国家的一切荣耀和罪恶都和我密不可分,我袒露这一点同时也袒露了一个总统的无能,我只是想以此证明我的诚意。我想还有一件小事能证明这一点:当你说恐怖分子已被击毙时,我并未让你启动投放机构——其实那是一个最好的办法,所有令人脸红的秘密会在一刹那间化为灰烬,世界舆论会顺理成章地把爆炸归罪于恐怖组织。但我阻止了你们,我不想你们送死。我没说错吧。"

鲁克讥讽地说:"对,你似乎对另外一种选择也有片刻犹豫。"

他似乎在电波中也能感受到总统的脸红:"对,这正是一位顾问的建议,很庆幸我没有采纳。鲁克先生,我们的年龄相差无几,我是美国历史上最年轻的总统。因此,我不想继承先辈的罪恶,希望你也不要继承先辈的仇恨。这两者都不是好的遗产。鲁克朋友,你能听进去我的话吗?"

鲁克在送话器外恶狠狠地骂了一句:"这只狡猾的狐狸。"但他不得不承认这个美国佬已经占了上风,这完全是基于那个人的真诚。盖茨着急地低声说:

"不要听他的鬼话!"鲁克怒喝道:

"用不着你插嘴!"

惠特姆说:"鲁克先生,让我们冷静下来,心平气和地处理这件事,怎么样?你有什么条件请提出来,我们将尽量满足。

鲁克犹豫着,看着他的船员。班克斯目光阴沉,小兔子也是满脸的不情愿。他们不愿放弃盖茨许诺的 500 万美元,这样的机会一生中不会有第二次了,而且,毕竟是那些人先对他们做下卑鄙的事。盖茨迷惑地盯着鲁克,他拿不准这个外表粗野的船长会做出什么决定。鲁冰孤独地缩在角落,当鲁克的目光与她相遇时,她的怨毒使鲁克几乎打一个寒战。老拉里忧郁地看着鲁氏兄妹。飞船离地球仍有二十几万千米,但是,即使用肉眼,也已经可以看清那个蓝色的星球。这会儿地球上大部分地区是晴天,裹着淡薄的云层。透过云眼,可以看到蔚蓝色的海洋。与十几年前相比,海洋已经大大地扩展了,这使地球更加漂亮,宛若一颗璀璨的蓝宝石。不过鲁克知道这种漂亮的代价太大了。地球,人类的诺亚方舟,真的会逐渐衰老甚至死亡吗?……鲁克收回目光,厉声说:

"好,第一个条件,把这桩阴谋的主使人送上法庭。"

惠特姆略为停顿,苦笑道:"很遗憾,鲁克先生,我恐怕没有能力做到这一点,我也不想这样做,美利坚合众国已是千疮百孔了,我不想再毁掉它最后的自尊。但我可以允诺,我将尽我的力量使那

未来

几位老人退出政治舞台。我希望能得到鲁克先生的谅解。"

不知为什么,鲁克对这个从未谋面的美国佬已经有了好感,他没有坚持:

"第二点,除了运费外,飞船上的所有人加上我的律师平托先生一共七个人,每人付 100 万美元作为这次涉身危险的补偿。"

惠特姆似乎没有料到他的要求会这样低,立即应允:

"好,我完全答应。"

盖茨在身后气急败坏地喊起来:

"鲁克先生,这太便宜他了!"

惠特姆总统听到了飞船上的争吵,他严厉地说:"盖茨先生,你该幡然悔悟了!你不要做历史的罪人!鉴于你没有什么前科,如果你立即回头,我会吁请最高法院宽恕你的罪行。"

鲁克干脆地说:"好,我们成交。我现在就返回拉格朗日墓场,卸下这些货物,爆炸装置我们自己去排除。"

惠特姆沉重地说:"一千亿吨当量的氢弹放在离地球这么近的地方不是好办法,它将成为高悬于头顶的达摩克利斯之剑。一旦某个小行星的撞击引爆了它,会给地球带来巨大的灾难。不过,你先卸在那儿吧,只有日后再想办法处理了。谢谢你,我的朋友。"

鲁克关闭了送话器。他的满腔怒火这么轻易地就被那个美国佬平息,他觉得自己似乎扮演了一个轻信的傻瓜。盖茨慌乱地说:

"鲁克先生,你这是判了我死刑,我的组织决不会放过我的!"

鲁克冷笑道:"你以为你的死活我会关心吗?如果不是怕脏了我的飞船,我会亲手掐死你的!"

盖茨对着他的背影喊道:"他们也不会放过你的,还有鲁冰!"

鲁克的神经抖颤一下,但没有理他,他向自己的船员下命令:"准备返回拉格朗日点。班克斯,你和盖茨去检查投放机构,排除爆炸装置,你要看紧那个混蛋。"他看看懒洋洋的船员,叹口气道:"伙计们,不要太贪心。说到底,我们真能狠心投下炸弹吗?小兔子,你能狠心把氢弹投到千万人头上吗?那儿有白人,也有和你一样的黑人,他们都是无辜的。"

布莱克做了个鬼脸,拍拍班克斯的肩膀:"鬣狗班克斯,走吧,100万已经不少了,只要你不把它花在赌场和妓院里——要是那样,500万照样不够。走,干活去。"

老拉里笑哈哈地说:"说得对。走吧。"

船员们开始准备返航。盖茨耸耸肩,不得不承认了现实。他倒是能随遇而安的,至于组织的惩罚,毕竟是几十万千米以外的事。他看见角落里的鲁冰,便凑过去:

"冰儿,不要怪我,我是真心爱你的。没错,我接近你本来是为了接近你的哥哥,但我从看见你的第一眼起,我就真的被你迷住了。我打算拿到那笔钱后就同你结婚。你要相信我!"

鲁冰冷冷地横他一眼,甚至不屑于再骂他。鲁克厉声骂道:"给我滚!"他怜惜地看着妹妹,她的表情苦重而迷茫。他想这些年来,妹妹实际上一直生活在幻梦中,折磨着别人更折磨着自己。"妹妹,你已经长大了,不要胡闹了。你这次的率性胡为几乎毁了爸爸的飞船。听哥哥的话,回头去找姚云其吧,那个男人是真心爱你的。"

这阵子鲁冰一直在沉默地积聚着仇恨和愤怒。她并不关心世界是否会陷入一场核浩劫,她只知道自己失了面子,她心目中的白马

未来

王子，那个拜倒在她的美貌下的男人，原来只是把她当作一个工具。鲁克的劝说点燃了一根导火索，她忽然歇斯底里地叫道：

"鲁克，你有什么资格来管我！我和哪个男人睡觉用得着你操心吗？"她歹毒地冷笑着，她的眼睛像黑暗里的狸猫一样发着绿光。"你为什么偏偏是我的哥哥呢，要不我倒想嫁给你，我发觉你总是像恋人那样深情地看着我。"

鲁克立刻满脸涨红！他苦涩地转过身去。鲁冰看着这个被打败了的雄性，快意地咯咯笑着。

"冰儿，不要胡说八道！"老拉里喊，他又是愤怒又是伤心。鲁冰皱着眉头嘲弄地说：

"拉里大叔有什么教诲吗？我知道大叔一向喜欢侄儿，讨厌这个胡作非为的侄女。"

拉里伤心地盯着她。他看看鲁克正在忙碌的背影，压低声音说：

"冰儿，我想有些话也该向你说了。你不是一直想知道父母横死的详情吗？跟我到生活舱去，我告诉你。"

鲁冰身上一震。拉里冷淡地转身走了，鲁冰稍稍犹豫一下，顺从地跟在后边。她的全身血液猛往头上冲，超负荷的心脏吱吱嘎嘎地响着。

"20年前，航天运输业中有一个私人经营者，他的事业很成功。夫妻两人，一个女儿。自然他们对独生女儿十分宠爱。"拉里苦笑道，"正是这种宠爱害了女儿和他们自己。这个女孩儿从小骄纵任性，性格乖张。一次小公主生病了，却蛮横地拒绝吃药。保姆只好喊来妈妈。妈妈不厌其烦地劝说哀求，女儿一怒之下，夺过勺子挥舞着，不料失手扎进妈妈的左眼中！佣人们赶紧喊来私人医生，又把她送进医院。闯下这场大祸后,那女孩子才知道害怕,全身发抖地缩在角落里。冰儿,这些情况你还记得吗?"

老拉里残忍地拉开了一道帷幕,使鲁冰真切地回想起那个血淋淋的场景。那正是她强迫自己忘掉的,每当回忆到这儿,她的意识便尖叫着四散逃走。她常常在下意识中把罪责推给别人——比如鲁克。这会儿,鲁冰突然抱着头,一声声地尖叫着。拉里看看她,毫不留情地说下去:

"父亲从太空返回后才知道这件事,他狂怒地驾车从航天机场直奔医院。他的激怒导致了一场车祸,在高速公路上,十几辆汽车撞在一起,起火爆炸。等我们赶到时,只看到他烧焦了的尸体。

"那个女孩儿虽然十分冷血,但接二连三的惨祸终于使她崩溃,从此她完全失忆了,她的自卫本能迫使她把这些记忆关到铁门之外。病中的妈妈没有能承受住这些打击,几天后就去世了。"

"老鲁船长手下有一个小伙子,忠心耿耿,为人坦诚爽直,船长夫妇很宠爱他。再加上两人同姓,所以我们常戏称他是船长的干儿子。鲁夫人去世前正式认他作义子,把家产留给他和女儿,又拉着你的手放到他的手里,嘱托他好好照料妹妹。冰儿,这些年你哥哥没有辜负你妈妈的嘱咐,他一直对你关心备至,对你的胡作非为默默忍受,挤出钱财供你大手大脚地花销。他总说你是病人,不愿因某些不愉快刺激引发你的病。这些苦心你能体会到吗?"

老拉里痛心地继续说下去:

"你知道你刚才的话是怎样刺伤你哥哥吗?告诉你,在鲁克还是飞船指令员的时候,他就爱上你了,但那时你们身份悬殊,他只能藏在心里。后来,命运又使他成了你哥哥,他只好努力用兄长之情压制住恋情。我们冷眼看着,觉得他真可怜哪,他在两种感情中

未来

苦苦挣扎。后来我和平托先生劝他干脆向你说明真情,然后向你求婚。但他怕勾起你对过去的回忆,坚决不允许。可他直到35岁也不结婚,实际上他还是盼着你能痊愈。冰儿,我说的你相信吗?"

鲁冰心中战栗不已,这些话她当然相信,实际上,她的失忆是靠家人的隐瞒和她自己的自我欺骗才勉强维持的,只要有人稍微划破一点窗纸,那可怕的过去就豁然显现了。但她随即回忆起一个梦魇,一个折磨她多年的梦魇。她常常回忆起自己赤身裸体,被鲁克紧紧抱在怀里,他的目光中有关切,也有羞愧和欲火。这些回忆缥缈不定,却顽固地一再出现,使她坚信这不是空穴来风,她甚至怀疑那个男人已经占有了她的身体。所以,这些年来,当她看到那位"兄长"问寒问暖时,她就从心里作呕。今天她下决心把这事弄清。

"好吧,拉里大叔,你既然向我讲述过去,我倒想知道,我的一个梦魇是否真实。我希望你不要替鲁克隐瞒。"

听完她的叙述,拉里痛心地喊:

"冰儿,你呀!……你的梦境确实是真的。这些年来,也许是良心上负担过重,你常常犯病,你哭喊心里像烈火在烤,你会扯掉全身衣服往冰天雪地里跑,常常是鲁克把你拦住,把你拉回家,给你打上镇静剂。醒来后你会把这些忘得一干二净,你会若无其事地胡闹,而鲁克却咬着牙躲到一边,好多天阴郁不乐。"

他看看失神的鲁冰,又是怜悯,又是嫌恶。他说:

"这些情况你哥哥严禁任何人向你透露,我想,他对你的疼爱恐怕是害了你。今天我把真情告诉你,你好好想想吧。"

他叹息一声,离开生活舱。

鲁冰撕扯着胸前,那种被地狱之火煎烤的幻境又出现了。她早就知道自己的行为使所有人厌恶,包括拉里,平托甚至鲁克(她心酸地想)。但是,她一直有强劲的心理支撑。是的,她是一直肆意折磨着鲁克,但那仅仅是因为鲁克是一个伪君子,他甚至对自己的妹妹也有非分之想,他和父母的死亡有隐隐约约的关系。而她还一直在替他隐瞒着这些丑恶哩!

可是现在,一切都倒过来了!只有她,鲁冰,才确确实实是一个灾星,是一个祸害全家的罪人!她眼前血光浮动,她的母亲左眼血迹斑斑,他的父亲遍身血污,都在嫌恶地看着她,谴责她……她的神经终于崩溃,她撕心裂肺地尖叫着,踉踉跄跄向生活舱外划过去。

鲁克问班克斯:"一切都准备好了吗?"

"好了!"盖茨笑嘻嘻地抢先回答,"是我把爆炸装置排除的,我在登机前专门接受了10天的工兵训练呢。不过,我这是亲手往自己的棺材上又钉了一根钉,我的组织不会饶过我的!"他苦笑着摊开双手。

鲁克没有理他,正要下达投放命令,忽然生活舱内传来连绵不断的尖叫,鲁冰从里面冲出来,她衣襟散乱,胸前满是血痕。鲁克吃一惊,急忙迎过去:

"冰儿,这是怎么啦?你这是怎么啦?"

鲁冰咯咯笑道:"拉里大叔已告诉我全部真相,他说你不是我的亲哥哥,他说是我害死了自己的父母。鲁克先生,祝贺你,这十几年你已经修炼成人人景仰的圣人,你的宽厚慈爱正好反衬我的卑劣恶毒。我该怎样忏悔呢?现在,我只有这副躯体还值得一看。尊敬的鲁克先生,你能否赏光收下它呢,你不是暗地喜欢过它吗?"她偎在鲁克怀里,从容地解着衣服,"鲁克先生,收下它吧,这是

未来 ———

我唯一能做的忏悔呀。"

鲁克脸色阴沉地把她从怀里推开,他瞪着手足无措的老拉里,厉声道:

"她又犯病了,把她拉到生活舱打一针!"

鲁冰在拉里和小兔子的拉拽下挣扎着,三个人在空中激烈地翻滚。当两人终于把鲁冰拽进生活舱时,鲁冰扭回头咬牙切齿地喊道:

"鲁克你记住,我恨你,我一生一世都恨你!"

驾驶舱忽然静下来,众人都怜悯地看着船长。鲁克锁着双眉,不语不动。他回忆起鲁冰父亲去世前,他就偷偷爱上13岁的早熟的鲁冰,那是一种爱情和友情的奇特的混合。他回忆起鲁冰犯病时的情形,那时他把"妹妹"的裸体抱在怀里,他用了很大的力量才压制住心中的欲念。这常使他有一种负罪感。他觉得,无论他为妹妹做了多少事,都不能补偿万一。现在妹妹咬牙切齿的声音在他耳边回响。他想,这正是他应该得到的惩罚。

拉里他们出来后,都不敢惊扰船长,他们在他的眼睛中看到了一种彻底的幻灭感。盖茨飘过来,同情地拍拍他的肩膀。这个动作使两人又分开一些。鲁克向他点头示意,他觉得这个恐怖分子并不算坏人。他平静地问:

"实话告诉我,你的飞船真的发生故障了吗?"

盖茨笑着摇头,他看看屏幕,那艘小飞船还在一万千米之外孤零零地飘荡着:

"不,当然没有,它尽管破旧,但足以完成这次航行。"

鲁克点点头:"好。"

"什么'好'?"

鲁克拍拍盖茨的肩膀，恳切地说："朋友，你不该参加恐怖组织，你不是那类人。刚才在生死关头，你没有向鲁冰开枪。盖茨，美国政府的赔偿金有你的一份，带上它，准备逃避恐怖组织对你的追杀吧。我希望你不要再找我妹妹，你们的性格不合适。你能答应吗？"

盖茨疑惑地点头答应。鲁克向船员们下达命令："调整航向，向'飞蛾号'靠拢。"

班克斯奇怪地问："靠近它干什么？"

鲁克平淡地说："不要问，执行命令吧。"

几个小时后，两艘飞船已经并行。鲁克下令把"星球动物园"号的核废料桶投下去，这个命令很快被执行了。鲁克离开驾驶位置，不言不语地穿上太空服，通过减压舱飘飞到太空中，把核废料桶系缆在"飞蛾号"后边。拉里他们迷惑又担心地注视着他。废料桶系好了，鲁克一言不发地钻进"飞蛾号"，开始锁闭密封门。拉里在通话器中焦灼地喊：

"鲁克，鲁克，你要干什么？"

没有回音，他一遍一遍地重复喊话，终于话筒上有了窸窣声，鲁克回话了，他的声音有一种超越生死的平静：

"拉里大叔，那个该死的美国总统说得对，核弹存放在拉格朗日坟墓太危险，它会成为一把达摩克利斯之剑。我把它投到太阳熔炉中去吧。"

"什么？"拉里气急败坏地喊，"你要驾驶飞船投向太阳？孩子，千万不要胡来！"

班克斯也急急地挤近话筒，喊道："船长快回来，你不值得为那个臭女人去死！"

未来 ___。

布莱克也带着哭声喊:"回来吧船长!回来吧!"

鲁克爽朗地笑道:"不要拉我的后腿,老猢狲大叔,还有你们几个,我没有发疯,我从来没有这样清醒,我想多少为人类干一点事,也算这一生没有白活。再说,世界上有谁能像我死得这样壮观呢。我马上就要启动飞船了,你们把'星球动物园'号开回去,大叔,班克斯,布莱克,还有盖茨,代我照顾好鲁冰,向平托大叔和姚云其问好。"

船员们面面相觑,束手无策,盖茨忽然扭头冲进生活舱,打了镇静针的鲁冰还在床上睡着,身上系着固定带。她的眼角附近,有一颗圆圆的泪珠在轻轻飘动。她的脸庞红润,似一只带露的海棠。但这会儿盖茨没有一点怜香惜玉的心情,他用力批着她的两颊:

"醒醒,醒醒!你这个恶毒的女人,你这条毒蛇,你这只澳大利亚毒水母!你哥哥要投入太阳自焚啦!"

鲁冰昏昏沉沉地睁开眼睛,头来回摇晃着,两颊被批得又红又肿。

"醒醒,醒醒,你这只南美箭蛙,非洲毒蜘蛛,你伤透了哥哥的心,他已经驾着飞船向太阳飞去啦!"

等到清醒过来的鲁冰冲进指挥舱,"飞蛾号"已经开走了,屏幕上只能看到它的尾喷管和机侧喷管的绚丽火光,几个人在沉痛地呆呆地看着屏幕。鲁冰扑到送话器前嘶喊:

"哥哥,我是冰儿,请你原谅我,你快回来!"

送话器中传来鲁克爽朗的笑声,十分清晰,就像在眼前:

"冰儿,我没有责怪你,我只是去做一件该做的事。你好好活下去吧,永别了。"

鲁冰双泪长流。只有这时,她才知道鲁克在她心目中是多么宝贵。

她悲声道：

"鲁克，回来吧，你知道我在心里实际是多么爱你吗？我要像一个听话的妹妹那样去爱哥哥，我也想像一个忠诚的女人那样去爱丈夫。鲁克，饶恕我，回来吧。"

小飞船上再没有回答，只能听到轻微的无线电背景噪音。很长时间的静默之后，传来鲁克激情的声音：

"多么壮丽的太阳啊！"

BBC抢先播发了一则短讯：

"噩梦已经过去。夸父式的英雄曳着1250颗氢弹向太阳奔去。人类的理想主义将在一场最为壮烈的天火之葬中升华。50亿地球人都目不转睛地为英雄送行。"

"星球动物园"号飞船返回地球。在十个小时的回程中，飞船内气氛十分沉重，大家面色阴沉地干着自己的事情，只有一点，那就是每个人都绝不把目光投向鲁冰。鲁冰终于忍受不住这种目光的真空，她惨然一笑，走向减压舱门，她想跳进寒冷的太空去陪伴鲁克哥哥。众人都冷漠地看着她徒劳地企图打开减压舱门，最后拉里烦倦地说："班克斯，盖茨，把她拉过去，再打一针。"两人表情憎恶地走过去，制服了鲁冰的反抗，给她打了大剂量的镇静剂，又踢又咬的鲁冰终于安静下来。

休斯敦美国航天中心不间断地向总统报告"飞蛾号"的方位。它后面拖着那些硕大的核弹舱，像一只蚂蚁拖着一只多足蜈蚣。"飞蛾号"就这样从容不迫地向太阳飞去。鲁克也偶然回答地面上的问话，随着距离一天天拉长，通话时的迟滞越来越明显，信号也越来越微弱。两个月之后，也就是进入水星轨道的前后，信号完全消失。专家们

| 未来 ——.

推断，很可能乘员已经在高温下死亡。此后，飞船在太阳重力的作用下，仍然向着太阳飞去。

飞船从此消失在太阳炫目的金黄色背景中。"飞蛾号"投入太阳熔炉的时间只是估算出来的。118 天后，天文学家观察到一次日珥爆发。那天夜里他们在仪器中看到朱红色的日珥喷发到百万千米之外，形状变化多端，十分壮观。公众中很多人相信这是一千颗氢弹投入太阳后引发的。没有一个天文学家发表否定意见，虽然他们知道一千颗氢弹的能量对于太阳来说是太微不足道了。

全世界的电台、电视台、电脑网络同时播放了哀乐。当这条仅为猜测的消息送到惠特姆总统的办公桌上时，他默默地起立致哀。他的智囊柯文尼告诉他，据盖洛普民意测验，他的声望猛增了 11 个百分点。

"现在，我们可以对那几个老家伙说'不'了。"惠特姆冷冷地说。

王晋康　　三色世界
　　　　　惊人直觉

❙ 未来 ____

楔子

卡尔·伊斯曼把微量的 CAMP（环腺苷草磷酸）滴入玻璃皿中，说："看，黏菌社会马上就要建立了。"

这是在纽约沃森智能研究所的实验室里。伊斯曼是一位高个子的白人青年，三十岁左右，金发，肩膀宽阔，表情很生动。他身后有两个女同事：二十五岁的松本好子，身材稍显矮胖，有一双日本人特有的短腿；江志丽（英文名字是凯伦·江）大约三十二岁，典型的中国南方女子，细腰，瓜子脸，一头乌黑的柔发盘在头上。

他们用肉眼观察着玻璃器皿中微小的黏菌，旁边的大屏幕上则是放大后的图像。黏菌是一种奇怪的生物，是一个超有机体，或者简直是人类社会在毫米尺度上的演习。它们在湿地上游来游去，各自专心致志地吞食着细菌食物，互不关心，是一群冷漠孤独的流浪者，以直接分裂的方式各自繁殖后代。但一旦食物耗尽，就会有某一个细胞有节奏地发出 CAMP，这只先知先觉的细胞就成了黏菌社会的领袖。

不过今天的 CAMP 是黏菌社会之外的神灵滴入的，那只黏菌"领袖"只是偶然受到命运垂青的傀儡。但其他的黏菌并不知道真情，它们仍按照冥冥中的本能朝那只细胞聚集，同时释放 CAMP，形成正反馈，唤醒更多的黏菌来集合。无数黏菌的运动组合成了清晰的螺旋波。

数小时之后，这些黏菌集合成了一个发亮的长着尖头的有机体，有一二毫米长。它们在尖头的带领下开始缓缓爬行，找光，找水，找食物。之后连它们的生殖方式也会改变，尖头处将会产生孢子，孢子飞散后产生一群新个体。

江志丽已是第五次观察这个神秘的过程，但她仍有一种喘不过气的敬畏感。在这种原始的生物中，群体和个体的界限被泯灭了。她记得第一次观察时，导师乔·索雷尔曾对新弟子们有一次讲话，讲话中既有哲人的睿智，也有年轻人才有的汹涌激情——要知道他已经五十五岁了——江志丽几乎在听完这段讲话后，立刻就爱上他了。

那天，教授说："请你们用仰视的目光来看这些小小的黏菌，这是宇宙奥秘和生命奥秘的交汇。这种在混沌中（是远离平衡态的混沌）所产生的自组织过程，是宇宙及生命得以诞生的最根本的机制。黏菌螺旋波和宇宙混沌中产生的旋涡星云的本质是相同的，只是尺度不同而已；同时，这又是原始智力的自组织过程。单个黏菌谈不上什么智力，它们也确实太简单了，甚至没有神经系统。但只要它们的数量达到某一临界值，形成一个'社会'或者叫'大个体'，它就能趋光、趋水，做最简单的但是有预定目的的运动，并启用新的繁殖方式。无数微不足道的个体形成了高一级的智力，动物社会、人类社会也都是如此。"

当时，伊斯曼曾插话问："教授，这就是你常说的智力的'外

| 未来 ————

结构'?"

"对。还有一个典型的例子是白蚁,它们的个体也十分简单,不过是几条神经纤维连着几个神经节而已。几只白蚁在一块儿搞不出什么名堂,它们只会把土粒搬来搬去。但只要白蚁的数量超过临界值,信息素就把它们组织在一起,它们就能同心协力,令行禁止,建造连人类也为之咋舌的复杂建筑。人们常认为智力是生物体内的、脑(神经节)内的玩意儿,是单独的有封闭边界的东西,这是一个错误。实际上,在任何一种生物社会中,智力都是开放的,个体智力通过种种外结构——信息素、声媒介等构成一个大整体。"

江志丽记得自己当时说:"人类智力的外结构主要是语言。"

"对。遗憾的是,人们通常只把它看成是一种交流方式,而不是智力结构的有机部分。人类已经把语言发展得尽善尽美,并为此心满意得。实际上这种满足是十分浅薄的。这种智能连接方式十分低效,你不妨去观察一个面孔,再试着向别人描述。在这个过程中,首先那个面孔通过光媒介进入你的眼睛,转变成电信号。这一步过程的效率倒是很高的,你头脑中会即时形成一个十分清晰完整的图像。但你怎么能把这个图像完整地搬到另一个人的头脑中?无论你的语言表达能力多么出色,也是绝对不可能的事。所以我们应在黏菌和白蚁这儿受到启发,开发一种新的高效的外结构。"

当时江志丽笑道:"总不成也用信息素?据我所知,人类在进化中已淘汰了大部分外激素,只保留了少量的性激素,它可以使异性情绪稳定,工作效率提高。美国宇航局已注意到在宇航员中增加女性的比例。"

那天教授兴致很高,笑道:"所以我选择研究生时很注意收几个漂亮的女士。"他又收起了笑容,"不,不是信息素,我想这种化学结构难以胜任。为了非常高效、快速地在众多人脑中交换信息，恐怕更可能入选的是电磁结构，也可能是量子力学预言的那种'幽灵式的超距作用'。我们只有摸索着去寻找它。据我所知，斯坦福研究所一直在中情局的资助下研究超能力，如果它确实存在，那将是很理想的方式——可惜，直到今天还没有确证。"

教授一向偏爱这个试验，他说这个过程能以"固有的神秘唤起科学家的灵感和冲动"，所以今天他让弟子们又重复了一次，这次他本人没有参加。这会儿，那个黏菌大个体已爬行到了食物充足的地方，它的尖头发出号令，无数孢子立即分散，四处游荡，寻找食物，开始了新一轮生命循环。

不久，到了下班时间，伊斯曼宣布："黏菌聚集会结束，女士们，收拾东西吧。"

他们正要离开试验室时，电话铃响了。松本好子拿起听筒问了一声，便默默递给江志丽。

是索雷尔教授，他邀请江志丽共进晚餐，志丽愉快地答应了。她没注意到好子的目光中流露出一丝嫉恨，她比江志丽早来一年，曾经钟情过教授。

一

江志丽回到自己的单人公寓里，仔细地挑选着衣服，最后她决定穿那件湖绿色的高领旗袍，到美国后她还没有穿过一次哩。她站在镜前略施淡妆，现在镜子里是一个娇小典雅的东方女子，皮肤很

未来

白,近似西方人的肤色,又远比西方女子细腻。黑色长发蓬松飘逸,散落在浑圆的肩头,一双倩雅的丹凤眼蕴含柔情,剪裁合体的旗袍更衬出身段的婀娜。她对自己满意地笑笑,拎上女用挎包出门。

教授的黄色大都会型凯迪拉克轿车已经在门外等着。教授仔细打量着她,微笑着说:"凯伦,你真漂亮。"

"谢谢。"

"今天晚上去哪儿?找一个中餐馆?"

"NO,NO,干吗吃中餐呢,我已经吃了三十年了。如果回国的话,还要继续吃下去,为什么不趁现在多尝尝异乡美味呢?"

"好,今天去一家意大利餐馆。"

教授打开车门,请志丽上车。他发动汽车后轻轻笑了一声,江志丽奇怪地问:"你笑什么?"

汽车迅速冲出林荫道,索雷尔先用电话向卡勒莫餐厅预定了座位,然后笑着说:"我刚才想到了一位中国朋友,他是北京人,一个很成功的中间商,家产已经逾亿,移民美国也有十五年了。现在,他仍然吃不惯西餐,只要儿孙没有在家,逮着机会就吃北京炸酱面。亲爱的江,炸酱面真的那么美味吗?"他夸张地惊叹着,志丽也笑了。

他们来到卡勒莫饭店的平台餐厅,穿过衣帽间,侍者领班在门口迎候着,教授说:"预定的两人桌。"

领班殷勤地把他们领到栏杆旁的一张桌子上,楼下是碧波荡漾的室内游泳池。教授为女伴斟了一杯矿泉水,问:"还喝点什么?咖啡,威士忌?"

江志丽为自己要了一杯加冰威士忌。侍者送来菜单时,江志丽没有客气,很快点了意大利小牛肉,咖喱鸡块,意大利实心面。

吃饭时教授笑道:"我记得你到美国不足四年吧,你已经非常成功地西方化了。想好了留下来没有?"

江志丽爽快地说:"我已经有这个打算了。一踏入美国这个移民社会,我就觉得似乎我天生就该在这儿生活。我会努力融入这个社会的,也希望得到你的帮助。"

"我会尽力的。"教授吃着小牛肉,沉思了一会儿,小心翼翼地问,"这么说,你与中国的丈夫已经离婚了?"

江志丽抬起头很快看他一眼。教授的头发和胡子已经微见花白,但身体十分健壮,胸膛宽厚。她突然冲动地说:"对,我对他已不再依恋。他谨小慎微,住在简陋的楼房,连睡觉时都生怕床板的响声惊动邻居。那种环境能使人的天性慢慢枯萎。我一直盼着有一个地方能自由自在地宣泄我的天性,现在总算找到了!"

在冲动中说了这些话,她多少有些后悔,低下头默默地吃饭。眼前晃动着从前丈夫的影子,还有三岁的女儿小格格,她对那个男人没有多少感情,不过想起女儿天真无邪的目光,仍觉得内疚。

五年前,她以优异的成绩考上了公派留学生,但在办护照前却被告知,这个名额已改派他人了。她出身寒微,没有什么背景,在那张无所不在又毫无踪迹的关系网中挣扎、窒息。她到系主任、外事处长、校长那儿大吵大闹,结果到处都撞在冷淡的礼貌上。同在这所大学的丈夫劝阻不住,负气道:"你是不是想把人得罪完?你不留后路,总该为我留条后路吧!"

那时她不由得打一个寒战,也就是从那时起,她萌生了离婚的念头。后来她凭自己的本事考上了自费留学,临走时她斩钉截铁地公开宣布:"我再也不会回来了!"

未来

她走时，丈夫甚至没有去送她。所以，在她成为索雷尔教授的情人时，她也没有丝毫负疚感。

索雷尔教授用刀叉切着牛排，斜睨着女伴，小心地说："你知道，我有一个很好的妻子，我们已经共同生活了三十年……"

江志丽猛然抬头，恼怒地打断了他的话："不必说了，我绝不会妨碍你的家庭！"教授的话严重挫伤了她的自尊心，"我做你的情人，是因为我喜欢你，仰慕你的智慧，并不是想做索雷尔夫人。我们随时可以说再见的。"

教授很尴尬，沉默片刻后，他诚恳地解释道："请原谅，我绝不是想冒犯你。但我知道中国女子对男女关系看得比较重，我不想让你有一个虚假的希望……"

江志丽已经恢复了好心境，她知道教授的用意是真诚的，便嫣然一笑："行了，亲爱的乔，不必解释了。从现在起，请你把我当成一个彻头彻尾西方化的女人吧。"

教授愉快地笑起来。他们吃完后，唤侍者结了账，教授便携她驱车去他的新寓所。

教授的新寓所在寂静的长岛富人区，窗户俯瞰着浩渺的大西洋。江志丽浴后，教授久久地注视着她，赞扬道："凯伦，你真漂亮！"

江志丽莞尔一笑。可她突然想起，去年回国时，三岁的女儿小格格也曾这么说："妈妈，你最漂亮，我最喜欢妈妈！"

那时她正同丈夫协议离婚，这句话几乎使她丧失了勇气。此刻想起来，仍觉心中刺痛。

客厅的电话铃响了，索雷尔去接电话，随手摁下免提键："我是索雷尔，请问是哪一位？"

电话中是一个男人略带沙哑的声音:"请问,你是沃森智能研究所的乔·索雷尔先生吗?"

"对,我能为你做些什么?"

"请原谅我打扰你,我向《纽约时报》查询一个大脑或智能专家,他们推荐了你。我和儿子之间出了一点奇怪的事情……"

他带着浓重的西部口音,说话不太连贯,索雷尔和江志丽努力听着。那人说:"我有一个六岁的儿子,他母亲早去世了。两个月前,我偶然发现儿子能读出我的思想……"

索雷尔急急打断了他的话:"你说什么?他能读出你的思想?"

"对,特别是我比较专注地看一幅画面或照片时,他会漫不经心地说,爸爸,你在看妈妈的照片?或者,你看到的风景多美啊,是吧?但那时他却是在低着头玩,并没有看到我手里的东西。发现这一点后,我有意做了多次试验,结果证明他的确能读出我脑中的东西!"

索雷尔看看江志丽,她仰着头,似笑非笑地听着。那人激动地说:"这个游戏我们已经进行了几十次,绝大部分都成功。更奇怪的是,从前天开始,我也能读出儿子的思想了!我正在厨房做饭,忽然头脑中出现了一只沙皮狗,几乎碰到我的鼻子,非常逼真。我急忙跑到客厅,见儿子正盯着邻居家的那只沙皮狗,它是偶然闯进我家的。这以后我又试验了几次,证明我确实也有了儿子那种能力。不过,到目前为止,我们好像只能传递画面之类的东西。"

索雷尔教授听得十分专注,他问:"你可以确认吗?不是错觉或是幻觉?"

"我想可以确认,索雷尔先生。我没上过大学,没有什么知识,

未来 ——

不过我的神经很健全,不是一个妄想狂患者。"

索雷尔蹙着眉头,与志丽交换着目光。这个消息太出人意料,他一时还难以接受。他有意放慢了节奏,缓缓地问:"我还不知道你的姓名和职业呢?"

对方笑了:"噢,是我忘了介绍。我叫马高,儿子叫山提,你大概知道这是印第安人的名字。对,我是一个印第安人,在亚利桑那州派克县印第安人之家当管理员。"

索雷尔沉思着,他觉得对方虽然文化素质不高,说话不太连贯,但条理分明,显然不是一个精神病人。略为思忖后,他说:"谢谢你打来的电话。你能不能来这儿一趟?路费由我支付……噢,不,不,"他忽然改变了主意,"还是我们去吧,我想尽量保持你所处的环境条件,也许你们的特异能力与环境有关。明天我将派一个助手去核实,如果确实的话,我本人随后也去。请告诉我你的电话号码和详细地址。"

志丽递过来记事本和圆珠笔,他匆匆记下后说:"行,就这样决定,我们明天去人。再次谢谢你的电话。"

电话挂上后,江志丽冲动地对教授说:"明天让我去吧,我是在盛行特异功能的国家长大的,对这种鬼话早就有免疫力了。"

索雷尔皱着眉头,生气地说:"如果这样,就不能派你去。"

"为什么?"

"从事科学研究的人不应有任何框框,而只能相信自己的眼睛。当然,我也不相信他说的,但在用足够的观测去否定它之前,我们不能事先认定它是谎言,法律上的无罪推定同样适用于科学。"

江志丽也严肃起来:"我会记住你的话,但还是让我去吧。"她又换了玩笑的口吻,"我去有一个有利条件,中国人和印第安人同属蒙古人种,也许我们之间会有天然的亲近感。"

索雷尔微笑着说:"美国是一个成功的民族熔炉,我想,马高先生不会赞同这种带有种族主义色彩的感情。"

他的笑容温文尔雅,但话语深处却分明带有逼人的寒意。江志丽想不到一句玩笑招来这样的反应,她沉默了一会儿,觉得就此哑口未免堵得慌,便佯作无意地说:"听说美国的感恩节和印第安人有关?我记得在1607年,印第安一个酋长的女儿波卡洪塔丝救助了濒临绝境的英国移民,并教他们种烟草、土豆和玉米。1621年11月的第四个星期四,英国移民把这天定为感恩节,以表达对印第安人的感激之情。可是到了1836年,羽翼丰满的白人就把印第安人赶出平原,使他们大半死在西部荒凉的山路上,这就是有名的眼泪之路。美国社会的基石下埋着110万印第安人的尸骨,占当时北美印第安人总数的80%。当然比起西班牙人,美国人还是很文明的,西班牙在中南美屠杀了1200万。我知道,还有几十万华人劳工同样埋在美国文明的基石下。我想,至少在那儿,他们应当有一些天然的亲近感。"

索雷尔沉默了一会儿,语调恳切地说:"亲爱的江,如果我刚才的话无意中冲撞了你,请你原谅。你说的那种劣行是资本积累初期的罪恶,它再也不会在美国出现了。"

教授的诚恳使她很感动,她笑着把双臂搂住教授的脖子,表示和解。

教授接着刚才被打断的话题说:"我有一个挚友在斯坦福研究所,所以我有可靠的消息来源。他们在中央情报局资助下研究超能力已经整二十年了,据说成功率很低,所以中情局在征询了俄勒冈大学著名的心理学家R·海曼之后,中止了这些研究。不过我的看法不同,

| 未来 ——·

我认为成功率是一个不值得注意的数据。二十年中哪怕只有一个确凿的事例,也值得继续干下去。据那位朋友说,他们的确有过成功的事例。有一次,一个超能力者凭空画出了弗吉尼亚州一个中情局绝密设施的地图,甚至还猜出了当天的通行口令。按他们那种严格的测试环境,这绝不可能是偶合或是捣鬼。可惜,这种能力的可重复性太差。"他郑重地叮咛,"所以,最重要的是可重复性!只要有一个可重复的例证,就是重要的突破!"

二

第二天早上,江志丽在纽约机场乘上了德尔他航空公司的麦道飞机。不久,她就看到了连绵不断的落基山脉和著名的科罗拉多大峡谷,峡谷两侧,红黄两色的山崖壁立千尺。空中小姐热情地介绍亚利桑那州的旅游名胜,除了大峡谷外,还有著名的索诺兰彩色沙漠和几百万年前留下的化石林。

飞机很快就在亚利桑那州首府菲尼克斯降落,江志丽租了一辆银云牌轿车,驱车向派克县开去。

下午她找到了那个印第安人之家,它类似于一个小型的自然保护区,坐落在一个山弯里,满坡是翠绿的黄松和长叶松,北美红雀和野云雀在林中鸣叫。路口立着一根两米高的木质图腾柱,上面刻着怪异的面孔,不知是印第安人的祖先还是一位神祇,但雕刻精美,显然是后人的仿造而不是真品。图腾旁还有一块低矮的铜制铭牌,简单地记述着印第安摩其部族的历史,及建立印第安人之家以保存印第安人文化的意义。江志丽取出理光相机照了两张，便匆匆上车。

落日的余晖照着图腾柱上的面孔，江志丽似乎感受到那双目光穿越时空的沧桑。她知道印第安人同中国人一样，同属蒙古人种，他们的语言也属于孤立语，他们和亚洲人一样，尿中含有 β—氨基异丁酸。据说，他们是在两万五千年前从亚洲出发，踏着串珠般的阿留申群岛和白令海峡的浮冰来到北美的。时间似乎已经淹没了一切痕迹，但生物学家从印第安人的线粒体 DNA 中，挖掘出了他们从北美的西部逐渐向东向南扩散直到南美洲的踪迹。北美印第安人在极盛时达到一百五十万人，但白人殖民者的到来中断了这个过程。

碑文中没有记下这段血迹斑斑的历史，江志丽想，即使在以自由、平等、客观、公正著称的美国，历史的真实也是有限的。不过，她并不想批评美国，毕竟，"为贤者讳"的传统在亚洲要更为浓厚一些。

在山间公路上绕行了十分钟，她看见山脚下有一幢小小的二层楼房，这肯定就是马高先生所说的那个印第安民俗博物馆了。一个三十岁左右的男人在门口迎候，他穿着印第安人服装，但那显然是向游人展示的道具，就像中国的宋城饭店让女招待穿上簇新的宋朝服饰一样。从外表上看，他已失去了祖先的强悍粗犷，只有他黄色的皮肤、黑油油的直发才显示出印第安人的特征。

马高先生热情地迎过来，为江志丽打开车门。他说："按我的估计你快来了，所以我一直在这儿等候。"他领客人进屋，说自己的住室就在楼上，江志丽的住室也安排在楼上，现在请更衣休息。或者，先领她参观一下印第安人之家的展品。

却不过主人的盛情，江志丽浏览了馆内陈设的展品：羽毛头饰，石斧石锄，鹿骨鱼钩和面具等，参观了叫作普布韦洛的印第安人村

| 未来 ____.

居复制品。这些展品干干净净,井井有条,显然受到了精心的管理,与国内那些泅在水中的魏碑、蒙尘多年的汉帛相比,江志丽不免滋生出许多感慨。

这间小小的博物馆干净、雅致,就像公园里精致的熊舍。江志丽不知怎的冒出一个近乎刻薄的想法,她十分羡慕白人,他们是上帝的宠儿,他们凭来复枪和《圣经》征服了印第安民族,现在可以居高临下地施舍仁慈了。

她发现一根图腾柱旁站着一个小印第安人,也是全副印第安行头,甚至还带着小小的鹰羽头饰,目光怯怯地看着她,十分文静,完全不像平素看到的感情外露的小"扬基"。马高笑着把他搂到怀里,说这是他的儿子,是个怕羞的小家伙。这个黑头发黑眼珠的小不点赢得了江志丽的喜爱,她把提包递给马高,笑着把孩子抱起来。山提也立刻喜欢上了漂亮的江志丽,用双臂亲热地挽住她的脖颈。

晚饭时,山提一直坐在志丽的旁边,他问:"凯伦姑姑,你是中国人吗?我知道中国有长城、瓷器和恐龙。"

"对,我的小同族,你知道吗?我们都属于蒙古人种。两万年前,你们的祖先同我们的祖先'拜拜'后就往东北走,走哇,走哇,走过荒凉的西伯利亚,跨过白令海峡,一直来到了美洲。"她告诉马高先生,不久前她在美国《国家地理》杂志上看到一篇报道,纽约州的印第安易洛魁部族还保留着两张完整的彩色鹿皮画,一张是《轩辕酋长礼仪祈年图》,另一张是《蚩尤风后归墟扶桑值夜图》。她问:"你知道轩辕黄帝和蚩尤吗?"

她尽力向他们讲解了这两个汉族传说中的人物,父子两人听得十分认真。但她不久就意识到,父亲是出于礼貌,儿子则是懵懂,显然这则两族同源的故事并没有引起他们感情上的共鸣。江志丽笑笑,放弃了和他们套近乎的努力。本来,那条消息太过玄虚,连她自己也不相信。

饭后马高先生问她:"凯伦小姐是否先休息一个晚上,明天我们再试验?"

"请问,你们父子之间的这种感应能力在什么时候最强?"

"一般在晚上八点之后,不过并不严格。"

"那好,今晚我们就开始吧,我迫不及待地想目睹这个神奇现象。山提,你能为姑姑成功地表演一次吗?"

山提说当然能,他很热心地从椅子上跳下,来到客厅,摆出一副接受考试的架势。

虽然有教授的预先告诫,江志丽在内心深处还是把立足点放在"怀疑"上。她想这种心灵感应无非是江湖上的障眼法,来前她已详细考虑了测试办法,要保证自己不受障眼法的蒙蔽。现在她把那对父子安排在客厅的对角,相距大约二十米。她问:"在这个距离上能否传递?"

马高笑道:"没问题,我们试过比这更远的距离。"

"那好,请你们背向而坐,可以吗?我只是想尽量排除一些可能导致错误结果的因素……"

马高先生打断了她的解释,爽快地说:"可以的。"

江志丽拿出两套明信片,交给父亲一套,在儿子面前放一套。她随意抽出一张,举到父亲面前:"现在开始试验,请你把这个图像传递给山提。"

马高用力盯着画片看了几分钟,然后闭上眼睛,蹙起眉头。江志丽觉得他的全部意志力都集中到额头上了。她收起画片,快步来

未来 ──

到山提身边,那个小家伙正闭着眼,龇牙咧嘴的,模样十分滑稽。突然他睁开眼,在明信片中匆匆翻拣一阵,抽出一张长城风景明信片问:"凯伦姑姑,是这张吗?"

刚才江志丽没有看自己抽出的画片,她怕自己一旦知道,会不自觉地在表情上做出暗示。现在她从口袋里掏出那张明信片一看,果然不错!

她惊奇得缓不过劲来,山提却担心地问:"凯伦姑姑,我认错了吗?"

江志丽这才浮出笑容,夸奖道:"对,完全正确,你真是个聪明的孩子,我们再试一次好吗?"

"好的!"山提一副跃跃欲试的样子。

他们连着试了二十多次,全部正确。在这些试验中,江志丽一直紧紧地盯着他们,看有没有暗示、暗号或其他猫腻,但她没有发现任何不正常之处。实际上,单从五岁的山提那种天真无邪的神态,她也不相信这对父子是在合谋欺骗她。

不过,她也不会轻易下结论。她轻声软语地问:"小山提,下一次试验,姑姑把你的眼睛先蒙上,好吗?"

"好的,你蒙吧。"

江志丽小心地蒙上他的眼睛,然后来到马高先生面前,掏出几十张汉字卡片。这些汉字对印第安人来说无异于天书,这样能更有效地防止暗地传递信息。她抽出一张放到马高先生面前,他奇怪地问:"是中国文字?"

"对。你能传递这些象形文字吗?"

"我试试吧。"

几分钟后,志丽解开小家伙的蒙眼布。山提不知道眼前这些方框框是什么东西,但他仍低下头努力寻找,他终于找到了:"是这一张,对吗?"

江志丽翻开自己的卡片,两张都是中文的"天"字。在这一刹那,她几乎抑制不住自己的狂喜。她已经开始相信了,如果这种脑波传输确实是真的,而且还能传输文字的话,那就意味着不仅可以进行直观的图像传输,还能进行抽象的思想传输了!

这时,山提仰着脸好奇地问:"凯伦姑姑,这是中国文字吗?这个字是什么意思?"

江志丽耐心地讲解了,然后笑嘻嘻地问:"小山提,你能不能读出我脑中的东西?我们来试一试,好吗?"

山提迟疑地说:"好吧。"

江志丽转过身问:"马高先生,你们是如何进行思维发射的,请教教我。"

马高为难地说:"恐怕我当不了一个好教师,我自己也弄不清到底是怎么做的。你就盯着画片努力看,然后再把脑中的东西努力移向额头,试着来吧。"

在其后的一个小时中,江志丽盯着一张张画片,努力想象着把脑中图像变成"场",再发射出去。小山提也在真诚地努力着,不过他们终于失望了。

"不行,看来不是人人都能有这种特异功能的。"江志丽苦笑道,"时候不早了,让小山提休息吧。"

马高笑道:"不要紧,他经常到十一点才睡觉呢。山提,向凯伦姑姑道个晚安,出去玩吧。"

| 未来

山提在她额头亲了一下,高高兴兴地跑了。马高说:"你今天旅途劳累,早点休息吧。"

江志丽洗了热水澡就上床了,不过久久不能入睡。今天她看到的东西实在出乎她的意料,当然她不会就此轻易下结论,她还需要从各个角度来检查,看其间有没有什么门道。不过直觉告诉她,很可能她正面对人类发展史上一个极重要的里程碑,一个上帝偶然掉落到人间的至宝。

她掏出笔记本,详细追记了晚上的测试情况。她想拿起电话向教授通报她的所见所闻,但她按捺住了自己的愿望。她不想给教授留下一个办事草率的印象。

一张照片从笔记本里滑落下来,是小格格的,大脑门,一只朝天辫,那双黑黝黝的眼睛认真地盯着她。她心中的刺痛感又苏醒了。她已与丈夫商定,离婚后女儿暂归男方,因为她还要在美国奋斗数年,等功成名就后再把女儿接来美国读书。这样,很可能在五六年甚至七八年中她都见不到女儿了。她叹口气,闭上眼,把女儿的面容印入脑海。

忽然她的房门被推开了,探进来一个小脑袋:"凯伦姑姑,你在看照片吗?"

江志丽愣了有十几秒钟,突然从床上跳下来,急迫地问:"山提,你读出了我的思维,是吗?"

她听见自己的声音都发抖了,这种音调也让山提有点吃惊,他怯怯地问:"我觉得你在看照片,是一个小妹妹,脖子上带着一只小狗,对吗?"

他说得完全对,小格格是属狗的,照片中她的脖子上确实挂着一个玉石雕刻的小狗。她决定再来一次试验,便盯着小山提,努力把他的形貌印在自己的额头,然后微笑着问:"不,你再仔细看看,那个小孩是什么模样。"

山提闭上眼,片刻后眉开眼笑了:"凯伦姑姑,是我看错了,原来你是在看我的照片!"

江志丽猛然抱住他,任热泪流淌。在这一刻,她已经完全相信了,因为任何魔术或江湖手法也不可能让一个五岁孩子在刹那间做出正确的反应。这一对父子的确具备思维传输能力,这一点已经确定无疑了。他们很可能认识不到这种能力的意义,但江志丽已经清楚地看到,它将开创人类智力发展的新纪元。

她想,现在可以向教授交答卷了。

这时,在索雷尔的寓所里,他刚和松本好子上了床,床头的电话铃就响了。索雷尔拿起电话,电话中传出一个急迫的声音:"教授,马高父子的脑波传输功能已经完全证实了!而且,你知道吗?在小山提的启发下,我本人也具备了这种功能,已经可以向外发射或接收图像甚至汉字。所以,这种现象已经不需要再做什么验证了!"

她的兴奋从电话中向外流淌,教授也十分激动,他根本没有想到会有如此飞速的进展。他摁下了免提键,和好子一块注意地听着。江志丽说:"教授,我认为这是人类智力发展史上一个极重要的里程碑。它将建立人类的开放式思维,建立大一统的人类思维场!你说对吗?"

教授能触摸到对方的激情,他也暗暗称赞凯伦在思想上的敏锐。很有可能,这会儿凯伦无意中说出的两个词:开放式思维,思维场,在十年后会成为使用频率极高的标准词语,就像人们现在说电场、电脑那样。他沉思片刻后问:"凯伦,据你的初步印象,这种思维传输是什么机制?是电磁波吗?"

| 未来 ——。

"似乎不像。我曾做了一些简单的试验,比如用金属丝网罩住脑袋,发现传输并不受影响;我也用磁强仪等仪器对环境的电场、磁场做了测试,没有发现任何异常。教授,我觉得,这一点可暂时不去追究,应该把重点放在这种传输功能的开发和应用上。你说对吗?"

"完全正确。谢谢你的工作。"

"那么,下一步我该如何工作?是带上马高父子返回沃森,还是在这里继续验证?"

"不,你仍留在那儿。我会停下这边的工作,带上所有的助手一块去。我们不知道这种能力是否和特定环境有关,所以为保险起见,就仍在那儿验证吧。如果再有两三个人获得这种能力,那就确信无疑了,就可以向世界宣布了。对这个发现,无论怎样评价都不为过,所以,再次谢谢你的工作。"

那边,江志丽挂断电话前,听见电话中一个女子轻声问:"我也去吗?"她听出是松本好子的声音。看来,索雷尔教授真不虚度时光。不过她马上就释然了,她想自己的醋意是没有道理的,毕竟她又不是索雷尔夫人。

三

第二天傍晚,索雷尔带着五个助手赶到了派克县,除了伊斯曼、松本好子外,还有黎元德,面目黝黑的越南青年;吉贝尔,个子高大、满头金发的挪威人;斯捷潘诺夫,浓眉毛的俄国人。马高腾出了全部卧室,又腾出一间办公室,才把他们安顿下来。

"我们的传输能力又进步了!"江志丽喜滋滋地告诉教授。五岁的小山提偎在她身边,像是一对亲热的母子。她摩挲着山提的脑袋说:"小山提,你和我现在就为教授表演,好吗?"

小山提兴冲冲地答应了。他们来到客厅,一张长桌中间隔着黑色的帷幕,两人在帷幕两边坐好。江志丽把一副扑克递给教授,笑嘻嘻地对帷幕对面的小山提说:"注意,现在就开始。"

她让教授随意抽出一张扑克交给小山提,山提认真看一眼,点点头,教授再递过去第二张。一分钟后,教授手里有了十二张扑克。帷幕这边,江志丽按接收到的脑波信息也排出十二张扑克,交给教授。两套牌的花色次序完全一样!

江志丽得意地说道:"我们还能传输文字呢。我发现用汉字传输最为有效,因为拼音文字可以说是一维的,汉字却是二维的,比较直观,包含的信息量大。这两天我教山提学会了几个汉字,你看——"

她在帷幕这边挑出几张汉字卡片,那边的小山提很快地拣出几张,组成一句:阿牛是个好孩了。他得意扬扬地问:"凯伦姑姑,我挑对了吗?"

江志丽走过去看看,笑着把"了"字挑出来,换上"子"字。她向大家说:"阿牛是我给他起的中国名字。"

这一连串表演令几个后来者眼花缭乱,他们目不转睛地看着,觉得在几天之间,江志丽已经跨进了科幻时代,他们的目光中有强烈的失落感。

江志丽安慰他们:"思维传输能力的激发是很容易的,我只用了半天时间,我想你们也不会费时太久的。教授,直到现在我还不

未来

敢相信这是真的,人类苦苦盼望的超感觉能力就这么轻易地得到了?它是怎么突然出现的?是马高父子的基因突变?"

索雷尔说:"基因突变也罢,上帝恩赐也罢,如果我们能把少数人具有的这种能力扩充到全人类,那我们就打开了阿里巴巴的宝库,打开了一个新时代的大门,它会使过去那种分散的孤立的智力变得微不足道。凯伦,世界科学史上将用金字镌刻上马高父子和你的名字。"

第二天,索雷尔教授和他的所有助手都盘脚坐在客厅,按马高先生和江志丽的要求开发思维传输功能。"我们成了一群气功师或瑜伽大师了。"伊斯曼自嘲地说。

到下午两点,松本好子尖叫道:"我看到了!是富士山的图片!"

江志丽的确正在传输这张图片,她高兴得忘乎所以,与好子搂抱在一起,在镶木地板上又蹦又跳,放声大笑。好子的成功激起了其他人的信心,晚上,黎元德也激动地宣布,他看到了山提传递的一张非洲猎豹照片。最令人兴奋的是,这种能力一经获得,便百试百灵,甚至超过了索雷尔对可重复性最严格的要求。

但自此后幸运女神就不再光顾其他人了。三天之后,索雷尔教授和另外三个助手仍然毫无进展。教授神色仍很平静,但平静的下面有掩饰不住的疲惫和焦灼。好子、黎元德不断地报告着自己的进展,更使几个"圈外人"感到焦急。

晚上,江志丽走进教授的住室,他正站在窗口沉思,侧面射来的灯光使他的面庞显得像一尊石雕。江志丽能理解教授的心情,他们眼睁睁看着其他人跨上了新时代的科学之车,这辆车正与他们擦肩而过,却苦于无法追赶。这种无能为力的感觉是很折磨人的。江志丽轻声唤道:"教授……"

教授回过头来,表情明朗,笑道:"我正要唤你来。我想,我和这几个人恐怕暂时激发不出传输能力了。不过不要紧,有了你们五个人的成功例证,这个项目可以说已有了肯定的结论。以后的研究我想这样安排:你和好子、黎元德留在此地,尽力把已经获得的能力巩固和深化,这是十分难得的机遇,不能因为环境变化等偶然因素影响它的准确性。我带上山提和其他人回到沃森研究中心,我想挑一些四至五岁的小孩来做激发试验,也要用沃森中心的现代化仪器对这种'超能力'做出分析。你有什么意见吗?"

"没有,我听从你的安排。"

教授略为犹豫一会儿,说:"在沃森中心那边的研究得出明确结论之前,希望你对此事严格保密。事体重大,我们要格外谨慎,不可草率宣布。"

"好的,我听你的。"

教授揽住她的肩膀:"谢谢你的工作,不论何时公布,你都将是第一发现人。"江志丽抬起头想要推辞,教授一挥手,表示已经确定,"不必说了,这是你应得的荣誉。"

江志丽看着这个既是长者又是情人的男人,心头涌过一股热流。她抬起头说:"教授,不知你是否注意到,激发出传输能力的五个人正巧都是蒙古人种。难道上帝的自然法则也有种族主义?"

教授不假思索地放声大笑,说:"绝无可能,绝无可能。如果严格按种族划分,那么无论耶稣、穆罕默德还是释迦牟尼都是高加索人种,他们难道会偏袒异族人么?"

江志丽也笑起来。她同教授吻别,回到自己的住室。

| 未来 ——.

四

教授带上小山提走了。生性内向的山提不愿离开父亲,但凯伦姑姑终于说服了他,并答应一星期后就回纽约陪他,山提才恋恋不舍地同她吻别。

之后江志丽他们夜以继日地投入工作,他们已不再要求马高先生参加,因为他的文化素质已不能理解一些微妙之处。三名研究者几乎已达到心意相通的地步,有时他们会做一个接力游戏:江志丽先在脑中形成一个图像,比如沙滩风光,发送出去;松本好子加上一轮圆月后送给黎元德,黎元德再加上一朵浮云或雁阵返回给江志丽。几次循环后,他们的脑中都有了这幅复杂的图像,于是爆发出一阵大笑。

他们仍然只能传递图像而不能传送抽象的概念。不过在这上边也取得了一些进展,除了用传递文字的办法来传输思维外,还形成了一些约定俗成的符号,比如:头脑中画出一个感叹号表示赞成,问号表示反对,下括弧表示高兴,上括弧表示生气……这些符号日渐丰富,以至于他们能开一场简单的讨论会了。

晚上,高强度的脑力活动使三人都筋疲力尽,但他们仍不愿结束。黎元德说:"等到这种能力在全人类普及,你们想,那时人类会有什么感想?"

"什么感想?"

"他们一定非常可怜过去那些只会用语言传递思维的人类,就像我们可怜那些只会哼哼的猪崽。"

几个人都笑了。江志丽欣慰地说:"对,这个发现肯定能改变世界。

下一个时代将从我们的发现开始。"

回到住室,江志丽草草浴罢,躺在那张简陋的床上。她想这几天过于劳累,没有同教授联系,估计那儿仍未取得进展,否则教授会打电话的,她矇眬梦见自己已来到了未来,几个人在合力思考一个数学难题,就像旧人类在合力抬一根木头。碰到一个更难的题目,那就再唤来几十个人。这种"无损耗"的智力合作真是奇妙无比,她作为其中的一员,觉得十分愉快和兴奋。但接着她突然感到莫名的恐惧,并且难以置信地看见自己正处在一个铁笼中,金属板条中有紫色的电弧在飞舞、爆裂,像一群狂暴的蛇,炫目的光芒使她难以睁开眼睛。这一圈光网囚禁着她,包围着她,抬着她逐渐飘离暗淡的背景。这一切都是那样真切,她在梦中也大声告诉自己,这绝不是梦境!

再后是一阵猛烈的抖动,眼前的景象在刹那间消失得干干净净,归于一片绝对的黑暗和死寂。像是有人在她脑颅内猛击一锤,她猛然翻身坐起,冷汗涔涔。梦中带出的寒意仍紧紧箍住她,使她难以喘气。

虽然没有任何逻辑证据,但她分明感到了这一片死寂意味着什么,那就是:死亡!

但究竟是谁的死亡?是死亡的预兆还是死亡的回声?夜阑人静,满屋浸泡着死亡的不祥。她呆呆地坐在床上,直到凌晨才入睡。

第二天,他们仍然兴致勃勃地跃入那片透明的思维之海,尽情享受开放式思维的乐趣。天朗气清,让她觉得昨晚的恐惧是何等可笑。工作之余,江志丽笑着谈了昨晚的噩梦。松本好子笑着说:"你为什么不把这个梦境给黎元德发送过去?"

未来

黎元德说:"我可不欢迎这样的内容。"他的思维很敏锐,立即就这个问题作了延伸,"对了,我想在将来的社会中一定有严格的法律来禁止'思维窃听'和'思维擅入',就像现在禁止对公民进行电话窃听一样。"

忽然江志丽看到了立在门边的马高,他显然听到了屋内的谈话,面色苍白。江志丽奇怪地问:"马高先生,你怎么了,不舒服吗?"

马高低声说:"凯伦小姐,昨晚我和你有同样的梦境。"

这句话使得那种死亡的寒意又渐次升起。江志丽愣了很久,忽然恍然大悟:"一定是我把梦境发送给你了,要不就是你感染了我。我们正在谈这一点呢,凡事有一利必有一弊,具有思维传送能力的人恐怕不得不应付这些骚扰了!"

几个人都笑起来。

上午九点,江志丽正在努力接收松本好子发送的一首唐诗,电话铃响了。江志丽拿起听筒高兴地说:"是教授?我们一直在盼着你的电话,我知道只要你打来电话,就表明有了进展。我没猜错吧?"

教授的洋洋喜气甚至从电话里都能触摸到:"对,已有了很大进展,我们正在路上,二十分钟后就到达你们那儿,见面再谈吧。"

江志丽放下电话兴奋地宣布:"教授马上就要到了,他说有了重大的进展!"

二十分钟后,门外响起汽车喇叭声。少顷,教授风风火火闯进屋内,三个人立即迎上去:"教授,有什么好消息?"

教授脱下风衣,欣喜地说:"那儿的试验已得出明确的结果。被测试的二十名小孩有百分之五十被激发了这种能力。我们几个都成功了,伊斯曼、斯捷潘诺夫、吉贝尔……我仍然是最糟糕的一位学生，但也基本掌握了。你看，"他随手从口袋里掏出一副牌，仔细洗了几次，然后把牌的背面对着自己，随意抽出一张问："这是什么牌？"

江志丽不解地说："是方块K。"

索雷尔笑了："不，不要用语言告诉我，你用脑波发送。"他又随意抽出一张，"发送这一张。好，我收到了，是草花3，对吧？再来一张，是草花J，对吗？哈哈！"

他大笑着把志丽拥入怀中，告诉三人："已经决定明天在沃森研究中心召开记者招待会，宣布这一个历史性的发现。我特意前来迎接马高先生，你们当然也要返回。"

当他把这个消息告诉马高时，那个印第安人显得十分犹豫："不，这几天我不想去。"

索雷尔不解地问："为什么？你是这个重大科学发现的功臣，明天你会成为《华盛顿科学箴言报》或《纽约时报》的头版人物。你怎么能不去呢？"

黑瘦的黎元德说："他昨晚做了一个噩梦，一定是因此不愿出门。"他讲了昨晚两人的相同梦境。

教授的目光中掠过一波阴影，旋即笑道："忘了那个不祥的梦境吧，马高先生，你一定要去，否则记者们会杀了我。你们稍准备一下，立即出发，到菲尼克斯换乘飞机，机票已经预定了。"

马高仍在犹豫，江志丽过去挽着他的胳臂笑道："马高先生，不必犹豫了，小山提还在那儿等着你呢。"

提到儿子，马高不再拒绝，他默认了。教授催他们快做准备，不要误了下午的飞机。江志丽问："教授，就你一个人来吗？"

未来 ——.

"不,伊斯曼也来了,他正在检查那辆大道吉呢,点火系统略有点毛病。"

十五分钟后,一行五人带上简单的盥洗用具下楼,两位兴奋的女士跑在前边。伊斯曼正靠在道吉的车门上,看见她们下来,微微一笑,打开车门,但他的笑容中分明有些勉强。江志丽关心地问:"伊斯曼,不舒服吗?"

教授看了伊斯曼一眼,解释道:"他太累了,为了赶时间,从菲尼克斯到这儿的三百英里路,只走了两个多小时。"

松本好子笑嘻嘻地说:"伊斯曼,听教授说你的传输能力比他强,愿意和我比一比吗?现在我要向你发送一个复杂图形……"

伊斯曼慌张地看看教授,教授皱着眉头说:"好了,不要玩闹了,他今天太累。喂,这样安排,我和伊斯曼坐马高先生的小丰田,你们四人坐大道吉,让伊斯曼休息一下。"

他们按教授的安排上车。马高坐到驾驶位,黎元德打开道吉的车门,请女士上车。好子上车后伸出头喊:"凯伦,快上车呀。"

江志丽显然犹豫着,片刻后她说:"我坐丰田吧,我有些事想问教授。"她没等教授同意,自己拉开车门上车。索雷尔显然有些不快,但没有说什么。伊斯曼仍坐在司机位,江志丽问:"伊斯曼,不是说让你休息吗?我来开车吧。"

伊斯曼没有回头,说了一句:"不,还是我来开。"

丰田追着道吉穿过印第安人保留区,经过那根用作路标的图腾柱,上了公路。江志丽问教授:"小山提还好吧,他嫌孤单吗?"

教授摇摇头说:"他很好。"之后就保持沉默,显然他不愿谈这个话题。很长时间之后索雷尔才说:"凯伦,你刚才说要问什么事?"

江志丽虚弱地说:"下车再说吧,今天怎么搞的,我有点晕车。"

她偎在教授身边,教授轻轻揽住她,也不再说话。

汽车开得很快,巨大肥厚的萨瓜罗仙人掌孤独地立在荒漠中,一种叫鹧鹩的漂亮小鸟在仙人掌上飞翔。沙漠景色很快地被甩到身后,前边是山区,公路在山中蜿蜒隐现,汽车爬升越来越高,很快那些沙漠成了脚下的盆景,科罗拉多河在深深的峡谷中奔腾。伊斯曼一言不发,紧紧盯着前边的道吉,把方向盘左打右拐,就像是惊险电影中的追车镜头。

索雷尔感到江志丽身上有轻微的战栗,他低头问:"你怎么样?"

江志丽勉强一笑:"没什么,山路太险了。"

道吉又拐过一个急弯,这一段路没有其他车辆,伊斯曼回头看看教授,他的目光极度紧张,教授点点头,向他要过移动电话。"我让道吉等一会儿。"他对江志丽解释说。

他按了几个数字,忽然一声巨响,前边的道吉冒出一团火花,失控的汽车撞过护栏,一头栽向深渊,就像是电影中拉得很长的慢镜头,从车内依稀传出好子凄惨的尖叫。几秒钟后又是一声巨响,接着便归于沉寂。

在那一声巨响之后,江志丽尖叫一声,抱紧脑袋,就像是千把钢针同时扎进了她的大脑沟回,疼痛使她几乎休克。她知道这是三名死者在临死一刻的思维发射,是最逼真的死亡恐怖。伊斯曼的后背也掠过一波战栗。丰田迅速刹车,停在路边,车还未停稳,江志丽就推开车门跳下来,她在汽车的冲力下踉跄几步,跑到路边向下看。汽车的残骸在深谷里燃烧,因为距离太远,只见一团小小的火光。江志丽转过身盯着教授,绝望而愤怒,山风拂乱了她的长发。她声

| 未来

音沙哑地问:"是你杀了他们?"这时,她见伊斯曼手里已拎着一枝 0.38 口径罗姆左轮手枪。

教授看着她,目光中有怜悯也有惊讶。江志丽又问:"你们已经杀死了小山提?我和马高先生的噩梦是真的?"

教授苍凉地说:"凯伦,我十分抱歉,我们不得不这样做……"

江志丽打断了他的话,愤恨地问:"你们这样做,是为了那个'种族主义'的自然法则?"

索雷尔和伊斯曼互相望了一眼,他们没有料到江志丽这么快就猜到了真相,不过,这对事情的结局没有什么影响。教授显得痛苦地说:"江,我真的十分抱歉,我并不愿意有这样的结局。"

江志丽悲哀地拢拢头发,说:"你们准备把我怎样处理,也扔到这深谷里吗?为什么还不动手,伊斯曼,开枪呀!"

伊斯曼几乎不敢正视她的眼睛,但在教授的目光催逼下,慢慢扳开了罗姆手枪的机头。

五

七天前,教授、伊斯曼等人带着小山提回到沃森中心,教授立即招聘了二十个六岁以下的孩子,让他们接受小山提的激发。教授当时要求,这二十名孩子中,蒙古人种要占一半,后来伊斯曼才知道这个要求的含义。

几天之内,有将近一半的孩子被山提激发出了思维传感能力——全是华人、印第安人、韩国人、日本人。伊斯曼把这个结果送给教授时,惶惑地问:"教授,你是否事先估计到了这种结果?"

教授声音低沉地说:"对,尽管我不愿相信,但我们确实发现了一条带种族偏见的自然法则,而且是偏袒黄种人的。"

"教授,这是为什么?"

"不知道。这种传输机制很可能不是电磁波,而是现代科学尚未揭示的一种场。我对二十个孩子都做了基因检查。你知道人类十万个基因中有许多不带编码意义的废基因,是进化过程中积累的废物。但我发现,某些人的体细胞一条废基因上有一个叫作NARD的特殊结构,凡是有此结构的人都被激发出了思维传输能力,反之则不行。"

伊斯曼苦笑道:"对于惯于享受上帝宠爱的白人来说,这可不是一个好消息。下一步我们该怎么办?"

教授沉思片刻说:"把这二十名孩子送走吧,今晚我要对小山提单独做一个屏蔽试验,看能否判断这是电磁波。"

晚上,在沃森中心的高压实验室里,小山提被关在一个金属笼子里。教授和颜悦色地对他说:"小山提,我们要试验你的脑波能不能传到铁笼子之外,一会儿铁笼子上要通高压电,但里面不会有电的。你不要怕,我想你不会害怕,山提是个勇敢的好孩子,是吗?"

小山提被一个人关在笼子里,显然有些紧张,但他勇敢地说:"教授爷爷,我不怕。我知道一百多年前,法拉第先生就做过这种实验,对吗?"

教授勉强笑笑:"对,聪明的孩子,现在我们要开始了,你尽量向我们传送脑子里的图形,好吗?"

伊斯曼皱着眉头,不解地望着教授。他和教授一直没能获得这种能力,即使没有金属屏蔽,他们也不能接受山提的脑波,那么,这个试验能试出什么结果呢?但他不相信教授会犯这样简单的逻辑错误,他一定另有深意,所以他没有说出自己的疑问,默默地帮教授做准备工作。

教授缓缓调着电压调整旋钮,慢慢地,金属格条中间出现了细小的火蛇,有轻微的爆鸣声,开始闻到臭氧的新鲜味儿。电压逐渐升高,千万条紫色的火蛇在笼壁间飞舞。小山提已经不害怕了,专注好奇地盯着这些火蛇,倒是教授的脸色越来越凝重,他的目光中甚至有难言的悲凉。

忽然小山提奇怪地喊:"索雷尔爷爷,你的头上有一个黑色的洞洞!"

伊斯曼看看教授,他头上没有任何异常,倒是他的表情有些奇怪。伊斯曼笑着问:"小山提,什么黑洞?"

就在这时,笼内的小山提一声惨叫,他的身体一阵痉挛后便僵住了,接着一缕轻烟从他身上升起。伊斯曼惊叫一声:"快拉闸!"

教授已经关闭了电闸,倚坐在椅子上。伊斯曼冲进已经断电的笼内,小山提身体僵硬,两眼圆睁,恐怖凝固在他的脸上。伊斯曼把他抱在怀里,无意中发现座椅上有一根电线通向外面,他随即明白了一切。他扭回头痛苦地问:"教授,你为什么这样干?"

教授手里握着一枝罗姆左轮,他命令道,"放下山提的尸体,出来跟我走。"

他们走进一间密室,教授关紧门,示意伊斯曼坐下。索雷尔脸肌抽搐着,他努力平静自己的激动,说:"伊斯曼,我十分抱歉,但我不得不这样做。我想你肯定已经知道我这样做的原因。"

伊斯曼冷淡地说:"你是为了那个种族主义的自然法则。"

教授点点头。实际上,他比江志丽更早觉察到了那个巧合:五个被激发的被试者全是蒙古人种,他敏锐地看出了这一点的含义。所以他才暂时稳住江志丽,把小山提带回去做进一步研究。伊斯曼问:"为了这一点,值得这样干吗?他只是一个不足五岁的孩子呀。"

教授苦笑道:"值得么?伊斯曼,你当然清楚,一旦这种开放式智力真的出现,并且只限于黄种人的话,那会带来什么。那意味着,白人,当然还有黑人,在智力上会变成动物园的猴子,至多是智力实验室里聪明的猩猩。那些人会教我们说几句英文单词,教我们用木棍敲下树上的栗子,然后很仁慈地夸奖几句。你愿意落到这一地步吗?"

伊斯曼冷冷地说,"教授,据我所知,你从来没有什么种族主义偏见,甚至对黄种女子更偏爱呢。我根本想不到,你会捡起希特勒的衣钵。"

教授很恼怒,悻悻地说:"年轻人,不要尽说这些空话,这种博爱精神是胜利者才配有的奢侈。想想吧,你是否愿意白人被印第安人杀死十分之九,剩下的待在最荒凉的白人保留区,愚昧、贫穷,等着印第安人来怜悯?你能接受这种前景,甚至比这更为严重的前景吗?"

伊斯曼不再冷笑了,他是一个激进的青年,从未有过任何种族主义的偏见,他认为那都是已被时间埋葬的罪恶了。但是,也许这种博爱精神恰恰是植根于白人的自信和优越感。如果两百年前的历史被翻过来,是白人被火枪驱赶着死在眼泪之路上呢?如果白人成了弱智民族,在其他种族的呵护下苟延残喘,又该怎样呢?

| 未来 ——

教授看出了他的犹豫，命令道："你必须立即决定，是跟我干，还是和山提一块儿去死。"

伊斯曼痛心地问："你要把江志丽他们全杀死吗？"

教授冷酷地说："我没有别的选择。"

伊斯曼犹豫良久，勉强说："我跟你干。"

教授收起手枪，开始安排，他让伊斯曼把山提的尸体先藏起来，日后再做处理。他们要立即赶往亚利桑那州，在那儿制造一场车祸，从而把这个发现永远埋葬。伊斯曼抱起山提，他不敢正视这小小的枯焦的尸体。他把尸体藏在冷藏室里，加上锁。他问教授，已激发出传输能力的那十名小孩怎么办？

教授说："不必管他们，召集他们时我已经有准备，没有向他们的父母讲清原因。这些小孩分散后，很快就会失去这种功能，即使有人回忆起在这儿的试验，也不会有家长相信的。"他苦笑了一下，"伊斯曼，我并不是一个嗜杀狂。"

六

江志丽站在山崖边，讥讽地说："开枪吧，伊斯曼，我愿意看着一个信仰上帝的同事把子弹射入我的眉头。怎么不开枪？良心上有重负吗？"

伊斯曼手中的罗姆枪重如千斤，他艰难地把枪举起，对准江志丽的眉心。不过，当他与江目光相撞——那里包含着如此深重的悲凉、痛苦和愤怒——他的精神支柱便崩溃了。他垂下手枪，低下头说："教授,我干不了。"

教授苦笑一声,声音低沉地说:"凯伦,我真的非常抱歉,但我没有别的选择。"他边说边去掏枪,但他的手忽然停住了,那一瞬间的惊慌冻结在脸上,因为那支小巧的0.22口径鲁格枪已在江志丽的手里,黑森森的枪口正对着他。

伊斯曼大吃一惊,下意识地想抬起枪口,江志丽立即把枪口转向他:"把枪扔掉!伊斯曼,你不要逼我开枪。"

伊斯曼看看教授,爽快地扔下手枪,又遵从江的命令把手枪踢过去。

江志丽一脚把它踢下山崖,冷笑着说:"没想到吧,教授,我在车上就偷了你的手枪。因为我忘不了那场噩梦,我偶然想起,那个图像很可能是山提临死前的心灵感受。你们突然到来,我在伊斯曼的表情中看到了负罪感。当然,教授你没有什么内疚,你从容不迫,谈笑自如。为了你的种族,几个人的死算不了什么,哪怕是五岁的孩子,或者是你的情人。可惜,你的行为露出了破绽,你在假装显示你的思维传输能力时,不该那样仔细地洗牌。结果是欲盖弥彰,因为我恰巧知道,按照数学规律,一副牌在绝对均匀地洗过几次后,又会恢复原来的次序,所以你的表演只是魔术。后来,我在你的头脑里感受到了异常:混沌中一个深不可测的黑洞,黑气氤氲,使人毛骨悚然。我想这个不可知的黑洞只能解释为你的杀机。"她的目光有深深的悲伤,"可惜我太傻,我努力说服自己不要相信这个结论,我不相信自己深爱的索雷尔先生会是这样一个冷酷的凶手,否则,我本来能把好子、黎元德他们从死亡中救出来的。"

伊斯曼羞愧地低着头,教授平静地说:"凯伦,我真的很抱歉,但是……"

| 未来 ——.

江志丽怒喝道:"住嘴,我不愿再听你那些假仁假义的话了!为了小山提,为了马高先生,为了好子他们,我真想宰了你这个畜生!可惜……"

她咬着牙,照索雷尔腿上开了一枪,索雷尔痛苦地呻吟一声,身体慢慢倾倒下去。伊斯曼急忙扶住他,抬头看着江志丽,他想第二颗子弹就要向他射过来了。

江志丽不再打眼瞧他们,扭身走向丰田。

丰田在公路上疾速打个弯,向菲尼克斯方向开去。

伊斯曼急忙撕开教授的裤子,匆匆止住血。很长时间他一直不愿意正视教授的眼睛,他不知道该如何看待这个凶手,还有自己这个帮凶。江志丽义正词严地责骂他们时,他感到无地自容。但教授并不是一般意义上的杀人犯,他的确是为了一个崇高的目标——当然,这只是对白种人而言。前边有一辆黑色的福特车开过来,看见他们,立即降低车速,靠在路旁。一个黑人妇女走下车,惊慌地问:"你们……"

教授简短地说:"车祸。请把我们带到附近的居民区。"

黑人妇女和伊斯曼一道搀着他,安放在后排。汽车发动后,教授说:"我用一下你的电话,可以吗?"

他忍着腿上的剧痛,皱着眉头拨了一个号码。

在华盛顿市十号大街拐角那幢天井形的联邦调查局大楼里,接线小姐把电话转到了副局长刘易斯的办公室。

"我是刘易斯。索雷尔?你这个老家伙,有什么事吗?"

索雷尔在电话中急切地说:"我正在寻找一个叫江志丽的中国女子,这是一件非常、非常重要的案子。"他极简要地介绍了事情的来龙去脉,"时间紧迫,希望能通过你的力量,尽快地,尽可能秘密地处理这件事。"

刘易斯知道老朋友的为人,既然他亲自向老朋友求助,必然是十分紧迫。他立即答道:"好,我亲自去,五分钟后乘飞机出发,你现在在哪儿?还有什么需要我事先准备的吗?"

索雷尔说了自己所处的位置,还有江志丽乘坐的汽车牌号、颜色、大致方位。他苦笑道:"如果短时间内抓不到她,恐怕就要在全州大搜捕了。请你做好必要的准备。"

刘易斯痛快地说:"没有问题,我有这个权力。见面再谈吧。"

索雷尔放回电话,靠在座椅上,闭上眼睛。开车的妇女听见了他的谈话,惊奇地扭头看看他。伊斯曼也不由得打量着他,他佩服教授的坚忍或者说是残忍。他知道,对江志丽的追捕同时也是对教授良心的锯割,尤其是在江志丽大度地饶恕他们之后。但教授显然不打算退却。

而且,他不仅是为了自己。

七

丰田车陡然下了公路,冲进一条山区便道,尖啸着左拐右转,石子在后轮处四散飞射。江志丽两眼发直,双手紧握方向盘。她并没有一定的行驶目的,她只是想用飞车的刺激麻醉自己的思维。

她的视野中不是公路,而是一幅一幅的画面。一个紫色火蛇缠绕的金属笼子,然后是突然的、绝对的停顿;一辆正向深渊坠落的

未来

大道吉,它随后变成了一团火球;索雷尔教授捂住伤腿慢慢倾倒,但他的表情仍然带着令人愤恨的优越。

她不由得又踩足了油门,汽车呼啸着在山路上颠簸跳荡,偶然遇上的逆行的车辆惊恐地躲到一边。二十分钟后,她才放松了踏板,开始梳理自己的思路。

现在她该怎么办?该往哪儿去?

她恍然悟到,刚才一直啮噬心房的羞辱、绝望、愤恨,原来正基于这种"无家可归"的感觉。三年前负气离开祖国时,她已经对学校死水一潭的环境彻底厌倦了。她破釜沉舟,亲手斩断了所有退路,尤其是感情上的退路。在短短的三年里她已经从心理上真正融入了美国社会——可惜,看来她是一厢情愿,这个世界并未接纳她。

她想起不久前看到的一篇《纽约时报》社论,社论鼓吹要遏制日本,说尽管日本已经极度西方化,但是一旦欧美的西方文明和亚洲文明爆发冲突,日本最终还是要回到亚洲文明的家庭中去的。记得那时她曾为日本人悲哀。她接触到不少日本人,能感受到他们对西方文明的极度依赖,对其他黄种人潜意识的疏远。不知道这些对白人有恋母癖的日本人,看到这篇社论会做何感想。她也十分畏惧某些深不可测的美国人,他们在日常交往中爽朗、坦荡,像一群永远学不会世故的大孩子。他们真诚地向世人(包括印第安人、日本人、黑人)撒播友谊,但这并不妨碍他们冷静地计划着遏制日本、遏制中国……一句话,他们知道必须保持自己的绝对优势,可以向别人普洒仁慈的优势,而绝不能落到依赖别人的仁慈的软弱地位。他们自认为是天生的世界领导人。

索雷尔正是这样一个代表。

想到她与索雷尔的恩仇，心中又涌起如刀砍锯割般的感觉。半个小时后，她的心境才逐渐平静。路况也变好了，一辆辆载重车辆和小轿车迎面驶来。她已决定了该怎么办，她想把这个礼物送给自己的母族，但她不知道自己是否还有脸回到母族的怀抱。

她又踩足油门，拐过一个急弯。忽然看到公路上有一个红色的感叹号，由于心绪纷乱，等她意识到需要躲避时已经嫌迟了。她急打方向盘，丰田撞到了路边的山坡又反弹回来，脑袋撞到挡风玻璃上，一阵眩晕。她总算控制住了汽车，刹在路边。她看见一个刚修完车的黑人男子和他的白人妻子——他们可真肥啊——急忙走过来，关切地看着她。但她只能看到对方的嘴唇在禽动，听不见声音。她看见黑人男子把她扶到后座，他自己艰难地挤进丰田车的座椅中，开动受了伤的丰田，那个胖女人则驾着自己的福特车跟在后边。这一切都像是一场模糊的无声电影，她缩在汽车后排座椅中，不久就丧失了意识。

八

挂上电话，刘易斯就按电钮唤来秘书维多利亚小姐，让她通知联邦局的专机"天使长号"立即准备起飞，并通知拉姆齐、迪茨、米泽纳跟他一块去。维多利亚走到门口时，他又把她喊回来，说："拉姆齐不要通知了，只通知迪茨和米泽纳吧。"

他想起来了，拉姆齐是印第安人。在索雷尔教授所说的"种族主义自然法则"中，印第安人成了上帝的宠儿！这真是不可思议。

| 未来 ———.

尽管拉姆齐精明干练，是他的得力手下，但要突然间承认他是优等种族，而刘易斯却成了弱智者，他无论如何也难以接受。

刘易斯局长不是科学上的外行，尽管索雷尔语焉不详，但他已经彻底领悟到这个发现的重要性。在等机的片刻，他又给菲尼克斯警察局长戴维·汤姆逊打了电话，他告诉这位黑人局长——谢天谢地，他是黑人而不是印第安人——说："我大约两个半小时后赶到，在这之前，请你挑选几十名干练的警察在佐治县附近寻找一辆黄色丰田轿车，车牌号FK14538。开车的是一名年轻的中国女子。你部署完毕大约需要多少时间？"

"一个小时之内。"

"好，再加上在这之前耽误的半个小时，嫌疑犯应在方圆一百五十英里之内。你要在这个范围内布上检查哨，务必抓到她！她身上带有武器，你们要小心，另外，不允许惊动新闻界。"

汤姆逊接受了命令，他很想问问这个中国女人犯了什么案子，值得局长亲自出马，又不许惊动新闻界，不过，他不会这么不识趣的。他立即对下边做了详细的部署，不到十分钟，各路人马已经出发。两个小时后，他赶到沃尼军用机场去迎接局长。看到那架银灰色的波音757穿过云层时，他还在想，这个中国女子是否牵涉进某位要人的桃色事件中了？

刘易斯走下飞机后听到了他不愿听到的消息："到目前为止，那辆车仍未找到。我们布置了两道封锁线，估计她肯定没有跑出警戒圈，可能是丢弃车辆藏匿起来了。现在我们正用三架直升机寻找这辆车。"

刘易斯阴郁地沉默了片刻，决然道："发通缉令吧，这件事太重大了,我们失败不起。索雷尔教授呢?"

"已经到了菲尼克斯警察局。通缉令上如何措辞?"

"就说她是贩毒集团一个职业杀手,是极其危险的人物。警察和民众务必小心,必要时可以将其击毙。"

"新闻界……"

"不要管它,等抓到或击毙她之后,由我来应付新闻界。"

江志丽从昏迷中醒过来,已是两个小时之后了。在这一段时间里,她的头脑始终处在一种奇怪的临界状态。她似乎一直清醒着,能隐约听见这对夫妇开车、停车,然后抬她进屋。她顽固地拒绝一切意识和思维,她知道那里面有尖锐的痛苦和恐怖。但缠着紫色光蛇的笼子,着火的汽车,鲜血淋漓的面孔,仍然不时硬闯进来。不过她发现,这些场面给她的感受已经没有那么锋利、那么灼热了,于是她才慢慢睁开眼睛,看见自己身处一间普通的房舍,听到一个妇人欣喜地说:"好了,你总算醒了。"

她的视野中出现了那个极胖的白人妇女——白人!她猛然想坐起来,妇人慈爱地把她按下去:"不要起来,再休息一会儿。你的伤不要紧。刚才你是到哪儿去?"

江志丽在毛巾被下摸了摸,手枪还在,这使她放心了一些。她小心翼翼地说:"我要到菲尼克斯。"

胖女人奇怪地问:"到菲尼克斯?你是从哪儿来?这儿很偏僻,去菲尼克斯不该路过这儿的。"

"这儿是什么地方?"

未来

"是我家的小农场,离你刚才撞车的地方有二十英里。"

江志丽虚弱地说:"谢谢你们,我的车呢,还能行驶吗?"

"没问题。只是燃油管有点漏油,我丈夫——他叫保罗·巴巴斯——正在修理。但你不要着急,晚上就在我家休息,明天再走,现在已经是下午四点了。"

"谢谢你,巴巴斯夫人。但我有急事。"

"那好吧,你喝完这杯咖啡,起来走一走,我看看你的伤势。"

她端来一杯热咖啡,江志丽贪婪地喝完,问:"我可以用你的电话吗?"

"请吧,就在你的右边。"

江志丽拨通了问号台:"请你查一查中国驻美大使馆的电话,我是一名中国访问学者,有急事。谢谢。"

正在这时,巴巴斯先生闯进来,手里端着双筒猎枪,枪口指着江志丽的胸膛,厉声喝道:"不许动,放下电话!"

巴巴斯夫人惊愕地站起来:"保罗,这是怎么回事?"

巴巴斯一边对江志丽严密注视,一边对妻子说:"你去打开电视。"

巴巴斯夫人打开电视,上面正播放着江的头像,男播音员用急迫的语调说:"这名女子是贩毒集团的一名职业杀手,残忍嗜杀,极其危险。再重复一遍,如果发现此人立即报警,必要时可以不经警告将其击毙。"

巴巴斯夫人紧张地盯着她,江志丽惨笑着,目光倒是十分平静,她缓缓地说:"想知道这个职业杀手的来历吗?只用五分钟时间。"她扼要回顾了七天来的枝枝叶叶。"我们发现的就是这样一种带有种族主义偏见的自然法则,而且,白人第一次没有成为上帝的宠儿。所以我就成了万恶之徒,可以不经警告就击毙。"

巴巴斯显得不敢相信:"你是说只有蒙古人种才能激发出这种能力?"

"到目前为止是这样。还有,索雷尔的担心很可能是真的,不能具备这种能力的种族有可能落后于时代。所以,如果你也是索雷尔那样的种族卫士,那就请开枪吧。"

巴巴斯对这一番话将信将疑,他妻子低声说:"她刚才是在向中国大使馆打电话。"

那枝猎枪仍严密地监视着床上的人,巴巴斯犹豫良久,问道:"你说你偷走了索雷尔教授的手枪?"

"对。"

"在哪儿?"

"我感觉还在我的裤袋里。"

巴巴斯先生口气和缓地命令道:"请掀掉毛巾被,把枪扔出来。"

江志丽突然发作道:"我为什么要扔掉它?我还准备用这枝小小的手枪刺杀总统,或用它击落爱国者导弹呢。巴巴斯先生,你为什么不开枪?开呀,否则我就要拔出自己的手枪了!"

巴巴斯先生犹豫了一会儿,果断地扔掉猎枪,微笑道:"我宁可上一次当,也不愿违背自己的直觉。江小姐,我相信你的话,我们两个站在你的一边。"

这下轮到江志丽犹豫不决了。经历了几天的背叛和阴谋后,她不相信能遇到好人,她迟疑地说:"那么,你作为一个非蒙古人种

| 未来

的黑人……"

魁伟的巴巴斯先生挥挥手,笑道:"不,我不相信有种族主义的自然法则,线粒体 DNA 的研究证明,人类全部都是三百万年前一个雌性猿人的后代,怎么可能有这么大的基因差异?蒙古人种能做到的,白人和黑人也能做到,最多早几天晚几天而已。"

"可是……"

巴巴斯挥手打断了她的话:"即使人类中真的只有一部分才有这种潜能,那也是全人类的财富。你知道非洲的行军蚁吗?它们成千上万地迁移,中午在烈日下,它们就抱成一个大球,外面的蚂蚁晒焦了,但保护了里面的蚁群。等到天气凉爽,它们再散开,继续行军。我想,如果需要我去当外围的牺牲者,我绝不会犹豫,更不会同内部的蚁群互相残杀。"

江志丽悲喜交加,她没有想到险遭暗杀之后,却在一个小农场里遇上这样一位胸怀宽广的哲人。片刻后她忽然大悟:"我知道了,你是著名的作者保罗·巴巴斯!我读过你的不少作品,我没想到能在这儿碰到你。"

巴巴斯夫妇相视而笑。男主人说:"对,有人称我是作家,不过按我自己的评价,我首先是一个好农夫,我培育的土豆和西红柿比我的作品更好。闲暇时我会领你参观我的农场,看看我自己培育的微型马。不过现在不行,刚才,我进屋之前已经通知了警察,估计他们很快就要赶到,我们该如何应付这个场面?"

江志丽说:"我想向中国大使馆打一个电话。"

巴巴斯不快地说:"请你相信美国社会的良知,我们能自己处理这件事。像索雷尔那样的偏执狂毕竟是少数。"

江志丽苦笑道:"那你怎样评价刚才播发的通缉令?这似乎不是一个人能做到的。"

"我会想办法对付的。这样吧,我马上给一位老朋友打电话,他是《纽约时报》的副主编,是新闻界的一颗重磅炮弹。这两天他正在父母家休假,离这儿只有十分钟的路程。我要让他亲眼看见你被警察逮捕,这样你的安全就有了绝对保证。"

他立即拨通了电话:"哈罗,我是巴巴斯,谢天谢地,这会儿你正好在家。请快点到我这儿来,一分钟也不要耽误,这儿有一条绝对值得上报纸头条的新闻。"

他挂上电话笑道:"他已经出发了,我知道只要抛下这副诱饵,他会不顾性命地吞钩。现在,"他微笑着,但口气很坚决,"是否请你把武器交出来?如果你信任我的话。"

江志丽略为犹豫,从腰中掏出手枪扔过去:"好吧,我也宁可再上一次当,这个世界上总得有几个可以信赖的人吧。"

她挣扎着下床,巴巴斯夫人慈爱地扶住她,问她是否需要梳妆一番,想吃东西不,还安慰道:"请放心,保罗一定会为你的安全负责的。"

电话铃急骤地响了,巴巴斯拿起电话:"是德莱尼?"

"我正在路上,离你还有八分钟的路程,我看见几十辆警车正在向你家的方向开去,有几百名防暴警察,甚至还有一架OH-6印第安人小种马式直升机。是怎么回事,你是否窝藏了哥伦比亚的大毒枭?"

巴巴斯笑道:"我没有夸大其词吧,这条新闻我准备收费一百万美元呢。"他简略地谈了江志丽的科学发现和索雷尔教授制

未来

造的凶杀。对方吃惊地说:"慢着,你说的是真的,还是科幻小说里的情节?"

"是真是假,你就看看那些警车吧。德莱尼,我希望你运用自己的影响制止这种卑鄙勾当,保障江小姐的人身安全。对联邦调查局或中央情报局那些盖世太保杂种我是很清楚的,他们在实现'崇高'的目的时,从来不计较手段的卑鄙。他们敢暗杀卡斯特罗、卢蒙巴、卡扎菲、吴庭艳……想来也不在乎在暗杀名单上再添上一个普通人。你能保证江小姐从现在起到开庭审讯时的安全吗?我要听到你的明确保证。"

那边沉默了一会儿才回答:"老朋友,我还不知道这件事的深浅,但我保证将尽自己最大的努力。"

直升机的轰鸣声已经到了头顶,几个人都跑到阳台上,看到一架深绿色的 OH-6 在头顶盘旋,直升机舱门里的枪口都看得清清楚楚。圈里的微型马惊得乱窜乱跳。巴巴斯让妻子和江志丽回屋内。两分钟后,几十辆警车飞速驰来,训练有素的防暴警察迅速散开,严密地包围了这幢小楼。十几个狙击手立即找到自己的位置,把 FN-30 狙击步枪瞄准屋内。一辆指挥车随后开来,停在五十米外,联邦调查局副局长刘易斯从车上下来。巴巴斯拿起猎枪返回凉台,对天开了两枪后,喊话道:"喂,我是巴巴斯,是我报的案。现在请你们的头头讲话。"

刘易斯用扩音器喊道:"巴巴斯先生,我是刘易斯,罪犯仍在你家中吗?你家人的生命是否受到了威胁?"

巴巴斯笑道:"对,她仍在我的屋里,我们已经控制了她,你看,这是她的武器。"他掏出那把玩具似的 0.22 鲁格手枪。

刘易斯松口气，说："太好了，谢谢你。请把她交给我们吧。"

巴巴斯摆摆手说："不，先不要急。我是一个轻信的人，在这十分钟内已被她说服，我相信她是一个科学家。不幸的是，她发现了一条种族主义的自然法则，于是有些人就处心积虑地想杀死她。刘易斯先生，请问这是真的吗？"

刘易斯沉默了两秒钟，回答道："巴巴斯先生，我们会认真甄别的，请把她交出来吧。"

巴巴斯干脆地说："不，我非常担心她在押运途中出一点意外：枪支走火或者直升机坠落。那时你们一定会在江小姐的尸体前面愧疚不已。我真不忍心看到这种情景。"

刘易斯冷冷地说："你想怎么办？"

"请你耐心等两分钟，《纽约时报》的德莱尼先生很快就要到达。他将陪着江小姐回去，直到法院做出判决为止。"

就在这时，德莱尼的凯迪拉克一路鸣笛冲了过来。他跳下车，同巴巴斯远远打了招呼，便径直走向指挥车。巴巴斯远远看见他和刘易斯在激烈交谈，还有小小的争吵。但看来他们很快达成了一致意见，又平静地交谈了一会儿。德莱尼走过来，喊道："喂，胖水牛，让江小姐出来吧，我护送她上路。"

巴巴斯笑容满面地回屋内："走吧，已经安排好了。"

江志丽显然在犹豫，她迟疑地问："德莱尼先生是《纽约时报》的副总编？巴巴斯先生，不久前我看到该报有一篇社论，鼓吹遏制日本，因为两个文明在将来发生冲突时，日本很可能归属于亚洲文明……"

巴巴斯有些不耐烦："不要太多疑，那只是一种政治观点，它

| 未来

和德莱尼先生的人品没有任何关系。他是我的老朋友，有诺必信，请你相信他。"

江志丽勉强地说："好吧。"

巴巴斯夫人与她吻别，然后巴巴斯挽着她的胳臂走出门口，他轻松地微笑着，向几米外的老友德莱尼挥挥手。但就在这一瞬间，肥胖的巴巴斯像猎豹一样敏捷地疾速转身，猛力推倒江志丽，并扑过去把她掩在身下，嘶哑地喊："快回去！"两人顺着地板爬回去，倚在窗户下。巴巴斯夫人也急伏在地上，惊慌地问："怎么了？"

巴巴斯掏出江志丽的那枝鲁格枪，打开机头，艰难地喘息着说："我偶然瞥见了瞄准镜的闪光，看见那个狙击手正在开枪。这些盖世太保杂种！"

鲜血慢慢从他胸前渗出来，江志丽惊慌地说："你受伤了！"

巴巴斯缓缓地颓倒下去，他妻子惊惶地喊着他的名字，迅速爬过来，把丈夫抱在怀里。外面，德莱尼焦急地喊："保罗，你是否受伤了？"

巴巴斯低声咒骂着，艰难地举起手枪，从窗户向外开了一枪，外面的喊声停息了。巴巴斯转向江志丽，他的面色苍白，目光悲凉，声音微弱地说："江小姐，看来我不能保护你了。德莱尼一定是站在他们一边了，估计警方很可能奉有最高层的命令。我真的很后悔，是我的报警害了你。"

他把手枪慢慢递过来，江志丽接过枪，悲伤地看着这个肥胖的山姆大叔。很清楚，在这立体式的包围中，她已经绝对无路可走，既然如此，那么她不能连累这对善良的夫妇。即使她死了，巴巴斯夫妇的善良也会给她的心灵留下一丝亮色，让她感到世界并不是那么丑恶。她冷静地说:"巴巴斯夫人,你的电脑在哪儿?"

"在那儿,书房里。"

"巴巴斯夫人,请你搀着丈夫出去吧,他们要杀的目标是我,不会与你们为难的。我在死前还有一件小事要做。"

她帮助巴巴斯夫人把伤者扶到门口,然后抽身回来,关上门。透过窗帷,她看见德莱尼先生急忙趋步上前,扶住伤员,但巴巴斯愤怒地推开了他。几个警察过来抬起他上了救护车,巴巴斯夫人跟着也上了车。江志丽没有耽误,迅速到书房打开电脑,接通国际网络。她庆幸警方未想到切断这儿的通讯,这只能解释为是他们的习惯性思维:尽管他们干的是龌龊勾当,但他们并不惧怕别人,他们是一群明火执仗的强盗。

江志丽在密密麻麻的电脑管理树中找到了BBS(公共留言板),迅速敲击着键盘,把一腔复杂情感书写在这块电子留言板上:"我在这儿呼唤全世界的朋友,不管是白种人、黑种人还是黄种人。我呼唤人类的良知,请他们注视光天化日下发生的罪恶。两星期前,我受导师索雷尔派遣来到亚利桑那州派克县,验证了一个印第安家庭中发现的思维传输现象……"

她简要叙述了这条"种族主义的自然法则"的发现过程,接着写道:"我不相信这种能力为蒙古人种所独有,因为不管是蒙古人种,还是欧罗巴人种、尼格罗人种,都是一母同源的血亲。我相信随着研究的深入,白人或黑人迟早也会获得这种能力。即使不幸未能如此,蒙古人种所特有的这种能力也是全人类的财富,是这个三色世界的财富,就像黑人特有的体育能力,犹太人特有的理财能力,澳洲土人特有的追踪能力一样。"

"可惜,白人社会中的一些精英们并不这样想,我一向爱戴的

┃未来 ——．

教授在一夜间变成了杀人凶手。小山提死了，留下一块绝对的黑暗；马高先生、松本好子和黎元德都死了，化成一团烈火；五分钟前，在这儿，在亚利桑那州佐治县安托斯农场，善良的巴巴斯先生为救我身受重伤。几分钟后，我也会死于几颗准确的狙击步枪子弹。"

"现在，我愿在死亡来临前把这个发现告知全人类，我希望白种人、黑种人和黄种人都能获得这种能力，使人类互相沟通，互相理解。如果这个发现带给人类的只是凶杀和欺诈，那就请你们忘了它，把它深深埋葬。"

"请向我的家人，我的同胞转达我的祝愿，我爱他们。"下面是她的姓名和日期。

她站起来，听见外面用喇叭喊话，命令她立即放下武器，否则警察要开始进攻。她揶揄地想，恐怕警方没有马上进攻，是对这个"残忍果决、本领高强"的职业杀手还心存疑惧吧。她知道自己只要一露面，立刻就会吃上一排子弹，从他们的行事来看，今天根本没打算留活口，但待在屋里已经没有什么意义了。于是，她略作整装，步履从容地走过去，拉开大门。她正好看见一辆黑色的福特车闯进包围圈，伊斯曼先下车，又扶着索雷尔教授急急下车，瘸拐着向指挥车走过去。江志丽向他们投过去仇恨的目光，看来索雷尔先生非常尽职尽责，他急急赶过来，一定是想目睹罪犯被击毙的场面吧。

刘易斯看见了老朋友，急忙迎过来，相距还有二十多米，索雷尔就急迫地喊："不要开枪！不要杀她！"

刘易斯走近后，疑惑地低声问："为什么？"

索雷尔兴奋地说："已经不用再杀她了！已经不用了！"他解释道，"怪我太迟钝了，我早该想到的，江志丽在车上偷我的手枪时，肯定已经'窥见'了我的思维。她曾说过，她在我的头脑中看到了一个黑气氤氲的黑洞,那是我的'杀气'。可惜我当时忽略了。但一个小时前我忽然想到,小山提在临死前也在说什么'黑色的洞洞'。看来,他们确实都已看到一个人心中的杀机——而且是一个白人的杀机,这说明在白人和蒙古人种间并不是不能进行思维传输,尽管目前只是单向的。"他苦笑了一下,"我对这个发现非常庆幸,因为我不必在良心上自责了。既然不存在什么'种族主义的自然法则',就没有必要杀死江小姐了,相反,应该留下她做进一步的研究。"

刘易斯和德莱尼先生认真听着,德莱尼也如释重负地说:"太好了,能有这样圆满的结局实在太好了。"

刚才他应巴巴斯的请求来保障江志丽的安全,但刘易斯一见到他,就坦率地说明了真实情况,问他:"你是否愿意白人成为弱智民族,被那些不相信上帝的黄种人奴役,被驱赶着走上'眼泪之路',关在贫瘠的'白人保留区'?"

作为一名敏锐的新闻界资深人士,他立刻领会到了这个发现意味着什么,刘易斯描绘的图景使他不寒而栗。他不愿意做杀害一个女子的帮凶,同样也不愿意看到刘易斯描绘的情景。他目光阴沉地问:"你说该怎么办?"

刘易斯冷酷地说:"杀死所有当事人,把这个秘密埋在少数人心里。"他又看了看德莱尼,"我没把真情告诉手下的任何人,但我压根就没有打算瞒你。因为我认为你是能够保守秘密的少数人之一,你不是巴巴斯那样的傻瓜。现在,你说该怎么办吧。"

两人很快达成了谅解,德莱尼将默认警方在正当防卫的借口下击毙罪犯,自己运用在新闻界的影响封杀有关的消息报道,还要说服巴巴斯先生保守秘密。不过他没有想到挚友巴巴斯为此负了重伤——而且,如果他执意向外披露真相,甚至有可能被杀人灭口!

| 未来

所以，他很欢迎索雷尔带来的消息。

刘易斯不动声色地问索雷尔："你确信白人也能获得这种能力吗？"

"目前说确信还言之过早，但既然小山提和江志丽都能'窥见'我的思维，那么这个结论应该是顺理成章的事。"

刘易斯忽然问道："会不会只能激发出单向能力？也就是说，白人只能被别人读出自己的思维？"

索雷尔稍愣，苦笑道："我绝不相信上帝会这样捉弄我们，但我不能肯定地排除这种可能性。"

刘易斯强抑住怒气，鄙夷地说："教授先生，那你慌慌张张跑来干什么？你给了我一个不确定的可能，甚至又给了一个更为危险的可能，然后叫我放走这个中国女人，从而把白人置于危险的境地。而这一切，又都是为了你的什么'良心'！教授先生，讲'良心'也得有实力，如果两百年前的白人移民者都是你这样迂腐的家伙，我们就不会拥有美国。好了，请两位离开吧，我也要按自己的良心行事了。"

索雷尔和德莱尼面面相觑，他们都是自视甚高的，想不到一个联邦调查局的官僚竟驳得他们哑口无言。

在尴尬的短时沉默中，一直扶着索雷尔的伊斯曼小心地把教授推给德莱尼，平静地说："局长先生，如果你执意要打死她，就先向我开枪吧。"

他随即向前走去，跨步走上台阶，江志丽已经回屋了，他敲敲门，低声说："凯伦小姐，请开门，我是伊斯曼。"

他觉得十分内疚和悲哀，几天前，甚至在教授杀死小山提时，他还保持着对教授的信仰,心甘情愿地做了帮凶。但现在,听着教授"善良"地分析不要杀死江志丽的理由时,他却止不住作呕。屋里没有动静,他再次敲敲门,声音颤抖地说:"凯伦小姐,请开门,我是来向你忏悔的。"

门很快开了,江志丽立在门口,脸上带着两块轻伤,头发散乱,目光中有那么多的沧桑!伊斯曼低下目光,说:"凯伦小姐……"

江志丽打断了他的话,苍凉地说:"伊斯曼,不用说了,我已经看出了你的真诚。"

她已经感受到了伊斯曼的思维,原来那个黑气氤氲的小洞已变成柔和的金黄色,那是像朝霞一样缓缓流动的无定形的混沌。在这个瞬间她忽然想到,如果人类能够思维连通,能够永远沐浴在这金黄色的温暖中,该有多好。

但她很快回到现实中,她知道,外面并没有什么金黄色的朝霞,而是几十个黑森森的枪口在等着她,她说:"伊斯曼,谢谢你,你让我在迎接死亡时,对人类多少有了一点信心。请你离开吧,我要出去了。"

"不,我要陪着你,我不能救你,但可以陪着你一块儿去死。"他伤感地笑笑,说,"这倒让我可以说出自己的感情了,凯伦,我一直在暗恋着你,不过,我是一个帮凶,是一个不值得爱的男人。"

江志丽低声说:"我也是一个薄情寡义的、不值得爱的人。"她知道伊斯曼的决定已不可更改,便凄然一笑,挽着他的胳膊走向屋门。打开门,院里的人们都愣住了,江志丽目光灼灼地盯着教授和德莱尼,与其说是愤怒,不如说是鄙夷。伊斯曼警惕地护着她,扫视着各个枪手的动静。

未来

刘易斯面色阴沉，举起通话器欲下命令，索雷尔劈手夺过通话器，激烈地同他低声争辩着。争吵持续了很长时间，刘易斯怒不可遏，猛力推开索雷尔，拔出手枪向几米外的江志丽开火。伊斯曼疾速转过身，把她掩在身后。刘易斯身边的德莱尼以超出年龄的敏捷扑过去，把手枪推向天空，一串未经消音的清脆枪声惊散了鸽楼上的鸽群，它们咕咕惊叫着飞散，在蔚蓝的天幕上撒下一片白羽。

刘易斯喝令手下将索雷尔和德莱尼拉开，夺过通话器，狙击手们又端平步枪。就在这时，一串车队忽然在公路拐弯处出现，以惊人的速度开过来，一辆福特XLD轻型货车打头，后边有三辆大客车，很远就听见一片嘈杂的乐声，有爵士鼓、长号，起劲地奏着《星条旗永不落》。车队稍近，听见车内用扩音器喊："不许杀人！盖世太保杂种们，不许在自由女神像下杀人！"

防暴警察阻挡不住，车队拥进农庄。那几辆客车上画着光怪陆离的宣传画，有骷髅头像、猩红的女人嘴唇、丰腴的大腿，车侧写着"红狼爵士乐队"。车未停稳，几十个青年嬉皮士从车门一拥而下，他们大都装束奇特，头发染成火红色、海蓝色甚至鲜绿色。他们旁若无人地冲进警察队伍，嬉笑着，怒骂着，转眼就把警戒线冲得七零八落。

江志丽惊喜地看着这一幕荒诞剧。从轻型货车下来的两名少年挤过人群，跑到她的身边。一个是白人，一个显然是华裔。华裔少年神情亢奋地说："江小姐，我在BBS上看到了你的信件，马上向所有网友发出呼吁，又拉上戴维开车来这儿。路上正好碰见这支乐队，我们一喊，他们就爽快地跟着来了。你看，他们的这次冲锋干得多漂亮！还有，我猜想这会儿全国一定都热闹极了！"

他咯咯地笑起来。同来的戴维是个文静的小孩，这在美国的小"扬基"中是不多见的。他微笑着,简单地说:"我站在你这一边。"

看着这个文静的小孩,她不由得想起怕羞的小山提,想起他在死亡前发送过来的"突然的停顿"。她把戴维搂到怀里,眼泪唰唰地流下来。

刘易斯脸色铁青,怒气难抑。这群不可救药的蠢货!他们疯疯癫癫地来到这儿串演了一出平等博爱的闹剧,却不知道这是在自掘坟墓。但他知道对这些弱智者是不能喻之以理的,自己的使命已经无可挽回地失败了,在盛怒中他真想让手下把这些蠢货全杀死。

当然,他不至于这么冲动。正在这时指挥车内的电话响了,是局里打来的。已经有几千个抗议电话、传真和电子邮件打到了胡佛大楼,那些爱赶风头的新闻界已经闻风而动,两份电子报纸《号角》和《科学箴言》已抢先发了专题报道。局里并未责备他,但命令他立即撤退。刘易斯低声咒骂着,下了撤退令,他自己率先钻进指挥车开走了,身后留下一片哄笑和口哨声。

这边,索雷尔忽然一个踉跄,跌倒在地。伊斯曼跳下台阶,和德莱尼先生一块扶起教授。原来,刚才德莱尼与刘易斯争夺手枪时,一颗飞弹穿透了教授的肩胛,现在左肩上鲜血淋漓。江志丽急忙进屋找出药箱,撕开教授的衣服为他包扎。教授依在伊斯曼怀里,面色惨白,精神颓唐,他俯看着江志丽,低声说:"凯伦,你能原谅我吗?"

江志丽正在包扎着的双手显然有一个停顿,但她没有抬头与教授的目光相接,默默包扎完毕,起身站在一旁,看着德莱尼和伊斯曼把教授抬上救护车。上车时,教授还回头苦笑着看看江志丽,但那个女子的目光中显然没有一丝涟漪。

| 未来 ——

九

索雷尔被送走后，爵士乐队的大客车也开走了，熙攘的小农场恢复了平静，白鸽盘旋着又回到鸽楼，小巧可爱的微型马在圈中安静地吃草。伊斯曼留下来陪伴江志丽，夕阳的余晖下，江的目光里仍弥漫着迷茫，她还未从这两天的巨变中完全清醒过来。伊斯曼说："教授走时很颓丧，你没有原谅他。"

江志丽冷冷地说："我个人可以原谅他。但马高父子、好子和黎元德能原谅他吗？"声音中透出十分的疲惫和冷漠。

伊斯曼对这个孤身闯世界的娇小女子很怜悯，他轻轻地揽住江志丽瘦削的肩膀。她没有动，但他透过她单薄的衣服分明感受到了她的拒绝。他尴尬地松开手，低声说："凯伦，我希望能有机会帮助你。"

江志丽勉强笑道："谢谢你，伊斯曼。很遗憾，我不能接受你的感情，经历了这场坎坷后，我想回国去。"

伊斯曼沉默片刻后，真诚地说："祝你在那儿找到自己的位置，回国后多联系。"

"谢谢。"

那晚，两人就留在巴巴斯先生的小农场里，江志丽张罗着做了一顿中国式的晚饭，饭后两人互道晚安，各自回到卧室。夜里，江志丽迟迟不能入睡，她强烈思念着女儿小格格，甚至她的前夫，那个她认为自己已经从记忆中剔除了的曾经爱恋过的男人。她不知道自己的思念之波能否透过两万千米的距离传入他们的脑中。

王晋康 — 拉克是条狗
换个视角看世界

| 未来 ____.

一　孟茵手记

拉克1岁

我上初中之前爸爸就去401基地了,他是那儿的首席科学家兼副总指挥,忙得很,一年最多能回一次家。我在电话里埋怨他:你再不回来,我把你的模样都要忘啦。爸爸对我很歉疚,每年春节回家时,总要给我带一个"最好的礼物"来做补偿。初二暑假他提前打电话问我,今年想要个什么礼物?我说,往年送的电子玩具已经玩腻了,今年想要个活的礼物。妈妈连忙反对:

"世杰,你可别听她的!弄一只宠物,又要招呼它拉屎撒尿,又要洗澡捉跳蚤,依茵茵的懒骨头,肯定两天就烦了。我可没时间替她管。"

我笑着说:"所以嘛,我不要一般的宠物,要一只聪明的、能自己照管自己的小狗。"

爸爸认真地问:"说吧,你要它有多聪明?"

我说:"至少会自己去厕所,最好能懂人话——不是只听懂简单的命令,而是真的听懂人话。我想,这对著名大脑工程学家孟世杰先生来说肯定不算难事,对不对?"

爸爸的专业是提升黑猩猩的智力,让它们代替人类去做某些危险工作,比如深海潜水或太空探索。他笑着说:

"没问题!你若是要一只比牛顿或罗素还要聪明的小狗,我会很为难。依你说的这种智力等级,那是易如反掌。"

"真的?"

"真的。在生物学家眼里,人类与其他哺乳动物的大脑并没有太大的差别,只需要在小狗胚胎发育期间,对它的成脑基因来点电刺激就行。"

春节爸爸回家时,真的抱来一只黑色小伢狗,六个月大,肉团团的非常可爱,两只黑亮的眼睛十分聪慧。穿着一条大方格的开裆裤,活像一个幼儿园大班的小男孩。爸爸拍拍小狗的脑袋,指指我:

"喂,拉克,这是茵茵,你的小主人。来,闻闻她的味儿。"

拉克一点儿不认生,围着我转了一圈,用力嗅着鼻子,然后肯定地点点头。爸爸说它点头就是表示认准新主人了,嗅觉是狗的第一感觉,狗依据气味来认人,就像人们是依据相貌。我怀疑地问:

"它真的很聪明?"

"当然!咱们当场试验。来,拉克,按英国绅士的礼节,吻吻茵茵女士的手!"

我伸出右手,拉克立即用两只狗爪子捧住,伸出舌头湿漉漉地舔起来。我和妈妈笑得肚子疼:"这就是你的英国礼节?快停下快停下,我身上出鸡皮疙瘩啦。"

未来

爸爸又命令:"拉克,到厕所解手去!"拉克没有响应这个命令,仰头看着爸爸,一脸为难的样子。爸笑着问:"是不是这会儿没屎尿?没关系,你只用表演一下就行。"

拉克显然听懂了,顺顺当当跑到厕所,窜到马桶上,用嘴拉下马桶座圈,蹲在上边,龇牙咧嘴地挤出几点尿。我和妈妈都乐坏了:

"真聪明!它能听懂人话,还会自己放马桶座!"

拉克还很有教养呢,小便后又用嘴巴把座圈顶回原位,然后从马桶上跳下来,一副得意扬扬的样子。

"咱拉克的聪明还多着呢,去,把你新主人的鞋子拿来,就是那双奶白色的。噢对了,"爸爸朝我调皮地挤挤眼,"只要左脚鞋,听清了没?"

我和妈妈都不相信它能听懂这个命令,就是能听懂,它能分得清左鞋右鞋?两人好奇地盯着它。它跑到门口,在几双鞋子前犹豫着,抬头看着爸爸。爸爸故意仰起头不理它。它用小小的狗脑瓜想啊想啊,终于叼着我的左脚鞋跑过来。这可把我和妈妈都乐坏了,我紧紧搂着它,亲它的小鼻头,惊天动地地夸它。拉克的得意劲儿就不用提了。

爸爸说拉克从血统上说只是一只普通的太行犬,不是什么名贵品种,但我根本不在乎什么血统。我问:

"等拉克长大,会不会更聪明?比如说,会不会解代数方程?"

爸说,拉克只做了初步的智力提升术,最终只能达到六岁孩子的智力。但即使如此,它也是狗族中第一个走出蒙昧的"幸运者"。可惜犬类做声带改造手术比较困难,这次没有做。所以,它虽然能听懂人话,但永远是个哑巴。

我对爸爸的礼物非常满意,连开始持反对态度的妈妈也喜欢上拉克了。那天,全家的话题都集中在拉克身上。晚饭后,我们照例打开电视看新闻联播。看完新闻,爸爸到书房给熟人打电话,我和妈妈接着看连续剧。刚开始看,拉克忽然吠起来。我说:

"拉克别叫!我们都陪你玩一天了,你自觉一点,别妨碍大人看电视!"

拉克不听我的话,很生气地继续吠叫,而且叫声越来越响。爸爸听见了,跑过来笑着说:

"忘了告诉你们,拉克每天晚上要看一集动画片,这是老规矩,雷打不动的。"

我和妈妈正看得热闹,不想换台,但俺俩咋能拗得过拉克呢,我只好气哼哼地换到少儿频道。拉克立即安静了,两眼圆溜溜地盯着屏幕,直到这一集"奥特曼"演完。我家虽有两台电视机,但数字式机顶盒在同一个时间只能调出一个节目。过去,在节目选择上我和妈妈也闹矛盾,妈妈总是让着我,遥控器老是被我霸在手里。现在妈妈取笑我:

"好哇,有了拉克,以后茵茵得靠后站了!"

我不情愿地咕哝着:"哼,我能和它小崽子一般见识?"

拉克这样聪明可爱,我真的拿它当小弟弟看待。我让妈妈买了一张儿童床,放在我的游戏室里,还备齐小被子和小枕头。晚上拉克与家人摆摆尾巴告别,自己跳到小床上睡觉。不过它不会像人那样躺下睡,老是蜷在被子上,脑袋枕着自己的前爪,我给它置备的被子枕头都白费了。对了,它还不会穿脱裤子,以后这成了我的日常工作。虽然妈妈常说我是个懒骨头(这个评价没有冤枉我),但晚上伺候拉克脱裤子洗澡我从来不烦。拉克最喜欢玩水,一进澡盆就

| 未来 ──

不愿出来，玩得欢天喜地。比较烦的是早上，我得上早自习，时间紧，有时我会忘了给它穿裤子，这时拉克就一声接一声不耐烦地催我。特别是它长到一岁之后（从发育上说相当于五岁男孩），如果你忘了给它穿裤子，它就赖在床上不下来，用吠声焦急地唤我。我对妈妈说：

"妈，它一定是长大了，知道害羞了，不愿光屁股出门啦。"

妈妈也笑："这个小东西，比人娃儿还鬼灵！"

拉克很快成了全班同学的心尖儿，男生和女生难得地空前一致。同学们没事就往我家跑，给它带来各种美食，也争着教它新本领，星期天领它去郊游。等拉克整一岁时，男生黄强骄傲地宣布：他已经教会拉克算 100 以内的加减法。开始我不大相信。记得哪本书上说过，小狗算算术其实都是假的，狗的观察力很强，假如主人命令它算二加三，那么，等它吠到第五声时，主人的表情会有下意识的变化（喂，就是这个数，可别往下吠了！），聪明的狗狗能观察到这些细微迹象，从而停止吠叫。所以，实际上不是狗狗在算，而是主人在替它算。黄强坚决反对我的说法，说他"以脑袋打赌，拉克真的会加减法"。后来，我们对拉克做了相当严格的测试，包括用黑布蒙住它的双眼。测试完毕，黄强果然保住了脑袋。

这么说，拉克真是一只聪明的狗狗，它的智力已经不弱于六岁孩子的水平——可是按爸爸的说法，这也是它的智力极限，它的"聪明化进程"到此就会终止了。想到此，我心中隐隐的不好受。其实我也知道，拉克能有这样的智力，在它的同类中已经很"luck"了。还有一点让我心中不好受，爸爸说，狗狗的寿命一般只有 15 年，类比一下，它的一岁大致相当于人的 5 岁。也就是说，等我二十八九岁时，它的寿命就要到头了，就要同我永别了，一想到这个情景我就十分感伤。但是没有办法啊,天命不可违。我和它属于两个物种,就像生活在两个不同步的时间管道中,只能眼睁睁地看着小拉克加速成长,在年龄(可比年龄)上赶上我,超过我,迅速坠落到那个谁也逃不掉的死亡黑洞中去。

爸爸临走让我替拉克写成长日记,以便留作研究资料。不过,知女莫若父,他知道我一向手懒,自动改口说:

"你一个月写一篇就行。什么,连这也不能保证?那,至少一年得写上一篇吧,这已经是最低要求了。"

爸爸送我这么好的礼物,我当然得给爸爸这点儿面子。所以,今年我很用心地写下了这篇"年记"。

拉克2岁

拉克又大了一岁,按爸爸说的那个时间类比法,它相当于从五岁小屁孩长成了十岁的大男孩。爸爸说它将终止于六岁孩童的智力,依我看这个说法不一定对。比如说,现在拉克看电视的口味已经进步了,它仍然酷爱动画片,晚上那个时段铁定是属于它的,谁也别想争;但它不再喜欢"天线宝宝""快乐星球"和"奥特曼"这类幼儿故事,而是爱看"狮子王""怪物史莱克"和"宝莲灯"。也爱看"动物世界"或"人与自然"栏目。我发现它特别喜欢其中一部科教片:"狗的历史"——几万年前,原始人的营地里,一只离群的幼狼在篝火的阴影里逡巡,捡拾原始人扔掉的骨头,悄悄盯着温暖的篝火,既惧怕又向往。慢慢地,它和一个原始人小男孩成了朋友,晚上信赖地偎在男孩的腿边。时光荏苒,小男孩长成健壮的男人,小狼也长出一副健硕的身躯,帮他看守牛羊,猎捕野兽,包

| 未来 ——.

括猎捕它曾经的同类。一代一代过去,狼脸变成狗脸,下垂的尾巴翘了起来,于是人类在动物世界里有了一族最忠实的盟友。

不知道拉克能否真正理解这个故事的含义,反正它看得非常入迷。我把这个节目录下来,反复为它播放,拉克一直看得津津有味。

还有一件事也说明拉克长大了。春节过后,大约是四月份,那时拉克的年龄相当于七岁的孩子。为它穿裤子时它忽然变得很焦躁,老是吠个不停,用那双聪慧的狗眼恳求地望着我和妈妈。我俩竭力猜它的心思:是不是这条裤子太紧?是不是它不喜欢这个颜色?不,都不是。我们越是猜不到,它就越烦躁。妈妈无奈地笑道:

"嗨,养个哑巴儿子真难哪。"

我看它老是抓裤子的裆部,灵机一动:"妈,它是不是长大了,不愿再穿开裆裤?"

妈笑了:"哪能呢,要是这样,它真成个人精了。"

但拉克的叫声马上从烦躁变成喜悦,对我连连点头。我说:

"妈,我猜对了!你看它的表情,我肯定猜对了!"

妈不相信,侧着头认真看拉克的眼睛:"拉克,你真的不想再穿开裆裤?"得到肯定的回答后,妈苦笑着说,"拉克真的长大了,知道遮羞了。可你没办法穿刹裆裤的,你没有手,不会解扣子。我和茵茵不能老跟在你身边,你想拉屎撒尿怎么办?"

拉克也不知道怎么办,但它仍伤心地吠着,目光殷殷地看着我俩,让人不忍拒绝。我想了一会儿,说:

"妈,我有办法!你记不记得,拉克咋用后爪给肚子那儿搔痒?我给拉克设计一种裤子,它能自己解扣子的。"

那天晚上，由我指导着，妈妈为拉克做了一条很特别的裤子。当然是剎档的，前档处用尼龙扣代替扣子。尼龙扣的位置尽量往前提，放在腰部中间。在这个位置，拉克可以用后爪，或牙齿，把尼龙扣扒开或合上，这样，它拉屎撒尿就可以自己进行，当然了，穿裤子脱裤子还得我们帮忙。妈一直干到晚上12点才把新裤子做好，我和拉克都不睡，耐心地在一边等。裤子做好了，我为拉克穿上，又教它自己解扣。聪明的拉克很快掌握了要领，可以熟练操作。它第一次穿上这件"大人衣服"，非常高兴，一个劲儿地舔我和妈的手。妈拍拍它的脑袋说：

"行啦，不用可劲儿拍马屁啦。时间不早，赶紧睡觉吧。"

第二天是星期天，我打电话把这件事告诉爸爸。我说，依拉克的心理脉络来看，它的智力肯定超过六岁孩子了。爸爸对我的判断不大在意，应付地说：

"真的吗？那我太高兴了。咱们的拉克已经长成大姑娘了，知道害羞了。"

"什么？你说什么大姑娘？"我简直不敢相信自己的耳朵，看看屏幕上的爸爸，再低头看看腿边的拉克，"爸，拉克是个男孩！"

爸爸有点难为情："瞧我这记性，瞧我这记性！不过，去年我只顾操心着如何做智力提升手术，确实没在意它的公母。"他解嘲道，"这不奇怪的，专家型的人都是这么个秉性。包括当年的相马专家伯乐，他为秦穆公相马时，也是只知道马的良劣，却把黑色公马错记成黄色母马了。"

我生气地说："对拉克别用'公母'这样的说法，我听着嫌刺耳。应该说它是男的，是个小男孩。再说，你说的那个专家不是伯乐，而是九方皋。你的历史知识不怎么样。"

我确实生气,虽然我知道爸爸日理万机,但他竟然弄错拉克(我家的重要一员!)的性别,这个错误实在不可饶恕。我想拉克肯定听懂了这段对话,眼神显得非常失落。它冷冷地踱到一边,赌气不再看屏幕上的爸爸。爸爸和解地说:

"看,小拉克也生气啦。茵茵,爸爸错了,替我向那位可爱的'小男孩'赔罪。我这会儿正忙——基地很少有星期天的——必须挂电话了。"

爸爸把电话挂了。我搂着拉克的脖子,替爸爸解释了好久,但显然没能解开拉克的心结。春节爸爸回来时,特意带了几张高密度碟片,全是好看的动画片,算作对拉克的赔罪。但拉克对他仍是冷冷淡淡的。我知道,爸爸把它的心伤得太深了。这不奇怪,如果爸爸弄错我是男孩还是女孩,我同样不会原谅他。

拉克3岁

日月如梭,转眼间我已经是高一学生。拉克也长成健壮的大黑狗,一身皮毛黑得发亮,四肢粗壮,嘴短唇正,尾巴高高耸起。按爸爸的时间类比法,它已经是15岁的大男孩了。现在我完全可以断定,爸爸说拉克"将终止于六岁孩童的智力",这个结论肯定不对。拉克早就能听懂人话,不是那种低层次的理解(比如能听懂"把那只皮鞋拿来"这样的命令),而是逻辑上的理解,大人式的理解。

我和拉克一块儿看DVD的一次经历让我确认了这一点。那天看的是聊斋故事《青凤》,写女狐青凤与狂生耿去病的爱情故事。我按错了声道,播出的是英文对白。我的英语水平虽然不能完全听懂,不过屏幕上有中文字幕,所以我没在意,自顾看下去。但身边的拉克渐渐坐不住了,不停地扭动身子,不耐烦地吠着。看我没反应,它干脆歪过头来,用力扯我的衣角。我终于明白它的意思,把DVD换到汉语声道。拉克马上安静了,聚精会神地看下去。

这么说来,它并不是纯粹的"看"热闹,应该能听懂对白,理解故事的脉络吧。这显然超过六岁小孩的理解力。我好笑地看着它聚精会神的样子,心想这么个小不点儿,也能看懂人与狐的爱情?

拉克小时一直由我帮它穿衣洗澡,现在它长大了,再由我干这事不大方便(毕竟它是个"男孩"),这个任务就转给妈妈。妈妈上班时间很紧的,早上要做饭,又要为它穿衣服,忙得一溜小跑。但从没人提议它别穿衣服了,对于拉克的心智来说,像其他狗狗那样光屁股上街是绝对不行的。

这天早上,妈妈高兴地喊我:

"茵茵,茵茵!拉克会自己穿衣服了!我刚才去给它穿,它已经穿好下床了!"

"真的?"

当然是真的。衣冠整齐的拉克已经出了它的卧室,故作平静地在我们旁边,目光中的得意藏也藏不住。我们越是惊叹,它越是得意。第二天早上,我从门缝里偷看它怎样穿衣服(实际上只有裤子),原来那是一件相当艰巨的工程。拉克先用前爪和牙齿把裤子平铺在床上,把左右裤片摊开,再蹲坐在裤子上,身体一耸一耸地向下退,这么着把两条后腿插到裤筒里。然后仰面躺到裤子上,用力弯腰,用嘴巴把左右裤片拉到肚子上,再把尼龙扣压合。用狗嘴代替人的双手来干这件事,其困难可想而知。好在它脊椎灵活,嘴巴又长,

| 未来 ——

总算把这件活对付下来了。看它的动作,我敢肯定它已经练了无数次。我推开门,高兴地抱住它的脖子:

"拉克,你真能干!说吧,你瞒着我和妈妈练了多少次?是不是想给我们一个惊喜?"

拉克两眼放光,咧着嘴龇着白牙,喉咙里发出呃呃的声音——这就是它的开怀大笑了。

那天在饭桌上我和妈妈还在一个劲儿夸,说拉克真是个懂事的大孩子。对了,我一直没说拉克是怎么吃饭的。它和我们同桌吃饭,饭盆放在餐桌上,它蹲在一张和桌子等高的高座上,在饭盆里舔食。我们一直把它看成家中平等的一员。

不过我难过地发现,长大的拉克失去了很多童年的快乐。过去我的空闲时间比较多,一有空儿就领着拉克到处疯,到处野。但我上高中以后,大部分时间囚在学校,连星期天也常要补课,只有在吃饭时和睡觉前同拉克亲热一会儿。过去我上学时,拉克常跑出去同邻居的狗狗们玩。拉克不嫌弃这些傻同类,玩耍时懂得迁就它们,就像聪明的大哥哥宠着一群弱智的小姊妹,和它们闹得昏天黑地,然后喜洋洋地带着满身尘土回家。现在,拉克长大了,不再和它们玩了,顶多卧在我家门口,用"大人"的眼神,平静地,居高临下地,看着一群傻狗在空地上疯闹。那些狗狗们好像也知道自己同拉克的距离已经拉远了,不再来找它。

只有一次,一只叫白毛格格的母狗小心地走过来,边走边用畏怯的目光打量拉克,见拉克没有拒绝,就一直走到拉克身边,在它身上蹭蹭,嗅嗅它的裆间,又吻吻它的嘴巴。就在这一瞬间我忽然想到,拉克已经性成熟了。书上说,狗的发育很早熟(在性发育上不能用那个类比法），七个月就可以交配，2～4岁时是最好的交配年龄，而拉克已经快三岁了。这些年来，我习惯于拿人类的标准来看拉克，把它看成三岁的小不点儿，没有意识到它早就是"成人"了。

我有点紧张地盯着拉克，看它怎样回应母狗的求爱。我感觉到它已经耸起背毛，马上会跳起来，蹭母狗的身体，闻它的裆间，然后按上帝赋予它的本能去交配……但拉克没有动，姿态僵硬地卧着。也许它正在用极大毅力克制着本能冲动？白毛格格蹭了很久，没有赢得对方的回应，失望地离开了。

我心中像打翻了五味瓶，说不清道不明的难受，因为这个瞬间我想到了拉克的"人生"。拉克不愿放纵动物本能，这说明它确实有了人的理智。但它今后该怎么办？世上没有智慧相当的雌狗来做它妻子，它太孤单了啊。我也第一次感到困惑——我让爸爸培育了聪明的拉克，这对它本身来说，究竟是"幸运"，还是"厄运"呢。

第二天，趁拉克不在家时，我同爸爸通了长途电话，我说拉克太孤单太可怜，你能不能再培育一只有智慧的母狗，为拉克做伴？爸爸大摇其头：

"茵茵，你把问题想得太简单了。我当然能再培育一只聪明的母狗，但你能保证它一定和拉克合得来？再说，即使它有妻子，建立了家庭，就不孤单了吗？那个家庭仍是孤悬于人类社会之外的。这是牵一发动全身的事。"

我想爸爸说得对，我这种做法实际是包办婚姻，不一定给拉克带来幸福的："爸爸，那你说咋办？"

爸爸说："除非建立一个完整的狗人社会，但这是不可能的，至少现在不可能。茵茵你别急，等我考虑考虑，春节回家再说吧。"

| 未来

但春节爸爸回来时,根本没有提这件事。他大概以为我已经把这事忘了。我当然没有忘,前前后后地追着他问。爸爸先是搪塞,被我追得没办法,只好实话实说:

"科学家可不能像你这样多愁善感,为了推动文明之车前进,有时不得不狠着心肠。你知道我在培育黑猩猩太空人是什么目的?告诉你,是要它们代替人类去送死,因为宇宙深空探险都是一去不回。这样做是不是有点残忍?确实不假。但不让黑猩猩去送死,就得让人类宇航员去。所以,为了人类的利益,这个项目还得做下去。"

这番话让我彻底失望。爸爸所从事的工作已经把他的心淬硬了,他不会在乎"小姑娘的多愁善感"。他连拉克的性别都记不住,你能指望他把拉克时刻放在心头?

爸爸是拉克的第一任主人,往年他回家时,拉克会欣喜若狂,摇头摆尾地贴在他身边,甚至把我都暂时冷落了。但从去年起,就是他说错拉克的性别之后,拉克明显对它冷淡了,今年更甚。而爸爸确实忙,过了初五就匆匆回基地,没时间和拉克亲热。我真为拉克不平。

爸爸说,这本"拉克成长年记"要留作他的研究资料,总有一天他会看的,那么我就让他看看女儿的抗议:

"爸,我非常不满你对拉克的薄情。你在女儿心目中的伟大形象已经有点褪色了,你可千万得警惕!"

拉克 4 岁

我简直不敢再用那个"时间类比法"来为拉克计算可比年龄。算下来,今年四月是一个临界点,到那时它就相当于人类的 17.5 岁,正好与我同龄,以后就要超过我了。在两个不同步的时间管道里,今后我只能跟在它的后边，看着它的背影越来越远。

拉克长成十分剽悍的大狗，身高几乎到我的腰部。我现在不大领它上街，一则高中学习太忙，二则——姑娘家身后跟着这么一位"赳赳武夫"，似乎也不是那么回事，它更应该是男孩子的亲随。不过，星期六晚上我和同学们结伙儿玩耍时，肯定会带上它的。同学们都喜欢它，拉克也十分看重这一周一次的集体活动。星期六早上如果我告诉它：今晚要出去玩，那它在整整一天时间里都会很亢奋；如果告诉它：今天要补课，玩不成了，它就显得蔫头蔫脑，一整天打不起精神。我非常理解它的快乐和忧愁，因为它已经不和同类玩耍，平时太孤单了。所以，只要有可能，我每星期至少组织一次活动，让它玩个痛快。

但我做了一件大大的错事，让拉克非常伤心的事，我一定要原原本本记下来，作为我真诚的道歉。那是夏天的一个星期六下午，放学后，刘凌、何如雪、黄强等七八个男孩女孩照例去我家，准备带上拉克再出去玩。一路上同学们说说笑笑，只有我有点女孩子的心事——例假来了，这次来得比较猛，偏偏我穿的又是一条比较薄的白色超短裙，我得赶紧回家整理一下，以免尴尬。

还未走到我家院门，拉克就听到了，兴奋地用嘴拉开院门，迎过来，摇着尾巴撒欢儿。忽然它一愣，停在我身边，把鼻子伸到我的大腿处用力嗅闻。不用说，它是闻到了血的味道。这不奇怪，狗鼻子的嗅觉感受器是人类的40倍，发现气味的能力是人的100万倍，所以，这会儿拉克的举动是情理中事。问题是它当着同学的面嗅个不停，弄得我相当尴尬。我低声喝道：

"拉克，别闻了，别闻了！"

拉克今天的反应比较迟钝，仍贴着我，鼻翼抽抽着，一脸困惑

| 未来

的样子。同学们假装没有看到这一幕,但我知道这是为我遮掩尴尬。我一时情急,踢了拉克一脚,低声斥道:

"你这个蠢东西,快滚!"

干完之后我就后悔了,因为我过去从来没有对它这样粗暴。拉克一愣,目光立即暗下来,冷冷地看我一眼,转身离开。我没时间安抚它,赶紧跑到卫生间整理一番。等我出来,同学们正围在拉克身边逗它,而拉克沉着脸,对大家不理不睬。我喊它跟我们出去玩,它也不理。我生气地说:

"你个蠢东西,气性倒不小哩。走,咱们走,别理它!"

我们到郊外玩了一会儿,今天没拉克,大伙儿玩得不大尽兴。晚上我回家,妈妈一见面就数落:

"茵茵你咋个惹拉克了?你们走后它一直闷闷不乐。"

我生气地说:"不理它!自己干错事,还怪别人。"

我真的没理它,自顾回屋睡觉,但睡了一夜我想开了。拉克尽管聪明,仍然是一只狗而不是人类,它的行事要遵循狗的本能(比如靠嗅觉而不是靠视觉来认人),我干吗苛求它呢。再说,虽然它让我在众人面前尴尬,但我当着众人的面踢它,更是严重冒犯了它"男孩子的尊严"。两相比较,我的不对更多一些。我得向它真心认错。早上一起床我就跑到它的卧室,拉克正在穿裤子,见我进去,立即加快速度,匆匆穿好,跳下床,闷着头跑到客厅,卧在地板上不理我。我追过去,也趴在地板上,与它头顶着头,笑着说:

"拉克,看着我,用两只眼睛看我!现在我要向你正式道歉,昨天是我不对,以后我再不会这样了。你能原谅我吗?"

拉克的目光慢慢变暖了,开始舔我的手。

我小声补充一句:"不过以后你也不要干那样的傻事,行不?"

看它难为情的样子,它肯定知道我说的"傻事"是指什么,我也就点到而止。我们俩很快和好如初。接受了这次教训,我很小心,再没伤害过它的自尊,而它也很注意不再干"傻事",甚至有点矫枉过正。比如,拉克酷爱吃炸鱼,过去妈妈为它炸了小鱼,我会高高地拎着鱼尾巴逗它:"拉克给我跳一个!"拉克会轻松地一次次跳起,从我手中把鱼夺走。现在呢,不管再逗它,它仍然安卧不动,那张狗脸上分明写着:"你这种小孩子的游戏,拉克我就不奉陪啦!"弄得我很扫兴。还有,过去它一高兴,就会大摇尾巴。现在很少这样干了。它肯定认为,摇尾巴是狗狗们才会干的"傻事"。

拉克 5 岁

我今年 18 岁,上高三。身体还在窜高,去年穿的漂亮衣服,今年就穿不成了,只能忍痛丢弃。拉克的身体则早就定形,妈妈为它做新裤子,照着去年的旧纸样下剪就行。它长得虎背熊腰,绝对是狗中的施瓦辛格,对异姓很有杀伤力。但近处的母狗已经熟知它的冷面无情,一般不来亲热它。如果拉克跟着我们出远门,路上常有母狗颠颠地跑过来,在它身上又是嗅又是蹭。拉克对此不理不睬,被缠得急了,就怒吼一声,把求爱者吓得"夹着尾巴逃跑"。

终不成拉克要鳏孤一生?我不甘心,就动员了妈妈,一块儿向老爸施加压力。我们态度强硬地责令他,尽快培育一只与拉克智慧相当的雌犬,哪怕这件事涉嫌"包办婚姻"。老爸答应了,五月份他打电话说,一只做过智力提升术的雌性太行犬已经出生,命名为黄花花。春节期间他会带着那只狗狗回来。等黄花花长大一两岁,拉克就能和它建立家庭了。

未来

我把这个好消息告诉了拉克。它聪慧如人的瞳孔中泛起欣喜的涟漪，我想它是听懂了，不过我说不准。可惜拉克不能向我诉说它的内心世界，它没有人的声带来说话，没有人的双手来写字，我和它的交流从来是单向的。至于拉克心里究竟想的什么，或者它对我的话能理解到什么程度，只能靠猜测。正像妈妈的那句调侃：养个哑巴儿子真难哪。

暑假里我萌生一个大胆的想法：能否教拉克认字？如果能教会它认字，就能教会它用键盘打字（用狗爪子也能敲键盘，就是速度慢一些），那样，我们的交流就是双向的了。我在长途电话中对爸爸说了这个想法，爸爸很感兴趣，说等我把高考考完，他一定大力支持我进行这项研究。

就在这个电话之后没几天，拉克捅了一个篓子。

那天我和几个同学带拉克出城玩，在路上碰到一花一白两只狗，都是本地品种，其中花狗长得比拉克还要威猛。它俩肯定是一公一母，因为它们正在跳着狗族百万年来延续不变的求爱双人舞：互相嗅一嗅、蹭一蹭、擦擦嘴巴、摇摇尾巴，追追逃逃。等双方情投意合时，花狗半立起身子，俯到白狗的后身上。这就是俗称的"狗打圈"，旁边有几个闲汉兴致勃勃地观看。我们几个同学，尤其是女生，都有足够的自尊，逢到这种事都把眼皮一耷拉，装着没看见，加快脚步匆匆离开。我们已经走过去了，忽然发现拉克没有跟来。它仍停在原地，背毛耸起来，恶狠狠地瞪着那两只狗。我察觉到拉克的神情不对，还没来得及反应，拉克已经恶狠狠地扑上去，对着花狗张嘴就咬。花狗被咬伤了，肩胛处鲜血淋淋。但花狗也不是善主，哪能受得了如此无理的挑衅？它暴怒地冲过来，把拉克冲得在地上打了几个滚，又扑过来，用前爪按住拉克，对着它脖子张开利齿。情急中我忘了危险，尖叫着冲过去，用手中的女式包使劲打花狗。花狗没把我放在眼里，玩儿似的一甩头，在我小腿上留下几道齿印。

拉克再度冲过去，准备舍命相搏。这时一个光膀子中年人从院里冲过来，喝止了花狗，我也喝住拉克。一场殊死战斗总算被制止了，下面得赶紧处理善后。我检查一下，拉克身上没有伤，再说它打过狂犬疫苗，不会有危险。但我的腿上已经见了鲜血。我问花狗主人，它打没打过狂犬疫苗？那个中年男人脸色发白，哼哼哝哝地说可能没打。

这就非常危险了，大伙儿都吓得脸色惨白，要知道，狂犬病的致死率基本是100%！我们赶紧调头回城，赶到最近的区防疫站。不巧，这儿没有狂犬疫苗，最近狗咬人的病例多，疫苗已经用完了。医生只能为我冲洗伤口，让我赶紧到市防疫站。何如雪、陶菊等几个女同学急得哭起来，我想哭也不行啊，再哭也于事无补，赶紧到大路上拦一辆出租，赶往市防疫站。

出租车开得飞快，拉克卧在我腿边，一脸悲伤地盯着我。我不知道它的智力能否完全明白眼前的局面（主人有患狂犬病的危险，必须立即打疫苗），但它肯定知道自己闯了祸，连累了主人。它难过地轻声呜呜着，那声调听起来让人心酸。我安慰它：别害怕，市防疫站一定有疫苗的，打了疫苗就没事了。

之后还顺利，我在市防疫站打了疫苗。为了保险，我给拉克也打了一支。回家后妈妈心疼得不行，问我咋会惹上那条疯狗，我怕她怪罪拉克，没敢说出真实情况。那个暑假过得很窝囊，因为狂犬疫苗要打5次，疗程为一个月。医书上还说，即使完全按规定打了狂犬疫苗，仍有0.15%的发病率。而且狂犬病的潜伏期很长，从两天到几十年。整个假期，妈妈都在背着我翻医书，悄悄观察我有无

| 未来 ____.

发病迹象，还遮遮掩掩地不敢让我看出她的担心，弄得我像吃了蝇子似的腻歪。

当然受打击最大的还是拉克。在我的印象中，从这件事之后它的性格完全变了，从一个快乐随和、自尊心较强的小男孩，变成一个目光阴郁的男人。

妈妈最终还是知道了事情的由来。那天她到我的卧室，心事重重地问：

"茵茵，那天拉克为什么会情绪失控？它去咬那条花狗毫无理由嘛，拉克从来不是这样的暴烈性格。"我忙用食指让她噤声，指指隔壁拉克的卧室。妈妈摇摇头说："我已经看过了，这会儿它在院里，听不到的。"

关于拉克这次闯祸我已经想了很久，我字斟句酌地说：

"恐怕它是在表现骑士精神，保护我，不让我看到它认为是龌龊的场面。它认为那两只狗当着女孩子的面交尾，是在耍流氓。"

妈妈忍不住苦笑："我估计就是这样的，这是哪跟哪呀。拉克这样下去不行，会发疯的，它把人世界和狗世界搅混到一块儿了。"

我也唯有苦笑，我想妈的这句话说得精辟极了。这正是拉克的悲剧所在——既具有狗的身体和本能，又有人的智慧。两个世界形成了陡峭的接茬，任谁也无所适从。说到底，这怨爸爸的技术，也怨我的提议，我们硬要把一个人脑塞到狗的身体中，才造成今天的局面。我和妈沉默着，各自想心事。我知道妈妈今天来我这儿，还有更重要的话要讲。但她最终没有说，因为那些话比较难以启齿。她只是含糊地说：

"拉克长大了，以后你和它不要过于亲昵。"

"妈,我知道。"

"唉,但愿你爸把那个黄花花赶紧送回来,也但愿它和拉克能合得来。那样拉克就不孤单了。"

"但愿吧。"

此后,我们有意在拉克面前多提及黄花花,还让爸爸在可视电话上展示它。一只肉团团的小黄狗,非常可爱。当然它现在和拉克的年龄比较悬殊,让拉克从心理上接受它为伴侣还为时过早。但狗狗的发育快,一两年之后它就能和拉克建立家庭了。

拉克看来接受了我们的安排,虽然比较勉强。

我们都盼着春节,盼爸爸带着黄花花回来。但在元旦之前我有了不好的预感:爸爸不再提及黄花花,也不让它在可视电话上现身了。我们问及它时,爸爸总是含含糊糊地把话头扯开。到了大年三十,爸爸匆匆赶回来,为我们带来一件昂贵的大型礼物:非常漂亮的碳纤维袖珍游艇,可以坐四个人,但重量很轻,不安柴油引擎的话,一人可以轻松地扛走。爸爸一进屋就忙着拆包装,说要马上带全家去河里玩。我沉着脸制止了他的做作,问:

"这是个好礼物,以后我会喜欢它的,但这会儿天寒地冻,不是玩游艇的时候。现在我要黄花花,你答应带回来的黄花花在哪儿?"

爸爸不敢看我,叹息着说:"非常遗憾哪,正好12月份基地有一件紧急任务,只好把黄花花派去了。"

我低下头看看拉克,它看看我。显然它听懂了爸的话。我不再理爸爸,拉克也不理,我俩撇下爸爸,躲到顶楼凉台上,默默地枯坐着,看四野的雪地和迷蒙的远山,直到辞岁的爆竹声响起。我没有问爸爸是什么"紧急任务",但可以想见,黄花花将从此一去不回,而

未来

拉克也失去了唯一的伙伴。妈妈来凉台上找我,委婉地说:"你爸爸这样做,我也很生气,很伤心。但咱们要理解他,他作为401基地的领导,只能以工作需要为重。认真说起来,他在那儿为你培养黄花花,已经是假公济私啦。"妈又说,"你爸一年只能回家几天,咱们凡事迁就一点,不要让他带着遗憾离家。"

我听了妈的劝,带着拉克下楼。吃年夜饭时爸爸一直在讨好我和拉克,有话没话地和我聊天,摸拉克的脑袋,弄得我也心软了,不再和他冷战。但拉克还是冷着脸不理他,偶尔用恼怒的目光横他一眼。我心里想,爸爸这次算是把拉克彻底得罪了。夜里看完春晚节目,我回到卧室后,爸爸跟着进来,坐在我的床边,难为情地说:

"茵茵,对不起,为黄花花的事爸爸向你道歉。"

爸爸把话说到这个份上,我还能说什么呢。我和解地说:"算啦,过去的事就别说了,明年再给我弄一只聪明的母狗吧。"

爸爸叹息着,真诚地说:"恐怕那也不能最终解决问题。茵茵,我真的很后悔。在为拉克提升智力这件事上犯了一个大错。我本来只想提升到六岁孩子的水平,那样它就只是一个聪明的宠物,不会有后来的诸多麻烦。但具体操作上我犯了错,可能是把刺激电压定高了0.2微伏。"

我愕然看着爸爸,哑口无言。这就是他的"真诚道歉"?他对拉克做错的事,只是"把刺激电压定高了0.2微伏"?对于这位技术沙文主义的爸爸,我真的无话可说了。

爸爸试探地说:"其实有一个彻底的解决办法。"

"什么办法?"

"让拉克的智力退回到六岁孩子的水平,这样它就永远只是一只聪明的宠物。从技术上说这并不困难……"

"爸！"我急忙喝止住他，因为我忽然看到拉克立在门口，显然听到了这番话。对于它来说，这番话已经不只是残酷了。我匆匆地说，"爸爸，我已经把这一页掀过去了。你走吧，我要睡了。"

爸爸对我的态度有点愕然，顺着我的目光瞥见门口的拉克，微微一愣，笑着走过去，伸手去摸拉克的脑袋。拉克迅速闪到一旁，看着他，目光像是结了冰。爸爸回头看我一眼，窘迫地走了，拉克也默默地离开。我心头又是气恼又是难受，半宿无眠。爸爸怎么能提出这样的混账建议？他毕生都在"改进上帝的造物设计"，怕是走火入魔了。

我忽然想去看看拉克，安慰安慰它，今晚恐怕它也在度过无眠之夜吧。隔壁房间里没有拉克的身影，客厅也没有。它会去哪儿呢？忽然我打了一个寒战——爸爸伤透了拉克的心，它会不会失去理智，对爸爸干出什么暴烈的举动，就如和花狗打架那天？我急忙轻步来到爸妈的卧室，门没关，妈妈低着头偎在爸爸怀里，两人睡得很香。我在夜色中焦急地寻找，我看见它了，暮色中有一双灼灼发亮的眼睛。它把前爪趴在床上，正冷冷地盯视着爸爸。我失声喊：

"拉克！拉克！"

拉克扭头看看我，迅速转身，跑出房间。

我紧跟着跑出来，已经不见拉克的身影。爸妈被我的喊声惊醒了，这会儿穿着睡衣匆匆出来，问我是怎么回事。我不想指控拉克加害爸爸——本来我也拿不准这一点——就含糊地说：

"是拉克在屋里折腾，把我弄醒了。"

我们在屋里和院里找拉克，没有找到。睡前拴好的院门这会儿

| 未来

开着,所以拉克肯定出门了。三个人在门外喊了一会儿,没有回应。天太冷,三个人实在受不住,妈说:

"回去吧,别冻感冒了。估计拉克是心里烦,出去转转,明天就会回来的。"

我担心拉克还会溜回来找爸爸的麻烦,找个借口,挤到爸妈的床上。那晚仨人都没睡好,老是侧耳听着院门的响声。但晚上拉克一直没有回来,以后也没回来。过了初五,爸爸回基地了,我和妈妈天天盼着能听到拉克的吠声。我们想,也许拉克只是不想见到爸爸,爸爸走后它会回来的。等我们最终确认了拉克的失踪,伤心的妈妈转过来安慰我:茵茵,你别担心,拉克身强力壮,又那么聪明,一定能找到一个安身之处。

我不担心这一点,依拉克的能力当然能活下去,这不成问题。它离开这片伤心地,也许会活得更轻松一些。但我无法排解心头之痛。

拉克,你在哪里?你快回来吧。如果你真的不愿回家,那我祝愿你找到新的生活,找到属于你的幸福。

拉克6岁

一年过去了,拉克仍然杳无音信。我离家去南方上大学,在学生宿舍里常常揣着一个梦:一条黑狗风尘仆仆地从远处跑来,伸出舌头急切地舔我的手。它当然是拉克!我假装生气地踢它一脚,拉克像受到奇耻大辱,扭头就走。我连忙去追,但拉克已经无影无踪……

拉克7岁

我和妈妈仍在到处找拉克,还在报上网上登了寻犬启事。但没有任何消息，它真的在这个世界上彻底消失了，就像飘落在火炉上的一片雪花？

拉克 8 岁

今年三月份又是一个临界点：按可比年龄，拉克 42 岁，是我年龄的整整两倍。但奇怪的是，在我的记忆中，它却日益回归童年。如今在我脑海中最清晰的场景是：它蹲到马桶上龇牙咧嘴地挤尿，然后得意扬扬地看着大人；它哀求地看着大人，央求妈妈把它的裤子改成剳裆裤；它自己偷偷学会穿裤子，然后穿戴整齐走到客厅，故作平静地向大人夸耀……

其实我知道，那个"小不点儿"已经永远成为过去，如果它活着，已经是年过不惑的成人了，我不敢说还能理解它的内心世界。

拉克 9 岁

拉克，你真把茵茵姐姐和妈妈都忘了吗？

我忽然有个不好的预感：拉克这几年不见，是否潜入到 401 基地了？那儿虽有两千千米之遥，但以拉克的智力，找到那儿易如反掌——连普通的狗狗都能凭嗅觉找到千里之外的主人呢。不过，拉克如果去了那儿，绝不会是出于对老主人的思念。我一想到这儿就冷汗淙淙，忙给爸爸挂电话。我不想明白说出让爸爸提防拉克（不愿说拉克的"坏话"），只是含糊地问：拉克会不会到你那儿去？基地周围有没有它的踪迹？爸爸奇怪地问：你怎么会想到这一点？是拉克告诉你的吗？不，它不在这儿。好的，以后我会注意它，你放心吧。

……

……

未来 ──

拉克 16 岁

　　拉克的年龄已经超过狗类的生命极限。我对找到拉克已失去了信心,看来今生今世无缘再见到它了。这些年,大学毕业,回到家乡工作,拉克的生死一直梗在我心中。心底不清净,一直没有心思谈婚论嫁。直到今年才有一个男人叩开我的感情之门。他叫江国柱,是爸爸的助手,近几年出差时常顺路到我家,为爸爸捎来一封家信或几件衣物。可能爸爸是有意撮合吧,慢慢我们熟识了,恋爱了。他比我大一岁,相貌普通,为人朴实,算不上令人怦然心动的男人——我也过了怦然心动的年龄——但总的说他有一副靠得住的肩膀。

　　今天他突然从基地来我家,约我到天伦饭店吃饭,说有重要的话对我说。我想他是要向我正式求婚吧,我也做好了"嫁为江家妇"的准备。在雅间坐定,他流利地点了饭菜——正好都是我最爱吃的。他笑着说:

　　"茵茵,我告诉你一个秘密,实际上我对你的了解很深,特别是你的少女时代。你那时的经历,甚至你吃饭穿衣的爱好,我都了如指掌。"

　　"吹牛吧。"

　　"怎么会是吹牛?你看看这几样菜,是不是你最喜欢的。"

　　"那么,是我爸爸告诉你的?"

　　"不是。"

　　"我妈妈?"

　　"也不是。我告诉你吧,是拉——克。"他看着我惊骇欲绝的表情,点点头说,"对,是拉克。它并没有死,也没有失踪。当年它从你家出走之后,千里跋涉,找到 401 基地。这 11 年它一直跟着你爸爸和我。"

我没有一点思想准备，绝对想不到时隔11年之后，在我对找到拉克已经绝望的时候，会忽然听到它的消息，而且它竟然一直在——爸爸身边！眼前闪过拉克留给我的最后一幕：两只前爪趴在爸爸的床上，灼灼发亮的眼睛敌意地盯着爸爸。国柱看看我的脸色：

"茵茵，我知道你的心思，是不是担心你爸爸的安全？"

我苦涩地说："嗯，它对我爸爸有相当深的敌意。不过怨不得拉克，是我爸爸严重地伤了它的心。"

"这些情况我都知道。拉克来基地之初就公开申明，是来找你爸爸复仇的——但不是用牙齿和爪子，而是用笔。"

"用——笔？"

"对。它在你家时，你和师母一直没有教它识字，对吧。"

"嗯。我想教来着，还没来得及实施它就失踪了。"

"那它说的是真实情况。它说，它是在看电视时，从对白和字幕的对比中，无意中学会汉字的，它确实聪明，是个难得的天才。我一向对自己的智力很自负的，但不得不承认我比不上它。我对它只进行了简单的培训，它就学会阅读了。我又为它特制了一个专用的电脑键盘，教会它用狗爪输入汉字。这样，很快我们就可以双向交流。"

菜上来了，我沉默地吃着，努力消化这些洪水一样漫地卷来的消息。国柱忽然停住筷子，大概想到了什么，莞尔一笑：

"知道吗？拉克确实很快就向你爸复了仇。它给孟总起了一个很刻薄的绰号，现在已经闻名遐迩了。这个绰号是：技术动物。我们都认为——你别见怪啊——这个绰号抓住了你父亲的精髓。你爸爸对它无可奈何，回敬它一个语意双关的绰号：狗崽子。你爸爸解

| 未来 ____.

嘲地说：这个狗崽子以它对父亲的反叛，从反面证明了孟氏智力提升术的伟大成功。"

虽然心绪纷乱，如此别致的复仇仍让我失笑。我收起笑容，恼火地问："为什么瞒着我？这 11 年中我和妈妈为拉克担了多少心！"

"是拉克执意要瞒着你们。"他看着我的眼睛，"它非常坚持这一点。它要你彻底忘掉它，开始新的生活。"

我俩都知道这句话的内涵，心照不宣，不再深谈。我的眼眶湿润了，勉强用玩笑来掩饰：

"哼，可笑的骑士精神，一位长着尾巴的堂吉诃德。国柱，它还活着，对吧？我想去基地看它。"

"这正是我这次匆匆赶回来的原因。它……"国柱小心地说，"已经处于弥留状态，没几天好活了。它提出来想最后见你一面。你决定去吗？"

我喉咙里哽着一块东西，说不出话，只是点点头。

"那好，回去收拾一下。明天的机票我定了三张——师母肯定也要去吧。"他掏出一只 U 盘，"茵茵，拉克学会用电脑后，详细追录了它的一生。日记内容浩繁，我只为你筛选了小部分。你今晚看看吧。"他说，"我希望你在见它之前，对它有个再认识。今天的拉克绝不是当年的聪明狗狗了。这么说吧，对它的指代不能用宝盖头的'它'，而要用大写的人字旁的'他'。"

这句话内含的分量让我欣喜。国柱说：

"我绝不是夸大，这 11 年来他近乎发疯地学习和钻研，那种急迫劲儿让我们为他心痛。他已经是基地中最优秀的基因工程学家，恐怕不在你父亲之下。尽管他长着尾巴，用四肢行走，但基地的人们，包括你爸爸，对他是仰视的。"

"真的？我都不敢相信了，有这样一个了不起的狗狗小弟。"

回家后我把这个喜讯告诉妈妈，然后撇下喜极而泣的妈妈，关上房门，开始阅读拉克的日记。日记中确实展现了一个不同的拉克，不是那个学会使用马桶就得意扬扬的小把戏，不是那个坚持要穿刹裆裤的青涩男孩，不是那个在性压抑下变得阴晦暴烈的年轻男人。现在的拉克自信，开朗，日记开始时有点锋芒，后来渐转平和。看完后我想国柱说得对，拉克完全当得起人字旁的"他"了。

二 拉克日记

2016年春节

从来到401基地，到学会阅读和用爪子打字，已经一年了。如果15岁是我的大限，那么留给我的只有9年时间。9年，3285个日出，命运对我太吝啬了。到今天我仍然恨那个技术动物，他既然把人的智慧（宇宙中最宝贵的东西）非常草率地塞到我脑壳里，为什么不同时赋予我人类的寿命？

通过这一年的阅读，我已经看到一座深奥博大的科学宝山，它是由几万年的人类智慧汇聚而成。9年时间恐怕只够我刚刚迈过门槛。

我一直在拼命学习，想成为（像孟世杰那样）掌握上帝造物技艺的基因工程学家，以便弄清我自身的由来。一代才子李叔同在学术鼎盛时期突然出家，斩断三千烦恼丝，把余生托付给青灯古佛。从某种意义上说，我离开茵茵家也是"出家"，斩断尘缘，把余生

未来

托付给科学。我想向那位技术动物证明,智慧和创造力并不是人类的专利。

2017 年 6 月 5 号

今天重看了一部电影,是聊斋故事《青凤》。记得我一岁时就看过,是和茵茵姐姐一块儿看的,这会儿我周围仍萦绕着她的体香。

正是这部剧作让我对人类世界的合理性产生了怀疑。人们说,狗是人类最忠实的盟友,而且历史事实确实如此。但我伤感地发现,人类传说中有人与狐的爱情,也有人与龙、鱼、甚至蛇的爱情,等等,偏偏没有一则是人与狗的。这种潜意识中对狗的藐视让我寒心。

我还发现,至少在汉语中(很可惜,我至今只掌握这门语言),"狗"是典型的贬义词:走狗、狗东西、狼心狗肺、狗眼看人低、丧家犬、癞皮狗、人模狗样……不胜枚举。也许,正是因为狗对人的忠诚,才换来人对狗的鄙视?

2018 年 6 月 3 号

我发现只懂汉语不行,视野太狭窄。虽然我的寿命有限,至少也得学会英语。江先生爽快地答应了我的要求,从去年开始教我英语。他估计至少五年我才能用英语阅读,但一年后我就开始阅读《物种起源》和《基因工程学》的英文原著了。

今天那位技术动物,孟先生,同我做了一次坦率的深谈。他说,他最初为我做智力提升术时,只是想为茵茵培养一只稍稍聪明的宠物,后来茵茵说我具有成人的智力时,他还不信。但自从我来基地后,他震惊地发现,我甚至不是普通人的才智,而是百年一遇的天才。他说我博览群书的速度非常惊人,就像是沙漠吸纳雨水一样贪婪地吸纳着知识。他相信,我很快就会成为一流的基因工程学家。可惜我的寿命太短,注定只能像一颗耀眼的流星,在很短时间内烧光自己。否则,甚至我会成为长着尾巴的牛顿或爱因斯坦。

他坦率地说,他对我做的"业余手术"非常成功,甚至超过了他对黑猩猩所做的正规手术。但这次伟大成功是"歪打正着",他现在还没弄清成功的关键,希望我配合他弄清这一点。我问他:

"在我 5 岁那年,你曾经想让我的智力倒退。我想,你现在正暗自庆幸当时没能实施吧。"

他脸红了,点点头,没有说话。

我爽快地答应了他的要求,唯一的条件是,在他摸索成功后,再度培养一批狗人,造福我的同类。孟先生也爽快地答应了。

但我不敢相信他的诺言。这不是他个人的品德问题,而是——依人类的胸襟,在人类智力不能提升之前(法律和伦理不允许对人类做类似手术),会允许比人更聪明的狗人的出现吗?他们早就习惯了狗的奴性,习惯了居高临下的呵斥和施舍。在我的成长经历中,唯一能真正平等待我的人是茵茵和茵茵妈,就连茵茵也曾踢过我一脚呢。

2018 年 7 月 4 号

三年前的今天,一个星期六的下午,茵茵第一次(也是唯一的一次)踢我一脚,让我十分伤心。茵茵马上就后悔了,真诚地向我道了歉,她真是个好姐姐,好姑娘。

茵茵认为我的伤心是自尊心受到伤害,她错了,至少是部分错了。自尊心受伤确实让我伤心,但最使我心痛的是我的自省。依我

| 未来 ___.

那时的心智,我绝不该去嗅茵茵的裆部,这不符合绅士的礼貌;但强大的嗅觉本能又拉着我这样做。最终,我的理智屈服于狗的本能。想到这一点,我甚至厌恶自己。

那么,至少在那个年龄,我仍然只是一只狗,而不是人?

2018年7月28日

今天在基地的试验场,看见两只狗在交尾,它们干得非常投入,旁若无人。现在我已经能以平和的目光来旁观了。我的弱智同胞是按照狗族百万年延续的本能去行事,它们不必受人类规则的限制。

不由想起几年前我的那次暴烈举动,不免暗自摇头。那时我是缘于一种强烈的冲动:茵茵是我心目中的雪山女神,纯洁晶莹。我要保护她不受任何亵渎,哪怕只是视觉上的不洁。这种骑士精神很可笑,我把人世界与狗世界搅到一块儿了。

当然,若把我的举动完全归因于这种纯洁动机,恐怕也有点自欺。要想挖出深层的原因,只有到弗洛伊德那老头儿的书里找答案了。

孟先生把我命名为"幸运者",我幸运地得到了人类才有的智力和情感。但不幸的是,它们被禁锢在一具残酷的狗形桎梏内。其中,"情感"看来是永远无法超生了(一个狗人怎么能去爱一个人类姑娘呢),也就不必说它;"智力"倒有可能逃出这具桎梏。我会努力锤炼它,期盼有一天石破天惊。

2019年2月2日 雪

江先生告知了我黄花花的死讯。她是被送到范·艾伦带作哺乳动物长期耐辐射试验的,本来就是有去无回的旅程。黄花花原是茵茵为我安排的未来的妻子,但我与它缘悭一面,也从来没有在内心接受她。

但不管怎样,她是除我之外唯一的狗人,是我的唯一同类。我对她的死亡深表哀悼。

愿她孤寂的灵魂在太空中安息!

2024 年春节

自从我 8 年前"出家"后,从来没有打听过茵茵母女的消息,孟先生也闭口不谈。今天听江先生第一次说了茵茵的消息。她大学毕业后回家乡工作,至今仍是独身。她的生活太苦了,是心里的苦,无法为外人道的苦。

其实,江先生倒是一个不错的丈夫人选。与茵茵年龄相当,人品好,细心体贴。据我观察,他在同我的交流中,对茵茵有不露声色的强烈关心。

但愿他能早日赢得茵茵的芳心,给她提供一副宽厚的肩膀。

2025 年 4 月 4 日

我的大限将至,余日无多。眼睛和耳朵都不行了,只有脑子还很管用——准确地说,大脑刚刚磨合到最佳工作状态。太可惜了,它不得不随着一副短命的皮囊而提前报废。

孟先生在我身上做了近 10 年试验,仍然没能重现 16 年前那次成功。他十分急迫和沮丧,因为我的死亡将把那个秘密带到坟墓中去。我为他遗憾,但爱莫能助。

听江先生说,茵茵和他已经情投意合,我可以放心了。昨天孟

| 未来 ——.

先生来看我,我提出想见茵茵和妈妈一面,孟先生略为犹豫后点头答应。我盼着她俩早日到来。

死之将至,不妨为未来的狗人社会勾勒一个草图。假如世上能出现一大群聪明的狗人,我想他们仍将长期依附于人类,一如几万年来的狗族先辈。而且这种依附会更牢固,因为如今连狗人的智慧也将由人类赋予。由于这样的莫大恩惠,对人类忠诚服从仍将是狗人的集体天性。

也许有一天,狗人能自我提升智力并使其能够遗传。到了那时,人类和狗人会基于平等关系建立新的友谊。两个种族将融合于一个崭新的社会中——也许这种融合包括异类通婚。

当然,这是遥远的前景,但我相信它会来的,既然孟先生开启了对动物提升智力的先河,那么其后的发展就不可逆转了。

这里,也想把我与孟先生的恩怨来个小结。他确实是一只技术动物,在向科学堡垒进攻时,从来不顾惜脚下践踏的人类情感。但不可否认,他是一个伟大的、忘我的科学家。我敬佩他,敬佩中带着恨意。

三 辞别

四个人来到基地医院的特护病房。病房内摆着氧气瓶、吸痰器、心脏起搏器等诸多设备,心电示波仪哗哗地响着。屋里只有一张病床,拉克无力地蜷伏在床上,头枕着前爪,仍穿着老式样的、茵茵设计的那种裤子。它确实非常衰老了,黑亮而致密的皮毛变成稀疏的苍灰色,毫无光泽。皮肤松弛,形销骨立。看到它这个样子,茵茵和妈妈十分心疼。病床前有一块儿屏幕,连着一个别致的环形键盘,上面布着两排很大的圆形单键,这是特意为拉克的狗爪子设计的。一位年轻护士轻声对茵茵爸说:

"孟总,拉克先生这会儿的状态比较稳定,你们可以探视。请注意时间不要太长。"

茵茵爸点点头,护士退出屋子。江国柱俯下身子,轻声唤道:

"拉克,茵茵妈和茵茵来看你了。"

拉克开始没有反应,过一会儿,它突然抽动着鼻子,艰难地抬起头,用混浊的老眼辨认着眼前的几个人影。然后它拉过半圆形的键盘盲打着,在屏幕上显出一行字:

"是茵茵来了吗?我的眼睛和耳朵都不管用了,只有这只鼻子还灵。我嗅到了两个女性亲人的气味。"

茵茵喉咙发梗,柔声说:"你好,拉克,我和妈妈来看你了。"

屏幕上闪出一行字:"茵茵你好,茵茵妈你好。实在对不住,我太老了,老得都不好意思对你们喊姐姐和妈妈了。"

茵茵和妈妈抚摸着它的背毛说:"别管什么称呼,你永远是我们的家人。可是拉克,你不该瞒我们11年。"

"真的对不住,希望你俩能理解我的苦衷。能在死前见你们一面,我很满足了。"

"不要这样说,拉克,病好跟我们回家吧,咱们还能在一块儿生活10年。"

"哈哈,死神可不像你这样慷慨。你们不用安慰我,我已经做好准备了。茵茵,听说你和江先生已经订婚,我祝福你们。"

未来

"谢谢你。"

"孟先生,你也在这儿吗?一定在的,我闻到了你冰冷的技术味儿。"

后排的孟总走近一点,笑着说:"我在这儿呢,你这个尖嘴利牙的狗崽子。"

"狗崽子已经长大啦,我更愿你称我'狗男人',而且希望世人不再认为它带有贬义。孟先生,很可惜,我没能帮你找到那个技术秘密。不过你尽管放心,它既然已经在地平线上露过一面,不会就此消失的。"

茵茵爸笑着:"我已经把这件事放下了,今天咱们只谈亲情,不谈公事。"

"真难得啊,能听孟总说出这样温情的话。对了,既然说到'狗男人',我想问一个小儿科的问题:人类传说中有很多温馨感人的同异类的爱情故事,像《青凤》《追鱼》《柳毅传书》《白蛇传》《人鱼公主》等等。但所有这些可爱的异类都是雌性,而雄性异类如果出现在类似故事中,则必然是邪恶的。这是为什么?人类有胸襟接受女狐雌蛇,却不能接受——比如一个狗男人?"

他是用戏谑的口气说的,但在场的人颇为震动。大家都习惯了这类故事的模式,没人往深处思考。而且大家听出来,拉克的戏谑中多少夹杂着郁郁之气。江国柱很干脆地说:

"拉克你说得对,这种故事模式是男性沙文主义的折射,它所反映的人类潜意识不值得褒奖。"

"谢谢江先生的回答。咱们把这个话题抛开吧。"

茵茵和妈妈问了一些分别后的事情,护士进来,歉然说:"对不起,拉克先生不能长时间兴奋,他该休息了。"

四人同拉克依依惜别,拉克在屏幕上打出最后一行字:

"可能这是咱们的最后一面了,我希望像英国绅士那样吻吻茵茵的手,可以吗?"

茵茵眼睛湿了,立即伸出右手。拉克摸索着,用两只前爪捧住她的手,不过他并没有像英国绅士那样轻吻,而是用舌头轻轻舔着。一时间,茵茵像是回到了15年前,小拉克刚到家的那个时刻。然后,她感觉到手中有一个小小的硬物。

当天晚上,拉克平静地与世长辞。

遵照它的遗愿,家人把他埋在401基地角落的一块儿荒地上,小小的坟墓前立着一块石碑,正面刻着:

狗男人拉克之墓

背面刻着:

希望有一天,这个谥号不再被世人认为带有贬义。

一个月后,茵茵与国柱结婚。

蜜月之后国柱要回基地了,晚上,他去同妈妈话别,茵茵独自到书房,取出一个U盘,插到电脑的接口中。这个U盘是拉克同她告别那天,在吻她的手时,从嘴里悄悄吐出来塞到她手中的,那会儿还带着防水的塑料包装。她当时稍稍一愣,但反应很快,不动声色地把U盘攥到手心里。

屏幕上显示出拉克留给她的密信,她已经看过好多遍了,但远没有决定该怎么办。前天她再次阅读时,国柱无意中看到了,问她在看什么。茵茵笑着随手把屏幕隐去,说这是我少女时代的一个小秘密,也许以后会告诉你的,也许不会。国柱没有在意,笑着说,

未来

那就保留着它吧。

那么,她到底该怎么办呢?

茵茵:

永别前把一个秘密交你保管,肯定会让你为难的。我很抱歉,但我确实没有第二个可以托付的人。

你可能已经知道,16年前孟先生为我做的智力提升术只是歪打正着。我来基地后,他一直在我身上狂热地研究着,以期重现这次成功,可惜未能如愿。不过我倒是已经找到了那个秘密。我没有告诉你爸爸,是因为我确信,他不会再把这一技术用于造福我的同类。人类还没有胸襟接受比他们更聪明的狗人,尤其是独立性相对更强的狗男人。我知道最后一句话带着男性沙文主义的臭味,希望不至于惹你反感,我只是在叙述现存的事实。

智力提升术的所有技术秘密都在这个U盘中,我把它郑重地托付给你。不敢奢求你用它来缔造一个狗人社会,毕竟对你来说那是异类。我只希望你保存着它。如果某一天,这项技术公之于世,无论对人类,还是对狗人,都是一样的福音,那时就请你公布它。

我相信,以你的仁爱天性和女性直觉,定会做出正确的判断。

有三个字,这一生中我一直想对你说,但始终没有启齿。这会儿,既然我行将就木,也就不用再说了吧。

一个孤独的狗男人 拉克绝笔

阿缺 ———• **树会记得许多事**
　　　　　兽性的人与神性的树

▎未来 ——.

楔子

见到那个老人时,正值深秋,墓园前一片风声肃杀,枯叶满地。我踩着落叶走进去,脚下吱喳脆响,像是有很多细小的动物藏在这层叶子下面。

老人的屋子很寒酸,立于墓园深处,窗子破损,风能从一边刮到另一边。屋前种了一棵柳树,叶子落尽,光秃秃的树枝在秋风中颤抖。老人对树保养得很细心,树干上刷了石灰,又用稻草绳缠好。我从树旁走过,敲了敲门。

"你是?"老人看着我的名片,眯起眼,脸上的色斑和褶子混在一起,"记者?"

"是的,我来问问当年那宗谋杀案。"

"过了二十几年了,还问什么?"

我递上一根烟,说:"社里要组稿,素材得有趣又离奇。一个熟人告诉我,这宗谋杀案背后有故事,他不清楚,让我过来问您。"我说了熟人的名字。老人这份守墓的工作就是熟人给安排的,他应该会卖熟人的面子。

果然,老人沉默地抽着烟,烟头红光一闪一灭,好半天才说:"好吧,既然是他介绍的,我就给你说说吧!"

老人领着我走到墓园中间,那儿有两座相邻的墓,年头有些久了,碑上都长了细细的裂纹。"罗怜草,李川……"我读着碑上的名字,点点头,"嗯,就是他们两人。"

风渐渐变大,叶子在地上簌簌挪动,老人花白的头发被吹得凌乱,散成一团。他颤抖地伸手,摩挲着墓碑,粗糙的手和粗糙的碑在风中都显得很苍凉。都说岁月如刀,其实岁月更像是一张砂纸,不停地磨,人和石头都被磨得失去了边角。但幸好,记忆还在,不曾磨灭。

"这事啊,要从二十八年前说起。"

一

十五年前的春天,市植物公园向市民开放,游人如织。

怜草举着相机,对好焦,远处的藤萝垂下来,在微风中抖动。光线、距离以及背景契合得完美无瑕。这张照片可以拿给主编当杂志封面了。

她微笑着,手按在拍摄键上,正要按下,一个男人突然走到镜头里。他背对着她,似乎在观察藤萝。

怜草保持着拍照的姿势,等着,风中有淡淡花香。

但远处的男人浑然不觉,伸手拿起一枝垂条,放在鼻尖嗅着。

她终于忍不住,走上前去:"喂,你要站在这里到什么时候?"

未来

男人猛地回头,看见怜草略带怒气的脸,后退一步,靠在藤萝上。他的脸颊因为窘迫而微微泛红,嗫嚅了好久,才说:"我站在这里有什么不对吗?"

"当然不对!"怜草举起手里的相机,"我在拍照,你挡住我的镜头了。"

男人"哦"了一声,连忙低头走开,隔了十几米才停下。

怜草重新回到站位点,但举着相机,总觉得哪里不对。镜头里的构图不再完美。她知道可能是自己的心情被影响了,但手颤抖着,就是按不下快门。

"唉……"怜草叹了口气,收起相机,走到男人面前,"我好好的一张照片,就这样被你毁了。"

男人显然有些不知所措,问:"那怎么办?"

看他这种胆怯的样子,怜草也觉得自己刚才太不礼貌,摆摆手,转身要走。"等等,"男人突然开口,"你要照它,你知道它是什么品种吗?"

怜草不解地看着他。

"这是多花紫藤,属于落叶攀缘缠绕性大藤本植物,藤干上的皮松开有裂纹,新叶很小,复叶多而杂。你看,多花紫藤的花序很长,青蓝色的,很漂亮,它原产于日本,因为花瓣美丽而被广泛引进。"男人一口气说完,顿了顿,"我的意思是,如果你觉得远景照得不完美,可以试试近景,拍花瓣。"

怜草将信将疑地让相机凑近一朵蓝色小花,聚焦,快门,咔嚓。屏幕上显示的花非常漂亮,周围背景模糊,但花瓣润泽娇艳,似乎随时会从屏幕上沁出花露。

"没想到你对藤萝很有研究啊!"怜草一边欣喜地看屏幕,一边夸道。

男人不好意思地笑了笑,说:"其实不只藤萝……我是个植物学家。"

怜草抬起头,第一次认真打量眼前的人。他穿着白色衬衣,身形颀长,露出的小臂有一种岩石般的淡褐色。他五官清秀,脸有些苍白,看上去像是缺乏运动。但他的笑容很干净。

"你是科学家?"怜草惊奇地看着他,"就是那种我们小时候写作文都说要当、但长大了都觉得又累又苦又不挣钱所以不愿意当的那种科学家?可是你的样子,不像啊!"

"你心中那种科学家,都是电影里的吧?蓬着头,身上是几个月不洗的工作服?"

"哈哈,还真是那样,不过现在我对科学家的印象改观了。科学家你好,我是杂志摄影师。我叫罗怜草。"

"记得绿罗裙,处处怜芳草?"

"咦,你还知道这个?"怜草有些诧异。

"我读过那首诗,很美的诗,很美的名字……"男人伸出手,"我叫李川,在市植物研究所工作。"

被李川这样夸,以怜草的性子,也有些害羞。她脸红起来,像第一抹晚霞涌现在青白色的天空中,又像是微醺后的嫣红。她向四周看了看,说:"这个公园里还有不少植物,我都不认识,你能不能给我讲解讲解?"

| 未来

二

三年后的清晨,李川从梦中醒来,转过头,看到怜草正温柔地看着自己。

"你什么时候醒来的?"他揉揉眼睛,睡意未消,迷糊地说。

"一早就醒了。"怜草笑了笑,"你继续睡,我去开个会。"

李川拉住她的手,含混不清地说:"周末你还要出去啊?不要走了,陪我待在家里吧……"

怜草笑着,拉出手,一边穿衣一边说:"周末也要加班,杂志社里——"她顿了一下,说,"你继续睡吧!"李川"嗯"了一声,闭上眼睛,不一会儿,轻微的鼾声就响起了。

怜草摇摇头,拿起包出了门。

李川的眼睛无声睁开,掀开被子,走到阳台前。他脸上的睡意如海潮般退去,取而代之的是冷冽,如同寒风阴云掠过。他的视线里,怜草走到小区门外,不一会儿,轿车的引擎声就响起了。

"丁零零。"

李川拿起电话,话筒里传来被他买通的保安小王的声音:"李先生,还是那辆宝马。它停在小区外的转角处,你太太走过去,车门就开了……"

剩下的话李川便听不进去了。他的右手无力地垂下,天边已经有一抹朝阳浮现,晨风吹拂,他觉得身上发凉。

这已经不是怜草第一次骗他了。

两个月前,他就发现怜草有些不对劲,说是工作忙,一周七天都出去，晚上也很晚才回。他没在意，结婚后两人感情一直很好，即使发生了异常的事，他也不会往别处想。

但不久后，在一家高档西餐厅前，他看到了怜草和一个男人从一辆宝马里走出来，进了餐厅。

那个男人高大英俊，笑起来彬彬有礼，怜草嘴角也挂着浅笑。李川看着他们，心一寸寸变凉。接下来的几天，他察觉到了越来越多的隐瞒、酒味、晚归、加班……这些理由出现得太频繁。

李川只是个研究员，薪水低微，养活自己已是勉强，这几年来还靠怜草的工资来维持家用。无论是外形还是财力，他都比不过那个开宝马的男人。

所以，他从不点破。这是他仅有的骄傲。

晚上，怜草回来，身上带着酒味，人也有些醺然，进屋就躺在沙发上了。李川放了热水，帮她洗漱，然后把她抱上床，掖好被子。他站在床边定定地看着她。窗外渐渐下雨了，沙沙不绝，像是雨在舔玻璃。

往事在雨声中浮现。

刚结婚那阵子，怜草特别黏李川，每天都要给他拍照。在屋子里，在街上，在实验室里……"你真是赚大了！"怜草总是做出一副亏本的样子，"我给人拍照是要收费的，给你拍的这些，足够我几个月工资了。"

有时候怜草拍累了，就会放下相机，看着实验室里的瓶罐和仪器，问："对了，到现在我都不清楚，你到底是做什么研究的？"

"关于植物的理论意识。"李川转过身，手指在培养皿和枝叶抽搐感应仪上拂过，"老婆，你知道吗，植物也是有情感的。"

| 未来 ——

"是吗?但是,我记得,植物的……"怜草在脑中搜寻着所剩无几的生物知识,"植物的细胞,呃,细胞壁……"

"是的,植物有细胞壁,因而固定了形态,而且植物细胞的膜是由纤维素构成,没有神经和感觉器官,所以一直以来我们都认为植物没有感情和意识。"李川拿起一个培养皿,里面漂浮着两段灰色的小木块,"但我们错了。植物对不同的音乐有喜好,你对着一块稻田放轻音乐,收成会比放摇滚乐的稻田好很多。你把卷心菜放进热水里,它会不断抽搐。你撕扯一片喜林芋的枝叶,其他部位叶子的上下表面电阻差会剧烈变化……大量实验都表明,植物不但有感觉,更有感情。它们能体验到疼痛和舒服,也能表现出恐惧和喜悦……"

怜草看着他,没有说话。

"你看,这是我特意取的柳树细胞,已经无菌培养成组织……"李川指着培养皿,突然察觉到了怜草的目光,脸顿时红了,"你为什么这么看着我?"

"你说起植物时,比平常帅气了不少,就像第一次见面时你跟我说藤萝的样子。我就是那时候被你吸引的。你继续说,我可以听一整天。"

怜草说,李川和摄影,是她在这个世界上最重视的两件事。她这么说的时候,语气甜润如蜜,眼神温柔无比,李川深信不疑。

但现在,看着沉沉入睡的怜草,李川的心已然变凉。再多的甜言蜜语也抵不过时间和金钱,已经有另一个人闯入了他们的生活。

他就这么静静坐着,窗外夜色深沉,寂静无声。初春的夜还是有些冷,他抱紧手臂,身侧,是收拾好的行李。

他是在天快亮时离开的。他想,要是怜草醒过来,冲他微笑,给他拥抱,那他就抛弃所谓的尊严,跟她摊开来讲,告诉她他没有钱和好看的外形,但他爱她。

但没有,怜草沉浸在梦境里,或许梦里有那个宝马男人而没有他。于是他站起身,提着行李箱,走出了这间生活了两年的房子。

他关了手机,在朋友家住着,其间怜草给朋友打了电话。当时李川就在一旁,缓缓摇头,朋友叹了口气,对着电话说:"我不知道啊,他是你老公,不见了,我怎么会知道呢?"便挂了电话。

两天后,几个警察来到了朋友家,找的却是李川。其中一个面无表情地问:"你是罗怜草的丈夫吗?"

"是的。"李川微微皱眉——难道怜草还去报警了?虽然有点小题大做,但这样想着,李川心中还是涌起了些许甜蜜。

"罗怜草在今天上午自杀,希望你回去确认尸体。"

三

这几天的雨一直下个不停。灰蒙蒙的,裹挟着寒意,郊外远山在雨幕中如同洇开的画。

李川呆呆地站立,看着棺木被埋进土里。周围都是撑黑伞的人,远近错落,脸上的表情看不分明。他扔开伞,上前把花束放到棺木上,拿起铁锹,将土铲下。很快棺盖就被湿土掩住了。

"节哀。"亲友们陆续离开,路过他身边时轻声宽慰。

未来

李川面无表情，雨水从发际流下。他站在雨中，有些人劝了他，他不理会，那些人便走了。最后，只有研究所所长老陈留下了，拍拍李川的肩膀，说："既然人都走了，就尽早恢复过来吧，所里还需要你。"

"是我……"

老陈一愣，雨声淅淅沥沥，他没有听清楚李川的话："你说什么？"

"是我害死了她……"李川嘴唇翕动，雨水便从脸颊流到他嘴里，"如果我不赌气离开，她就不会死了。警察说她是因为工作压力大，加上找不到我，心里慌张而自杀的。"

"是吗？我印象中，怜草没有那么脆弱啊！"

"我不知道……我只知道如果我不离开，那她现在还是活生生的，会笑，会跳，会拍照……"

老陈叹息一声，说："唉，节哀吧！有些事不是后悔就能挽回的。"说完，他撑着伞，深一脚浅一脚地离开了墓园。

李川依旧看着墓碑，脸上纵横着水流，不知是雨还是泪。

回到家，李川脱了湿衣服，在浴室里泡着。

家里冷清安寂，脚步声空荡荡地回响着。要是往常，怜草肯定会皱着眉，大呼小叫地把湿衣服捡起来放进洗衣桶，然后一边埋怨他不讲卫生一边帮他试水温。但现在，屋子如同一座坟墓，埋葬着伤心欲绝的人。

他慢慢下滑，整个身体淹没进水里。视线光怪陆离，呼吸渐渐困难，他的手开始颤抖，但努力抓着浴缸壁，不让自己冒出水面。

"哗啦"，最终，他还是放了手，露出头，大口大口地喘息。然后，他捂着脸,无声哽咽。

那天在警局,警察把怜草自杀的消息告诉他,他不敢相信,发疯般扑向那个警察。周围的人立刻围上来,按住了他,每个人都使出了全力,他动弹不得。他沙哑着喉咙干号。

警察们不为所动,直到他安静下来才松手。

"你这样没用的,回去处理后事吧!"一个老警察抽着烟,"世界上每天死那么多人,多一个少一个,其实没什么要紧的。"

李川喉咙已哑,什么话都说不出来。

休息了很久,警察挥挥手,让他回家去。他缓缓转身,脸上布满泪痕,每走一步都费很大的劲。

"等等,"老警察抽完烟,吐了口唾沫,咧嘴笑了,"有一件事忘了告诉你。"

他表情木然地站住。

"你老婆肚子里有你的孩子,三个多月了……"

这是最致命的一击。

一周后,李川回到了研究所。同事都知道他的事情,没人说话,整个所里弥漫着哀切的气氛。

李川无精打采地坐在实验室里,周围的器皿和仪器显得冷冰冰的,显示屏上的图线也变得陌生。他摇摇头,深吸口气,强迫自己静下心来,开始着手处理实验数据。

他的研究方向是植物的情感分析。这个观点在很久以前被印度科学家贾加迪什·钱德拉·玻色提出过,他通过大量试验,证实植

未来

物和动物组织的电应激性在功能方面有相似之处,从而得出动物和植物之间存在并行性的结论,尔后演化成植物也有意识的观点。但不久之后,另一派观点认为,植物没有大脑和神经系统,一些植物的适应能力看上去充满智慧,其实也只是对外界刺激的反应而已。在植物王国中,找不到任何一种复杂程度能与昆虫甚至蠕虫神经系统相近的解剖结构,更谈不上同能够应付各种错综复杂事物的高级灵长类动物大脑皮层相比了。

但李川在攻读植物学博士时,越来越察觉植物的反应已经体现出了智能。所以到研究院后,他执着地选择了这个课题,并且多年如一日地钻研。

他埋头分析,画图表,记录生长数据,等直起腰舒口气时,已经晚上七点多了。下班时有几个同事想过来叫他,都被老陈制止了,现在,整个实验室里就他一人。

关了灯,实验室的仪器显示灯次第灭掉,黑暗笼罩。他走出去,在附近吃了东西,然后便无所事事地在城市里逛着。

他不想回家。家里有太多触目伤情的东西,一桌一帘,一碗一床,都残留着怜草的痕迹。

他漫无目的地走着,身侧车灯来往如梭,划出一道道流光。歌舞厅里传来年轻男女的欢呼,四周高楼流光溢彩,这个城市彻夜不眠,如此热闹。

但他是孤零零的一个人。

不知走了多久,他回过神,看着眼前的建筑,不禁苦笑——原来不知不觉间,又走回了家里。或许,这里才是唯一能接纳他的地方。

进屋洗漱完,他睡不着,从抽屉里拿出一个小盒子,里面摆放着几根长发。这是他以前替怜草梳头,手法拙劣,被梳子扯下来的。怜草每次都忍着疼,但梳完后,都罚他把头发收集起来。

看着断发,他想起了以前的日子,脸上苦涩又甜蜜。

"咚咚咚……"

李川吓了一跳,揉揉眼睛,疑惑地抬头——这个时候,谁会来打扰自己?

"咚咚咚",敲门声又响了。

李川皱着眉,走到门前,在"猫眼"里,他看到了小区保安小王的脸。"这么晚了,有事吗?"他打开门问道。

小王的脸色有点紧张,向四周警惕地望了望才走进屋。他把门关上,趴在门后听了一会儿,确定无人,才小声道:"我过来,是跟你说点事。"

"你说吧!"李川对他刚才的举动很不解,加上被扰了清静,语气中带着不悦。

"你太太死的那天,我……"小王顿了顿,咬牙说,"我看到那个男人进来了。"

"哪个男人?"

"就是经常开宝马的那个。他把车停在小区外,自己进来,上了你家。不到中午就走了,然后晚上就传出你太太自杀的消息。警察来查的时候,我说了这个,但他们说已经知道了,让我不要跟别人说。还有,我心里没底,就查了查监控录像,但那天中午的录像不见了……经理说是硬盘出错,说那天没有异常,是我记错了,没有外人进你家……"

| 未来

李川的手一阵发抖,他用另一只手按住。发抖像是会传染,他整个人都陷入战栗当中。

"但是我不可能记错的。那个男人走的时候,还冲我笑了一下,那种很怪的笑,看上去温暖和善,却又让人不寒而栗……我忍了很久,觉得还是应该跟你说一下,毕竟人命关天。"

李川沉默了很久,从嘴里挤出几个字:"你知道他是谁吗?"

"不知道,从没见过……我能告诉你的已经全说了,剩下的,你自己处理吧!"小王转身要离开,在门口时突然停下了,"对了,你让我留意过那么多次,我能背出他的车牌号。"

四

酒吧里的音乐震耳欲聋,彩光横扫,酒液漾光,奇装异服的年轻男女在舞池里扭动欢呼。李川看了看自己的衣着,牛仔裤,灰色毛衣,与这里的氛围格格不入。他艰难地在舞池里挤着前行,一步步靠近那个男人。

是的,那个男人。

李川托交管所的朋友查了一下,很快就查出那车牌的登记人。之所以很快,是因为基本上全市的人都认识他——陈澍泽,恒发集团的董事,生意遍布全球,资产超过十位数,连续五年被评为优秀企业家,据说今年很有可能被选为人大代表。

李川看着网上罗列出的长长的资料,一度陷入了沉思:这样的男人,左手握权,右手掌钱,怎么会跟怜草扯上关系呢?

他查了下陈澍泽的行程安排——这不难，作为几万员工的负责人，他每天工作时间的安排都会在集团官网上挂出来——然后在市政厅门口等着。晚上六点，陈澍泽跟市里的领导们一边谈笑一边走出来，然后被私家车送到酒吧。李川便一路跟到了这里。

陈澍泽定了半开放式的包厢，背靠在真皮沙发上，手上夹着半杯血腥玛丽，眼睛微闭，不知在想什么。他的三个保镖站在一旁，锐利的目光在舞池里扫视，提防每一个试图靠近的人。

李川好不容易挤出舞池，低垂着头，在包厢边上走过。他现在还不确定陈澍泽到底在怜草的死亡中扮演了什么角色，所以只是借路过的时机观察一下他。谁知他刚走到包厢边上，陈澍泽突然睁开了眼睛，嘴角微笑，说："来坐一坐吧！"

李川愣住了，看看四周，又看向陈澍泽，满脸惊疑。

"你从市政厅那里就一直跟着我，肯定是有什么事情吧？"

三个保镖顿时紧张起来，拦在陈澍泽身前，死死盯着李川，其中一个还把手伸进了怀里。"让开，"陈澍泽咳了一声，"不要这么没有礼貌！"

保镖们退后了几步，但目光丝毫没有离开李川。

陈澍泽指了指沙发："坐吧，要喝什么？"

这种情况完全在李川意料之外，他感觉自己像个婴儿一样束手无措。他拘谨地坐到沙发上，手下意识地搓着。

"要喝什么？"陈澍泽又问了一遍。

"唔……喝点水吧！"

侍者端上水杯后，陈澍泽跟李川碰了杯，说："现在你总要告

未来

诉我你的目的了吧?"

"我……"李川犹豫了一下,"我是罗怜草的丈夫。"

陈澍泽脸上的微笑一点点收敛,他坐直身体,正色道:"请原谅我刚才的轻浮。我认识怜草,她是十分优秀的摄影师,也是很有魅力的女性。我听说了她的事情,真的,我很遗憾。如果有任何需要我帮助你的,请直说。"

这番话诚恳真挚,说到后来陈澍泽的声音苦涩,眼圈微微变红。李川直视着他,最终低下头,说:"我听保安说,她……那天,你进了我家的房间,然后怜草就……"

"嗯,那天我是——"陈澍泽恍然大悟,把酒杯放下,"我明白了,你以为是我害死她的,啊,我……听我说,我前段时间想做文化行业,跟怜草的杂志社有生意往来。我需要了解文化定位,杂志的主编就派怜草给我讲解,我们还一同去了市里的很多文化长廊,当然,有几顿饭是一起吃的。那天,我们要去董事会说服其他股东,需要她最满意的照片,但那几张照片落在家里了,我们就一起进去拿。当时她心情不是很好,给了我照片,让我先走,自己在家里处理一点事情……没想到,那就是我和她的最后一次见面了。"

"她心情不好,是因为我离家出走了……"李川咬着嘴唇,几乎要咬出血来,几丝咸味在嘴里荡漾。

"我真的很遗憾。"

李川突然抬起头:"可是,为什么她不告诉我那些事呢?"

"哦,主编说如果她让我入股,就升她为副主编。我想,她可能是想给你一个惊喜吧!"陈澍泽说,"她跟我提过这个,她知道你的工资不高,升职之后,你们的生活会好过一些。她还说,她……"

他突然停下来，抿了一口酒，却不说话。

"她说什么？"

"我不知道现在告诉你这个是否合适，但……"陈澍泽揉揉太阳穴，最终开口，"但你是她的丈夫，有必要知道这些。她说，升职之后就有钱养育孩子了，而她当时，已经怀了你的孩子……她想把两个惊喜一起告诉你。"

李川如被雷击般站了起来。尽管他清楚孩子的事情，但他不知道怜草如此煞费苦心，就是为了给自己惊喜。而他，因为捕风捉影的事情，居然离开了怜草，留她一个人孤单失落。

"对不起……打扰了。"李川说完，失魂落魄地走出了酒吧。

五

李川在家里想了很久，最终把陈澍泽的名字从名单上划去了，然后他把那张纸揉成一团，扔进纸篓。

怜草死的时候很干净，只有脖子上一道勒痕，没有凌辱的迹象，而家里的财务也分毫未动——不为钱不为色，怜草也没有仇家，那么，唯一能解释的，只有自杀了。

而自杀的原因，只能是自己的负气离开。

想到这里，李川几乎要把牙齿咬碎。

"丁零零"，正痛不欲生时，电话响了。李川挣扎着接起话筒，微弱地说："喂？"

未来

"是我，"里面传来陈澍泽充满磁性的声音，温厚低沉，"你还好吧？"

"嗯，有事吗？"

"上次你走后，我想了很久。我和怜草虽然认识得并不久，但颇为投缘，所以我想尽一点人事，聊表心意。她生前说，最希望的就是你的研究有突破，我刚在董事会提交了一个项目——我想给你的植物学研究投资。"

李川摇摇头，随即意识到对方看不见，说："要是以前，我肯定很高兴，但……但我现在实在没有心情再继续研究了。"

"别这样，"陈澍泽说，"怜草离开了，但活着的人还是要继续。我知道你很看重你的工作，这肯定也是怜草的夙愿。我明天到你的研究室，商量一下具体细节。"

李川还没有回答，电话就挂断了。

第二天，李川来到实验室，还没进去，就感觉到了里面的奇怪氛围：同事们都围在自己的办公室门外，一边窃窃私语，一边踮着脚朝里面看。一看到李川来了，他们又散开了，目光各自不同，有艳羡有不屑也有漠然。

李川大概明白发生了什么事情。他走进实验室，果然，在里面看到了西装革履的陈澍泽。

院长也在，正给陈澍泽讲解研究机理，见李川进来，连忙说："来，阿川来得正好，这是陈……"

"我们见过的。"陈澍泽露出微笑，握住李川的手，"我刚才听陈院长讲了一些，果然很神奇，如果植物也有感情和智慧，恐怕会对整个社会形成冲击。"

"我还没有把握证明这一点。"

"你不是做了很久的研究吗?"

陈院长见气氛有些尴尬,连忙插话道:"植物有意识,并不是新鲜课题,美国的科学界曾经对它进行过激烈的辩论,最终反对派占了上风。探索频道还出过一个叫《流言终结者》的节目,专门反驳了它。但阿川用 EEG,哦,也就是脑电图描记器,准确地测出了人的思维对植物形态的影响。我们有成千上万的精准数据表明,植物能感知人的思维,也能有意识地做某些事情。"

陈澍泽摸摸鼻子:"那为什么还不发布成果呢?"

"因为还没有成果。我们想培育出能够听懂指示并且行使指令的植物,那样才是活生生的证明。"

"也就是说,你们有可能研究出听人的话去做事的植物?"

"嗯,"陈院长指着培养皿里的细胞组织,"这是柳树组织,它的细胞壁经过特殊处理,柔韧性大大增加了。细胞壁是植物的保护层,也是禁锢,经过处理后,植物的思维处理能力和活动能力都会上升一个层次。只要有经费,成果出来的日子就能够提前很多。"

"很好,我们恒发集团就是要做这种有超前理念的投资。"陈澍泽掏出一张名片,"具体的事情你跟我的助理谈,钱不是问题。"

陈院长手颤抖着接过名片,连连点头。

陈澍泽转过身,说:"但我有一个条件,研究组的负责人,一定得是他。"他的手指向李川。

"嗯,我也希望是他。"

就这样,李川浑浑噩噩地站了几分钟,一个几千万元的大项目

| 未来 ——

就落到了自己肩上。他对状况一点儿都不了解。他心里想的是怜草，仿佛她又来到这间屋子，让自己给她讲解植物的一切。

"好好干，"临走时，陈澍泽拍了拍李川的肩，"把心投到工作上来，忘记悲伤。我前妻去世时，我也是这么挺过来的。"

六

接下来的几个月，李川一直泡在实验室里。

正如陈澍泽所说，刻苦工作确实是分散注意力的好办法。他没日没夜地做对比试验，分析数据，调节培养皿的各成分平衡……只有这样，怜草的模样才会在脑海里淡一些。

陈澍泽来过几次，每次都能看到蓬头垢面的李川。由于李川拼命工作，实验进展很快，柳树茁壮成长，并且已经能完成一些简单的指令了。陈澍泽亲眼看到柳树的枝条卷起一杯水，递给李川喝。

"果然神奇，我没有看错你，"陈澍泽很满意，"我唯一担心的，是你的身体，你要注意休息。"

李川摇摇头："成功近在咫尺，我不能有一丁点儿松懈。"

事实上，他一旦松懈，怜草就会乘虚而入，在他耳边轻轻吹动气息。

但陈澍泽没有任他玩命苦干，几个月后的一天，他到实验室里，一把拉住李川，说："来来来，今天就别干活了，我们去喝酒！"

"我不想喝。"

"由不得你。这是董事会的饭局,你要给其他股东讲解研究进展,不然他们就会停止资金流入。"陈澍泽嗅了嗅,随即捏住鼻子,皱眉道,"你有多少天没洗澡了?快,去洗个澡,然后换一身西装。"

李川摊了摊手:"我没有西装。"

"我已经给你买来了。走吧!"

李川看着陈澍泽,鼻子有些酸涩。他很感激,要不是陈澍泽帮他,他都不知道这些日子该怎么度过。尽管他对这种好意感到困惑——一个身价数十亿的企业家,为什么突然降低身段来跟他这个研究员当朋友?李川想了很久,最终把原因归结为自己的研究很有前景,或者陈澍泽确实想帮怜草完成夙愿。这两个理由都让他不能拒绝陈澍泽的邀请。

在酒席上,李川给那些大腹便便的股东们讲植物的自我意识,他绞尽脑汁,尽量不用艰难生涩的专业术语。然而,股东们都没有什么兴趣,有的在不停地看表,有的在打哈欠。

但只要陈澍泽鼓掌,股东们就鼓掌;陈澍泽称赞,股东们就站起来敬酒。李川不会喝酒,陈澍泽便一一帮他挡了,挡不住的,陈澍泽也不推辞,端起酒就往口里灌。

等到饭局结束时,李川还算清醒,陈澍泽却已经烂醉如泥了。股东们相继离开,只剩他俩留在包厢里。

"喂,你醒醒,"李川扶住陈澍泽,拍了拍他的脸,"你的司机呢?"

"他……他请……请假了……"陈澍泽迷迷糊糊地说。

李川心里叹息一声:那只能自己送他回去了。

陈澍泽住在市北的半山腰上,家是典型的豪华别墅。夜风在山

未来

上刮得很大，呼呼作响，山林随风耸动，不时有簌簌的声音响起，不知是小动物跑过，还是枝叶在彼此摩挲。偶尔有鸟从林间飞起，扑腾着翅膀，转瞬间消失在漆黑的天幕中。

下了出租车，李川叫了几声，没有人回应。这让他觉得很惊讶：这么大的地方，居然没有保安，别墅里连保姆也没有。

所幸还有电子门禁。

识别了陈澍泽的虹膜后，院门"吱呀"一声打开。李川搀扶着陈澍泽走进去，声感路灯在他们身边次第亮起，照出一条光之路径。有光之后，李川更加感到别墅的巨大与辉煌，他奋斗一辈子，恐怕连这里的一个房间也买不起。

但他并不羡慕。这么大的别墅，却只住着陈澍泽一个人，想一想都觉得孤单。

李川把陈澍泽扶到房间的床上，刚要给他盖上被子，陈澍泽却突然捂着肚子坐起来，"哇"的一声，吐出一大口秽物。吐完后，陈澍泽迷糊地哼了几声，又倒头睡下了。

李川的新西装上布满了秽物，刺鼻的味道弥漫出来。"看来自己果然不是穿正装的命啊！"他苦笑一声，把西装脱了下来，但酒气还残留在身体上。

他找到浴室，用水冲了把脸，然后左右观望。这个浴室也用了豪华装修，地板是磨砂水晶面，浴缸巨大，缸边缘还架着一台笔记本。看来陈澍泽经常泡在浴缸里办公。

李川洗完脸，正要离开，目光突然被电脑下面压着的东西吸引了——那是一张照片，只露出一角来。他走过去，把照片抽出来，然后，他愣住了。

照片上的人是李川。

照片里的他站在一家西餐厅门口,正扭头往里面看,而透过玻璃门,还隐约可以见到怜草和陈澍泽坐在一起吃饭。

这个画面很熟悉,李川闭着眼睛,没多久就想清楚为什么会熟悉了——那是他第一次误会怜草出轨。他偶然看到怜草和陈澍泽从宝马车里出来,一起进了那高档餐厅,他在外面踟蹰,几次想进去,最终还是离开了。

但,当时为什么会有别人在拍自己?还有,这张照片为什么会出现在陈澍泽手里?

李川感到一丝寒意从脊背上升起,如蛇游走,不寒而栗。

他从浴室退出来,想问清楚,但陈澍泽酒醉不醒,轻微的鼾声一起一落。他看着陈澍泽熟睡的脸,想起这几个月的恩情,心头又迷惑了。

或许,是个巧合吧!他这样想着,转身走出了别墅。

他离开的时候,心乱如麻。所以他没有看到,在他身后,漆黑的屋子里,陈澍泽已经悄然睁开了眼睛,嘴角挂着莫名的笑意。

七

回家的路上,李川一直想着照片的事,却不得其解。

到小区门口时,已经是凌晨了。街道上空寂如死,几个塑料袋被风吹起来,路灯一闪一闪。只有保安站在门口,显然是累了,在

未来

不停地打哈欠。

李川刷卡进去,嘀,绿灯亮了。见业主进来,保安连忙敬礼。

"你是,"李川疑惑地看着保安,"新来的?"

"嗯,我今天刚来上班。"

"原来的小王呢?"

"他辞职了。"

李川点点头,然后拖着沉重的步子往里走。

"要说人啊,真是没法子说。一个小小的保安,突然就能去大公司上班。"身后的保安感叹道,"听说还是恒发集团,真让人眼红啊!"

李川骤然站住,难以置信地转过身:"恒发集团?陈澍泽的恒发集团?"

"是啊,是那个恒发。你说这么大一个企业,怎么会挖小王过去呢?他们又不缺保安。"保安自顾自地说着,"我也得好好干,说不定干几年,也能被挖走。"

李川没有继续听下去。四周的黑暗一下子压迫过来,他什么都看不见,什么都听不清。他像孤魂野鬼一样走回家里,和衣躺在床上,闭上眼睛。

他明明很累,却怎么也睡不着。

似乎一张蛛网将他包裹住了,重重叠叠,无法挣扎。他从未像现在这样迷茫过。

呼,他突然坐了起来,在黑暗中大口喘息。

他想到了一个问题,而这个问题,是他早应该想到的!

怜草并非自私的人,她怀孕了,她肚子里还有一个生命。这个时候的怜草,是无论如何也不会自杀的!

柳树的枝条在上下摇摆,灵活如蛇。

这个景象是发生在实验室里,没有风,枝条的运动完全是出于柳树的自我意识。这代表着,李川的试验已经接近尾声了。但他没有丝毫欣喜,趴在桌子上,呆呆地想着问题。

有些事情他没有想通。

向自己告密的是小王,但现在看来,小王已经被恒发集团收买了。难道是为了亡羊补牢,掩盖消息?但如果这样,陈澍泽又何必对自己这么好,不但给研究出资,还帮自己走出阴影?

为了研究?李川摇摇头,植物的自主意识确实很神奇,但陈澍泽没必要通过这种方式来接近自己。毕竟,以陈澍泽的钱和权,买下整个研究院几乎都不会眨眼睛。

枝条仿佛温柔的手,轻轻地在李川脸上拂过,像是在抚慰他。李川捏住枝条,枝条顿时安静了,只有末梢在李川的手掌上摩挲。

"真不知道把你们的意识解放出来是好还是坏,"李川轻轻说道,"这个世界太复杂了……"

柳树突然一阵抽搐,枝条绷紧,树叶簌簌抖动。

李川顺着枝条看过去,陈澍泽的身影出现在门口。他穿着价值不菲的休闲装,身形颀长,嘴角挂着礼貌的微笑。这种成熟男人的气质,跟他昨夜的醉汉形象千差万别。

"昨天让你看笑话了。"陈澍泽斜倚在门口,"没想到我那么

未来

不胜酒力。"

李川摇摇头,说:"没事的。"

"对了,我家里比较乱,没有什么让你感觉不适的吧?"

李川盯着陈澍泽的脸。陈澍泽说话的时候,脸上笑容依旧,表情优雅从容,身体没有一丝不自然的感觉。他安静地与李川对视着。

"没有,你休息之后我就走了。"很久之后,李川这样说。

"那就好。"陈澍泽点点头,"你继续工作,等成果出来了我们给你安排一个大型发布会,到时候国内外各大主流媒体都会来,全程摄像。"

陈澍泽走后,李川莫名烦躁起来。他在实验室里走来走去,脑子里的画面轮番交叠,一会儿是怜草,一会儿是高深莫测的陈澍泽,还有实验的成果,还有大型发布会,全程——

他突然站住了!

全程摄像?

这四个字提醒他了。保安小王当初告诉他,怜草出事那天的监控录像不见了,但现在看来,小王已经被收买,他的说法或许并不可靠。

想到这里,李川立即披起衣服,快步离开实验室。

屋子里顿时安静下来,只有柳树的枝条在弯曲扭动,如同一条经过了寒冬的蛇在悄然苏醒。

"您好,有什么我可以帮助你吗?"

李川摸了摸口袋,摊着手说:"我在这儿等领导,他随时会来,我走不开。不过我没带烟，你帮我去买包烟好吗？"

保安认出李川是小区的业主，但还是露出为难的表情，说："可是我要站岗……"

"没关系，我帮你守着。"李川掏出几张钞票，塞进保安的口袋，"帮帮忙。"

"那好吧。"保安拍了拍口袋，跑向两个街口之外的超市。

李川脸上的笑容立刻消失，他深吸一口气，闪进保安室。里面的办公桌上放着几台电脑，屏幕里是监控画面。李川找到了安装在自己家门前的三十九号摄像头，然后翻阅历史记录，上面显示着，那一天的视频还存在电脑里。

小王果然骗了他。

李川把U盘插进电脑里，将那一天的监控画面导进去。进度条不断推进，在门外刚刚响起脚步声时，导入完成。

"咦，您怎么到这里来了？"保安脸上有些不悦。

"就是累了，进来休息休息。"李川弯下腰，假装挠小腿，顺手把U盘拔了出来。他紧攥着拳头，匆忙跑出了保安室。

"嘿，你的烟！"保安不解地看着李川的身影消失在转角。

八

陈澍泽刚走上天台，一个拳头便迎面扑来，正中他脸颊。他脑袋里嗡嗡作响，视野一片昏暗，往后踉跄了好几步才稳住身体。他

未来

舔了舔嘴角，有浓重的血腥味流出来。

"嘿嘿。"陈澍泽一边怪笑，一边抹去嘴角的血。

"你这个畜生！"李川怒吼一声，再次扑过来。

这时，门后闪出两个保镖，挡在陈澍泽身前。他们一个架住李川的胳膊，另一个猛地一拳揍在李川肚子上。李川顿时冷汗直流，委顿在地，发出痛苦的呻吟。

"老实点！"保安恶狠狠地说。

陈澍泽挥挥手："好了，你们下去吧！"

天台上便只剩下他和李川了。这是恒发集团的顶楼，雄踞高耸，可以俯视整个城市。天色近晚，一轮残阳在天际垂垂欲老，凄艳的晚霞在四周流淌着，看上去像是一张模糊的脸浸泡在血液里。

陈澍泽用手指拨了拨头发，整理好衣领，对着蜷在地上的李川说："你把我叫过来，就是为了打我？"

"我是要杀了你！"李川从牙缝里挤出这几个字。

"这倒是有点意思。"陈澍泽把李川扶起来，拍去他身上的灰尘，"想杀我的人很多，能告诉我，你为什么想杀我吗？"

"你还在装！你杀害了怜草，你杀了怜草！"李川大声吼着，声音凄厉，带着哭腔。

陈澍泽脸上笑容更盛，凑近李川，问："你看到监控视频了？"

是的，李川看到了监控视频。

他从保安室跑回家后，把 U 盘插进电脑，点开了里面的文件。那昏暗的画面立刻充斥了整个屏幕。

9:30 a.m.，楼道里空空荡荡。

9:45 a.m.，一切如故。

9:57 a.m.，一个男人从电梯走进画面。这个男人举止优雅，步履从容，正是陈澍泽。他慢慢来到了李川家门口，按下门铃。在等待门开的过程中，他一边吹口哨，一边向四周看，当他看到摄像头的时候，故意扬起了头，对着摄像头露出微笑——这微笑让李川不由自主地颤抖起来。

一会儿后，怜草把门打开了。怜草似乎很惊讶，张嘴说了句什么，看她的口型，是在问："你怎么来了？"

陈澍泽却没有回答，低下头，不知道在想什么。

怜草又问了一遍。

陈澍泽突然抬起手，扼住怜草的脖子，一把将她推进屋内。房门缓缓关闭，视频画面里再也看不到两人。

看到这里，李川的心咚咚直跳，几乎要跳出胸膛。他握紧拳头，猛地捶了桌子一拳，杯子跳起来，茶水洒了一桌。

过了很久，他才按捺住心情，用颤抖的手按下快进键。画面一帧帧跳过，视频里的时间大概过了二十分钟，李川才看到门又被打开了。

这次看到的，只有陈澍泽。他一边用纸巾擦手一边走出门，然后在门口站住了，掏出手机打了个电话。他的通话很简洁，不到一分钟就挂了，然后他收起手机，再次抬起头。

他久久地盯着摄像头，眼睛一眨不眨。

他的脸凝固在画面里，眼神灼灼，似乎透过屏幕在跟电脑前的

未来 ——

李川对视着。

李川心里发毛。他和屏幕里陈澍泽处在不同的时空里,但此刻,两人的视线汇聚在一起,仿佛陈澍泽在盯着摄像头的时候,就已经预料到了李川会观看这段监控视频。

画面里的陈澍泽轻轻微笑起来,把手横到脖子下面,缓缓一拉。

陈澍泽消失后,大概过了半个小时,警察们就来了。他们把门砸开,蜂拥而入,几分钟后,一具尸体被抬出来。

"终于,这个故事要到高潮了!"陈澍泽说,神色里竟有一丝兴奋。

"到现在你还想狡辩吗?"李川红着眼,狠狠地瞪着陈澍泽。

陈澍泽拨开他的指头,摇头道:"我没有丝毫想抵赖的打算,是的,是我亲手杀死了罗怜草。现在,我只想知道,你查清楚了我是凶手,然后呢?"

这个问题让李川愣住了,顿了顿,他说:"然后……然后我当然要把你绳之以法!"

"哈哈哈哈!"陈澍泽突然大笑起来,似乎遇见了这辈子最好笑的事情。他捂着肚子,双膝跪下,用拳头捶地,笑得几乎快要岔气了。

李川冷冷地看着这个癫狂的男人。一直以来,陈澍泽所呈现出来的,都是儒雅得体、风度翩翩的商界翘楚形象。而现在,他沉浸在他的疯狂里,跪在地上,衣衫狼藉,浑身尘土,与市井流氓一点儿区别都没有。

夕阳完全沉入地平线,黑暗从西方奔腾过来,如潮如浪,淹没了世界。一阵风掠过,在这高空之上,让李川感觉到了寒冷。

"好了,我现在来告诉你,你的打算为什么会让我发笑。"陈澍泽站起来,脸上还残留着疯狂的笑意,"你知道那天我离开你家时,是给谁打电话吗?警察局!我告诉局长,我杀了人,让他派人过来。所以他们只过了半个小时就到了你家,但你看,他们是来抓我的吗?他们是来给我擦屁股的!"

"可还有……"

陈澍泽悍然打断他,大声说:"你是说还有法庭和媒体吗?我每年要花过亿的钱去喂这些王八蛋,钱能堵住他们的嘴,也能蒙住他们的心。我是个商人,商场诡谲,当面笑,背面刀,为了生意能把亲妈卖掉,你以为我挣的都是干净钱吗?我走到今天,积累下的人脉和势力,能把你所有的出路都堵住。"

这个时候,李川才感觉到真正的凉意。夜风从他的脖子灌进去,又从腰间溜出来,让他通体生寒。

"何况,如果你现在回家,会发现那个 U 盘已经不见了,放在电脑里的备份也被删除了。"陈澍泽不紧不慢地说着,"你前脚走出门,我的人后脚就进了你的屋子,把你的'证据'全部清除了。你放心,他们是专业的,会搜遍你家里的每一条墙缝。"

陈澍泽的身体并不强壮,但他站在夜色里,身上投出的阴影无比巨大,将李川完全笼罩住。

"还有很多你不知道的——那个保安跟你告密,是我指使的。那天晚上的饭局,我没有喝醉,我是故意让你扶我回家,让你看到那张照片。你找到监控录像,也是我暗示你的。"暮色里,陈澍泽的脸似乎被黑暗融化了,模糊不清,"你以为你一步步接近真相,但其实,你走的每一步路,都是我安排好的。"

未来

"那你……"李川后退两步,颤抖着手。此时,他的颤抖已经不是出于愤怒,而是因为恐惧。

一种骤然发现自己的生活完全由他人掌控的恐惧。

"我知道你有很多不解,来,现在我来告诉你。这是我最喜欢的环节了。"陈澍泽转头看向远处的沉沉夜色,一字一顿地说,"我之所以做那么多事,只是因为,我高兴。"

李川像看怪物一样看着陈澍泽。夜色更加深沉了,周围的建筑静默着,如同潜伏的巨兽。

"人人都有自己的爱好,而有钱有权到了我这个地步,当然会有点与众不同的爱好。我最喜欢的,是看着别人绝望。只要一看到别人幸福快乐,我的牙齿就会发痒,唯一的解决办法,是破坏别人的幸福。我曾经在街上看到一个快乐的流浪汉,我问他你这么惨为什么还快乐,他说,明天总比今天更惨,所以今天要快乐,要好好享受生活。"

陈澍泽闭着眼睛,脑袋里响起了那个在冬日里笑呵呵的流浪汉。他为什么会快乐?凭什么自己一个几十亿资产的成功人士不快乐,而一个一无所有的人却有资格快乐呢?凭什么!想起这个的时候,他恨得脸上肌肉抖动,手臂青筋暴起。

"你知道我对他做了什么吗?"

"什么?"李川讷讷地问。

"我花了三年时间来策划,一步步让他'偶然'地成为一家公司的总裁,享尽富贵,受人尊敬,还给他安排了一个美丽贤惠的妻子。然后,一夜之间,我让这一切都消失了,他再次一无所有。

"你知道那个流浪汉的下场吗?他自杀了!"陈澍泽嘿嘿地笑

起来,"你看看,多可笑啊!他曾说要好好享受生活,而一旦他接触了荣华富贵,就再也不肯重归那种处境。当时我就在现场,我看着他把绳子套在自己脖子上,看着他眼珠翻白,喉咙被勒断,看着他因身体悬挂而导致脱肛,屎尿流了一地。哦,那是多么美丽的场景啊!我兴奋得不能自已。这种兴奋比钱,比权势,甚至比性爱都更加强烈!从此,我就迷上了这种感觉,像一个导演,把别人当作自己的演员,导出一部部悲剧来。在你之前,我已经有五部这样成功的作品了。"

李川筛糠似的发着抖。陈澍泽儒雅的外表下,藏着可怕的畸形病态,而自己,已经成了他宣泄控制欲的棋子。

"所以,你现在明白了吧?我刚接触怜草确实是因为生意,但知道你们的幸福婚姻后,我的牙齿又痒了。"他把脸贴在李川耳边,表情狰狞,语气却温柔无比,"听,听到没有,牙齿的碰撞声?咯咯咯咯,就是这样,它们在告诉我,不能纵容你们的幸福。所以我杀了你妻子,然后成了你的朋友,帮你走出困境,接下来,我又让你一步步发现我是凶手。你失去了一切。对了,还有你的研究,没关系,反正研究已经快完成了,我会找人接手,把你从实验室里踢出去。"

李川惊恐地后退。他叫陈澍泽来,本来是打算当面对质,希望看到陈澍泽害怕后悔的样子。但现在,形势完全反了过来。他被陈澍泽的疯狂和变态威慑住了,内心绝望如死灰。

"我已经说得足够多,该留下你独自品味孤独了。"陈澍泽把衣冠整理好,走到门口时又停下了,"对了,我杀怜草的时候,她跪在地上求我,说她肚子里有孩子,说她爱你。她说得很动情很感人,我都差点儿哭了。所以,我勒她脖子的时候,更加用力。"

| 未来 ——．

九

李川躺在冰凉的地板上，呆呆地看着阴暗的天空。

这个夜晚没有星星，只有风在城市的上空呼啸，浓云积压，空气越来越凝重。

陈澍泽之所以把一切都告诉李川，如此嚣张，如此有恃无恐，就是吃定了李川没有丝毫还手之力。而他也有这种资本。他是商界精英，在政坛上也有足够的影响力，挥手成风，覆手遮天，绝对能够俯视一个小小的研究员。

警察、法庭和舆论都帮不了李川，而陈澍泽全天处在保镖的陪伴下，不会给他可乘之机。无论是依靠法律，抑或是犯法，李川都没有机会给陈澍泽造成威胁。

一道枝状闪电划过天际，天地彻亮，万物颤抖。

这一瞬间，怜草的脸出现在云层之下，哀婉凄切，隔着空茫茫的夜空，与李川对视着。

"对不起，"他捂住脸，泪水顺着手指流出来，呜咽道，"我没用，不能给你报仇……"

一点凉意出现在他额头上，他以为是怜草的吻，但其实是雨。雨来自云层，划破空气，冲刷着这个城市。

无数雨点在李川身上敲击着，衣衫尽湿，全身冰冷。

"轰隆隆"，一阵惊雷乍响，如同猛兽嘶吼。这雷声比闪电和雨水更让世界战栗，即使雨夜漫漫，即使黑暗无边，总有人能够以昂首吼叫来对抗。

李川浑身一激灵，翻身爬了起来。闪电划过，他脸上雨水横流，但他的表情却已经不再是悲伤绝望了。

"如果你以为我什么都不能做,"他咬着牙,说话的声音很小,似乎一出口就被雨水融化了,"那你就错了。"

李川被雨淋后,就感觉到额头发烫,意识有些模糊。但他没有去医院,而是挣扎着来到了实验室。

这个消息传到陈澍泽耳中时,他笑了笑,挥手说:"让他做吧,他现在只能靠实验来支撑着活下去了,等完成了再一脚把他踢开。"

经过几天没日没夜的工作,李川终于把实验的收尾工作完成了。在给培养基注入最后一支试剂后,他直挺挺地倒在了实验室里。

李川晕倒了几个小时后,才被进实验室的同事发现,送到了医院。那个同事在出门的时候,眼角的最后一瞥里,看到了那棵已经培养成熟的柳树。

但他急着送李川去医院,没有仔细看,否则,他会发现柳树的枝条正呈现出一种诡异的扭曲状态。而地上,布满了断裂的木头。

十

恒发集团赞助的植物学研究取得了重大成果,为了实现产业化,以及谋求合作伙伴,董事会决定举办大型成果发布会。全国数十家媒体都被邀来,很多主流电视台会直播这场发布会。

而这时的李川,已经躺在了重症室,气若游丝,生命全靠营养液吊着。连着数天滴水未进,加上超负荷工作,以及原本就发烧的

| 未来 ——

身体，他的这场病来势凶猛，迅速掏空了他的身体。

陈澍泽知道重病中的李川肯定会看发布会，所以，他决定亲自主持现场。

那一天，会场里人声鼎沸，观众席爆满。陈澍泽站在舞台上，西装革履，笑容满面，轻轻一抬手，整个会场便安静下来了。

"感谢各位百忙之中来到这里，跟恒发一起见证科技史的伟大奇迹。"陈澍泽风度翩翩，背后巨大的全息屏幕轮番投影出人类史上不同时期的伟大发明，科技树开枝散叶，钢铁取代树木，天空海洋全部被占领，忽然，所有的画面定格，巨大的"THE NEXT？"英文字母横在中央。"科技给了我们一切，让我们把身上的树叶换成了西装，把石头换成了轿车，把猛兽换成了老婆。"

全场发出哄笑声，相机咔嚓不绝，无数镜头对准台上这个男人。

陈澍泽满意地点点头，说："现在，容许我介绍本世纪最伟大的科技成果。一百多年来，植物对外界的反应始终是科学界的争论，有人说是应激反应，有人说是情感表达。在这里，我们恒发集团，终于能够荣幸地对这个问题做出解答——植物拥有着不逊于人类的自我意识！"

尽管在邀请函上写明了发布会的内容，但陈澍泽这么郑重地说出来，还是在会场引起了巨大的波澜。议论声此起彼伏，喧哗不绝。

"口说当然无凭。"等窃语声平息之后，陈澍泽打了个响指，灯光俱灭，黑暗笼罩。观众仰着头，但等了许久也不见下文，议论声又如潮水般涌起。

"哗"，一道聚光灯倏然罩下，观众们睁大了眼睛，只见灯光之下，是一棵枝叶招展的柳树。它高约两米，十几根枝条垂地，种在一坛巨大的培养基里,在强光下,它细细的叶子呈现出漆黑的色泽,如同被染上了一层墨汁。

"这就是我们研究出的第一棵被解放了意识的植物。它突破了细胞壁的桎梏,能最大限度地表现智力与感情,而且经过了特殊处理,它的枝条更具韧性。"说到这里,他吹了声口哨,工作人员立刻捧上来一个足球,"在从商之前,我玩过一段时间的足球,几十年了,不知道生疏没有。"他用脚拨了拨球,突然来了个漂亮的勾球,足球腾空,下落时又被他的大腿轮番接住,几十个来回之后才落回舞台。

虽然对他的用意感到费解,但观众还是为他灵活的脚法鼓掌。

"好,来个射门!"话音未落,他抬脚就射,足球呼啸着飞向柳树。不知是他准头不好还是故意射偏,球没有正中,而是以几厘米的距离擦着柳树飞过。

就在观众感到遗憾时,柳树枝条突然动了。它像是长了眼睛,柳条扬起,准确地卷住了足球,然后又向陈澍泽掷来。

前排的观众被惊得站了起来,闪光灯几乎连成一片。

陈澍泽单脚接住足球,反踢回去。柳树又用枝条把球扔了回来。就这样,足球在所有人震惊的目光里呼啸,在台上来回滚动。

足足过了五分钟,陈澍泽才翻脚踩住足球,轻轻喘息,说:"各位看到了吧?这棵柳树没有眼睛,没有手脚,但聪明而且准确。要是在足球场上,我们派十一棵这样的树出赛,说不定国足早就出线了。"

这次却没有人哄笑,因为所有人都沉浸在震惊里。

"当然,我们不能忘了为这项发现付出了巨大努力的人,"陈澍泽扬起手,顺着他的手臂方向,一个有些拘谨的年轻人走出来,"他叫赵唐,是植物学家,正是他多年如一日的钻研,才使得这项发现

未来 ——

被世人所知。"

年轻人弯下腰,向观众鞠躬。如潮的掌声弥漫过来,聚光灯罩在他身上,音乐适时地响起,这一刻,无上的荣耀在他身上闪现。

市立医院的重症房里,李川看着电视屏幕上的一切。

画面又跳转到陈澍泽脸上。"你看到了吗?"他对着镜头,用唇语无声地说,似乎在凝视着李川。

李川握紧手里的东西,呼吸顿时急促起来……

嘀嘀嘀,床边的报警器响起,红灯一闪一闪。

自己导演的戏终于结束了。

陈澍泽的手止不住地颤抖,内心兴奋得如同山崩海啸,这种感觉,已经是第六次出现了。每一次都让他欲罢不能。

接下来,他只需要结束发布会,等着李川病亡的消息就够了。李川要是没死,那更好,就让他苟延残喘地活着吧,活在绝望和悲伤的阴影里。

"那么,本次发布会就到这里,各位媒体朋友可以近距离观察这棵……"他的话还没说完,背后突然传来了可怕的呼啸声,仿佛利刃在切割空气。他还没有反应过来,手脚和脖子就已经被什么给绑住了,跟着被拉扯到空中,动弹不得。

现场鸦雀无声,不知道这是发布会的安排,还是出了意外。

陈澍泽的身体缓缓旋转,看到了捆住他的东西。

是柳树。

此时的柳树,如同一个怒发冲冠的头颅,所有的枝条都张开了,其中七八条死死地勒住了陈澍泽。他之前说得没错,柳枝拥有了可怕的韧性,看上去没有手指粗,却能把他举在空中。

几个工作人员感觉到不对劲,纷纷冲上来,但都被柳枝给抽得后退。他们在对讲机里呼叫保安,让他们带刀上来。

柳树丝毫不惧,将陈澍泽越举越高。同时,一根枝条在树干的某个地方按了一下,一阵声响顿时飘荡出来。

"即使你拥有权势,也不能任意践踏别人的幸福。"这是李川的声音,虽然微弱,却坚定如磐石,"即使我一无所有,也能让你付出代价。"

陈澍泽第一次感到了恐惧。

他浑身战栗,牙齿打战,嘴里发出类似呜咽的声音。他没有想到,李川把最后的复仇筹码放在了这棵柳树上。李川算准了陈澍泽会亲自主持发布会,就在那几天拼命工作,给柳树下达了指令。他相当于柳树的父亲,对植物意识了若指掌,做到这一点并不难。

李川放在树干里的录音一结束,柳条就收紧,咔咔,陈澍泽清晰地听到了自己手脚骨头断裂的声音。

保安已经提着刀冲上了台。台下一片混乱,记者们举着摄像头,把这一幕拍进了镜头。

原来,他是要当着全世界的面杀了自己啊!

陈澍泽的这个念头还没有完毕,柳条就猛然向外拉张,这一瞬间,他的手脚和脖子都传来了撕裂的剧痛……

这五马分尸的场面当然没有被播出来,千钧一发之际,电视台

▎未来 ──

切进了广告。

但这已经够了。

"谢谢你……"市立医院里,李川缓缓闭上眼睛,眼角沁出了晶莹的液体。

他一直紧握的拳头松开了,一抹翠绿色从手中袅袅滑落。有风从窗外吹进来,把这片柳叶卷起,在空中打转,掠出窗子,飞到了窗外那一片明净的天空里。

尾声

老人把最后一支烟抽完,说:"嗯,大概就是这样,你信也好,不信更好。"

"啊?"我已经完全沉浸在故事里,好一会儿才回过神来,"后来怎么样了?"

"没什么后来。怜草死了,陈澍泽死了,李川的病没有治好,也死了。"

"那棵柳树呢?"

"它当然被恒发集团的人毁了。从那之后,政府就禁止了植物意识的研究——我们还没有准备好跟具有自主行动能力的植物在同一颗星球上相处。"

我看了看天色,昏黄色的天空下,已经有暮色沉下来。几只晚归的鸟在天空掠过,秋风起落,黄叶卷行。

"今天打扰了。"我站起来,同老人告辞。老人摆摆手,倚在树旁,把眼睛闭上了。

我转身离开,许多树叶在我脚下摩挲着。周围的墓碑在一片萧瑟秋风中静默地站立,如同在仰望秋空。

快走出墓园时,我突然想起一个问题:为什么老人会知道得这么详细呢?

转过头,我看到了老人倚在树上的身影。他两鬓斑白,佝偻着身子,一动也不动,似乎在倚树而眠。而柳树光秃秃的枝条轻轻扬起,在老人背上拂过,像是在给予他安慰的老友。

我顿时明白了什么,笑了笑,转身走出墓园。

赵海虹 —— 桦树的眼睛

万物有灵

未来

　　实验证明,音乐对植物的生长有明显的影响,青年女科学家瑟瑟进一步发现了植物也有情感。然而,她却突然死于"心肌梗死"……

　　瑟瑟姓许,是一个文静的女子。她不仅是我少年时代的好友,成人后亦是我难得的知交。

　　瑟瑟是一个很好的说话对象。她很有耐心,即使我接连几个小时滔滔不绝地发牢骚,她也会一直面带微笑地倾听。

　　她是研究植物学的,拥有一个设备完善的个人研究所,房前还有一片白桦林,四季风景如画。她细心地照料自己的植物,连同那片小树林,并用无比的耐心等待它们的回应。

　　她很早就说过,植物也是有感情的。

　　许多人对此都付之一笑,包括顾世林。

　　顾世林与我俩是青梅竹马的老朋友,我们三人从小就是邻居,时常一起到海边拾贝壳、堆沙堡。我们缘分不浅,又在同一所小学、中学读书。成人后,我当上了世界畅销周刊《默》的海外记者,周游列国。世林定居香港,只有瑟瑟仍留在北方的海滨城市A市,从事默默无闻的研究。

瑟瑟的表情总是平静如水，只有两件事能让她平凡的脸生出光彩。头一桩是在她说到植物的时候。

她说，清代《秋坪新语》中有记载：当夜深人静时，有个叫侯崇高的读书人在他"异彩奇葩、灿烂如锦"的菊花书斋中，弹起了悠扬悦耳的古曲。没有多久，四周的菊花"闻琴起舞，簌簌乱摇"起来。这时，"风静帘垂，纹风不进。"为什么菊花会"动"起来呢？侯崇高停指歇弦，菊花安静如常，复弹则又摇动，吓得他推琴而起，不敢再弹了。这种现象，过去一直被认为是无稽之谈，现在则被一些科学实验所证实了。

每当提到这类事情，瑟瑟便脸色微红。有一次，她还兴致勃勃地说："我这儿有许多资料：印度做过植物对音乐反应的实验，发现一种'拉加乐'可以使水稻、花生、烟叶的产量大幅度提高。N国也做过一个实验，在两间长着西葫芦的屋子里分别播放摇滚乐和古典音乐，结果放摇滚乐那间屋子里的西葫芦背向收音机，而播放古典音乐那间屋子里的西葫芦的茎蔓则缠绕在了收音机上。可见，植物也有喜欢和讨厌的感情，是吧？"

那时瑟瑟的表情，让我看了忍不住也兴奋起来，进而也对植物产生了兴趣。

还有一种情况是当她提到顾世林时，语调中总有种深切的关怀，眼波流动，透出浅浅的温柔。我若是男人，见到这样的姑娘，一定会怦然心动。

但顾世林是个傻子，这么多年也未看出瑟瑟的心。我曾想告诉他，但瑟瑟不答应。

"你不让我说，那你自己告诉他呀！"

未来

"他呀,他已有了所爱的人。"

我闻言一呆,顿时为瑟瑟伤心起来。此后,大家分散到各地工作,我也再没有机会为瑟瑟做些什么。或许,当时我应该告诉世林?

2006年12月9日,也就是两周前,许瑟瑟死于心脏病,年仅二十七岁。

瑟瑟的未婚夫白朴立刻打电话通知了在N国定居的我,但我直到今天才处理好手头的事务,赶到A市。

下午3点,我刚下飞机就给白朴打了电话。

"喂,请找白朴先生。"

"我就是,你是陈平吗?我分辨得出你的声音。"

"是的,我刚到A市。瑟瑟她……"

"对不起,无法让你见她最后一面。前天……把她火化了,骨灰已葬在海滨公墓。"

"我想看看她。"

"嗯,我带你去。"

见到白朴的时候已近黄昏。海边的天色很美,天空好像喝醉了酒似的,天蓝中带着橘红。海风很大,呼呼的风声中夹着海浪拍岸的声音。一位身着灰色长大衣的男子,手里拿着一束白色的鲜花,静静地站在海边。他一见到我就迎上来问:"你是……"

"我是陈平。"我也分辨得出他的声音——低沉的男中音,"你好,白先生。"

"请叫我白朴。"

这是我第一次见白朴。半年前瑟瑟才在信中提起他,说他是她父母安排的结婚对象。她从不愿意细谈他的情况,只说他是她父亲的学生,在 A 市一家 N 国与我国合作的研究所工作。她说:"那人虽不讨厌,但也只是我父母喜欢的人,不是我喜欢的。"或许,她中意的男子永远只有顾世林一个。

"我带你去看瑟瑟的墓。"白朴转身向前走去。我回过神来,跟在他身后,不一会儿,就看到了那块嵌着瑟瑟二十七岁生日照片的白色大理石墓碑。

白朴把花放在墓前,一言不发。那是一束洁白的百合花。

"花一摘下来就失去了生命,瑟瑟不喜欢摘下来的花。"我忽然说。

"就算她不接受好了,但这是我的表达方式。"白朴的神情变了,目光中流露出他的痛苦,"她在乎她的植物,却不在乎我。"

我心中黯然,觉得他很可怜。但瑟瑟呢?她的感情呢?我望着瑟瑟的照片,年轻的瑟瑟,你爱情的秘密已永远埋在了地下。我的鼻子发酸,眼眶也禁不住湿润了。

"有件事我不太明白:瑟瑟是因心脏病发作而去世的,那么她应该患有先天性心脏病。但我和她是二十多年的朋友了,我从未听说过她有这种病,也从未发现她的心脏不好。"

"医院的检查结果是心脏病致死。医生也不明白,这么年轻的女性,以前没有心脏病史,怎么会心脏病发作。我希望他们能再仔细研究一段时间,但瑟瑟的父母不想再拖下去了。瑟瑟之死对他们而言是难以承受的打击,他们只希望让瑟瑟早日安息,不要再徒留人世供人解剖研究。"

白朴停顿了一下,继续说:"瑟瑟的父亲是我的恩师。我父母早亡,

未来

在北京大学就读时,许教授夫妇在学习上、生活上都给了我许多帮助。我毕业回 A 市前,他们告诉我,他们的独生女瑟瑟还留在 A 市,要我照顾她。言下之意当然很明白。"

"是这样,瑟瑟很少提这些。"

"我回 A 市后,和瑟瑟接触了一年。许教授夫妇还曾特地从北京赶来,希望我们能确定婚姻关系。可是,才半年她就……"

我转向白朴,抬头望着他,不想漏过他任何细微的感情变化,"那你,爱她吗?"

"我不知道。"白朴的目光顿时暗淡了,微锁的眉头似乎带着难言的忧郁,"她一心一意只为工作,我们见面的机会不多。而每次见了面,她不是谈植物的感情问题,就是怀念她逝去的少女时代,使我感到,我在她心中没有任何位置。陈平,其实我很早以前就认识你了。她常常说到你,讲你生活中的一点一滴,关于你的趣事仿佛特别多,使从未谋面的你在我想象中活生生地笑着、说着、生活着,以至于我和她一起时,常常觉得仿佛是在和你约会。"

这一瞬间我恨白朴。但听到瑟瑟是那样深情地怀念和我共同度过的青春岁月,我的心中又充满了甜蜜的哀伤。

白朴犹豫了一下,又说:"但是,从瑟瑟的回忆中,我总觉得还有一个男人的身影,从未离开她的身边,好像已经根植于她的心灵深处。我不知道那个男人是谁,但我清晰地感到了他的存在,明白只要有他在,瑟瑟的心中就永远不会有我的位置。"

说到这儿,白朴忽然转头背对着我,不让我看到他的表情,"我告诉自己不爱我的女人我也不爱她,我以为我做到了,可是……她死了,她再也不会对我说见鬼的植物情感,她再也不能对我讲述她的过去……我受不了这样!"

我的视线一下模糊了,我的悲哀与白朴的情感找到了契合点。我顿时觉得自己了解他了,自己完完全全地了解他了,包括他的悲伤、他的无奈、他的痛苦!

我哭了,极少在人前哭泣的我哭得泣不成声。白朴也哽咽着,泪水顺着脸颊往下淌。我从没想到我会看到这样的景象:我和一个刚刚谋面的男子在瑟瑟的墓前一同哭泣。

我们只有一个共同点:我们都爱瑟瑟。

快到家时已近8点。我在A市还有一套旧房,这次回国就住在这里。此时,我的情绪已经稳定下来,我掏出钥匙正要走进单元楼,耳边忽然响起一个熟悉的声音:"陈平,是你吗?"

我回过头,那人是顾世林。

"我接到你的电报就想来的,但手头还有一些紧急的工作,所以……"

"我也是今天刚到。我们都是成人了,不比以前那么轻松。三天后,我就要回N国,为太空英雄诺曼一家做专访。"

"我住在白桦旅馆,也是只预订了三天。我想你应该早到了,所以到这里来找你。"

我们绕来绕去,谁都没有吐出那个令人心痛的名字。

"世林……"我开了口,又说不下去。我能说什么呢?说瑟瑟对他的感情?

突然间他的目光变了,变得那么忧伤。他开始说瑟瑟,说我们三个人以前的故事,说到动情处,他握住我的手,泪水一滴滴落在

未来

我的手背上。我轻抚他的头,好像安慰一个孩子。我的悲哀已在今天下午瑟瑟的墓前痛痛快快地倾泻了出来,与白朴共同分担了。现在的我没有哭泣,只在心中哀哀地叫着:"瑟瑟呀,瑟瑟呀——"

第二天清晨,我带顾世林去海滨公墓为瑟瑟扫墓,之后我又独自赶到市红十字会医院了解瑟瑟去世时的具体情况。

"瑟瑟被送到医院时,心脏就已停止跳动。当然,我们还是尽力抢救,希望能出现奇迹,但最终没能抢救过来。她的死因是心肌梗死,而她以前从未有过心脏病史。她的未婚夫倒是提出要查清病因,我们也希望家属能贡献瑟瑟的遗体供解剖研究,但她的父母不同意。"

我完全理解伯父伯母的心情。女儿已经死了,再也活不过来了,何必再让她受苦呢?

"是否有可能是药物引起的心肌梗死?据我所知,尼古丁就能造成中毒者心肌梗死,在短时间内死亡。"

"是有这样的药物,但经过我们的仔细检查,病人死前从未注射、服用过任何有害药剂。"

我总觉得瑟瑟的死亡像非正常死亡。那么难道这是谋杀?如果是谋杀,那就必定有凶手和谋杀动机。与世无争的瑟瑟,她的存在会威胁到谁的安全呢?我决心弄个水落石出。

下午,我又去了瑟瑟的个人研究所。两年前,我回国休假时来过这里,此次故地重游,却已物是人非。

研究所坐落在郊外,规模很小。研究所不远处有一片白桦林,瑟瑟把林子也布置成实验区,在那里安装了一些实验设备。

"这些白桦树都是我的朋友!"瑟瑟的笑语犹在我耳边回响,让我想起"人面不知何处去,桃花依旧笑春风"的诗句。

瑟瑟喜欢白桦树,她说桦树干上的黑色斑块像无数双友善的眼睛。

"这是你的眼睛,像不像?"瑟瑟仿佛正站在我身边,指着一棵白桦树说,"我常常站在这儿看着它,就像看到了你一样。"

此刻漫步林间,每一棵桦树上似乎都有无数只眼睛在闪动,每一只都像是瑟瑟的眼睛,温柔美丽的眼睛。阳光透过枝叶照进林间,在碎石小径上洒下点点跳跃的金斑。本来是晴朗无风的天气,桦树的枝叶却在微微颤动,发出瑟瑟的声音,空气中仿佛飘荡着一股令人怀念的气息。瑟瑟已匆匆离去,离开了她热爱的生活,离开了她热爱的世界。但为什么此时此刻,我却感到她还活着,与那桦树林一同在我身边低唱?我的心中涌起难言的情感,有怀念,有悲哀,还有追忆往事时的怅惘。

小路的尽头就是研究所,那是一排乳白色的平房。所有的房间都是互通的,只有一扇对外进出的门,使用二十字密码锁。整个研究所有严密的保护措施,如果不通过正门,绝对无法进入其中的任何一间。

我忍不住敲了敲正门,好像瑟瑟还会像两年前那样喜出望外地开门迎接我。

我一声声地敲,一声声地唤:"瑟瑟,瑟瑟,开门呀!"

没有回音。泪水顺着我的脸颊往下流,我的手无力地垂下来。我这才完全醒悟了——瑟瑟死了,我最好的朋友真的死了!

我的目光停在那锁上,我恍惚看到了有一行字:"输入既定的二十个数字。"我的脑海中飞速掠过一些印象,随即蓦然想起瑟瑟的最后一封信:"平,还记得我们三个共同毕业的日子吗?请牢牢记住。"

未来

我们，我、瑟瑟和世林，我们共同毕业的日子。小学毕业日：1991年6月30日；初中毕业日：1994年7月3日；高中毕业日：1997年6月21日，刚好是二十个数字。是巧合吗？

我用颤抖的手指输入了这二十个数字，仿佛冥冥中受着瑟瑟的指引。我有一种预感，如果能打开这扇门，我一定会有极其重要的发现。

咔嗒。门果然开了。

研究所共有十三间房，我感兴趣的仅有两间：瑟瑟的卧室和中心实验室。

瑟瑟的卧室不大，只有很少几件家具，摆放得很整齐。瑟瑟死后，无人打扫，家具上都蒙着一层薄薄的灰。瑟瑟一向独处，这间卧室只有我两年前来过。据她的来信说，连白朴都从未获准进入过。

床头的书桌上摆着一个镜框，放着一张瑟瑟、世林和我高中时的合影。我深深体会到了瑟瑟对世林默默付出的爱情。

我又试着打开了书桌抽屉。我相信是瑟瑟召唤我来查明一切，她告诉我"我们三个共同毕业的日子"肯定不是无心的，我一定要把她托付给我的事办好。

一张放在抽屉深处的画片吸引了我的注意力。仔细一看，原来是从一本杂志上剪下来的"青年植物学家白朴"的照片。我一下呆了。

白朴，瑟瑟的心中也未尝没有你的位置呀！确实，性格内向的瑟瑟会向白朴讲述自己的过去，本身就说明她没有对白朴紧闭自己的心扉。

我缓缓地把画片放进提包。我想把它交给白朴，这也许能令他得到一点儿安慰。

紧接着，我又走进中心实验室。两年前我曾在这里消磨过两天时光，瑟瑟教会了我几种仪器的简单操作方法，我最喜欢"玩"的是植物情感变化测定仪。

20世纪，许多世界知名的植物学家都做过关于植物情感的实验。如"植物对痛苦感受"的实验：把植物根部置入热水中，从仪器中立即传出植物绝望的呼叫声。又如"植物与记忆力"的实验：把两种植物并排置于屋内，让一个人当着其中一株的面毁掉另一株，然后让这个人混进由六人组成的队伍依次走过来（这些人全部戴着面罩），当毁坏植物的人走过时，那株活着的植物便在记录纸上留下强烈的信号指示。由此可见，植物不仅有喜怒哀乐，而且也会表露感情。

瑟瑟设计制造的植物情感变化测定仪比20世纪的任何同类装置都要先进，在当代也属世界前列。这台仪器与桦树中的若干台观察仪相连，可以接收到桦树感情波动的信号。仪器还与智能电脑合为一体，具备多种功能，操作方法比较简便。此时，我又试着开动测定仪，仪器的显示屏上立刻出现了许多信号。我忽然想道：既然这台测定仪以前每天二十四小时不间断地接收桦树林中观察仪发出的信号，并自动储存记录，那么，我应该可以查到瑟瑟死亡当天桦树的感情信号。瑟瑟是在桦树林中突然"发病"死亡的，也许我能从中找到什么线索。

我按下"人机对话键"："我要看今年12月9日晚10点至11点桦树林实验区的信号记录。"

显示屏上出现了无数条波动的线条，刚开始是剧烈地上下波动，不久变为激烈颤抖的线条，如同病人心脏病发作时的心电图。

| 未来 ──.

我倒吸一口凉气，继续命令："总结这一时期桦树林观察区的信号变化，并进行'情感辨识'。"五秒钟后，我看到了这样的字样：

"忧虑—愤怒—仇恨、恐惧、痛苦—极度的悲哀。"这就是那晚 10 点至 11 点桦树的感情变化过程。

我的疑虑被证实了。根据这样的记录，瑟瑟只能是被谋杀的。从颤抖的线条中，我仿佛看到了凶手与瑟瑟激烈的争执，看到他要伤害瑟瑟，瑟瑟极力挣扎，凶手得逞，瑟瑟死去……

瑟瑟，相信我，我一定会找出真凶，将他绳之以法！我一定会为你雪恨的！

可我在 A 市只有两天时间了，却对凶手以及谋杀的动机、方法一无所知。公安部门不可能将仪器显示的结果作为瑟瑟死于谋杀的证据而立案侦察，我只有靠自己了。

"请显示今天下午 3 点至 3 点 20 分桦树林实验区的植物感情变化。"这是刚才我通过白桦林的大概时间段。如我所料，显示屏上出现的是微微波动的线条，如同春天的湖水泛起的轻波细浪，辨识结果："友好，轻度伤感，怀念。"

我为这新的测试结果喜不自禁，无意间触动了一个按钮。显示屏上的图像变了，又出现了起伏很大的线条，不仅频率高，而且波强远远大于刚才。我大吃一惊，看清显示屏上同时显示出 4 点 38 分的时间。是桦树林区此时此刻传来的信号，发生了什么事？

情感辨识：极度反感。

一个念头疾速在脑际产生：凶手来了！凶手正穿过桦树林向这里走来！

正在这时,我听到敲门声。

瑟瑟不喜欢门铃,她说门铃声对她和植物都是一种有害的刺激。因此,她在研究所内装上了"回音"设备。那种设备使来人的敲门声和呼唤甚至说的话都能清晰地传到研究所的每一个房间。这时,我还听到了这样的话:"有人在吗?我是CN研究所的马吕斯博士,与这里的前任研究者许小姐有些业务上的往来。如果你是下一任研究员,我想跟你商量一下以后的合作,以及上月交换的实验植物的问题。"

CN研究所?这是白朴工作的研究所呀!这个马吕斯是否就是白朴的合作者?

"有人在吗?中心实验室有人吗?"马吕斯继续问。

是灯,我开着的灯暴露了我的存在。我该怎么办?我的心中迅速转过千百个念头。

如果这个马吕斯是凶手,他杀害瑟瑟的动机是否与植物研究有关?

CN研究所是N国与我国合办的植物研究所。N国的学者为什么要到我国来研究植物?今天上午从医院回来,我顺便做过调查,CN研究所仿佛正在研制一种什么生化制剂。

我在N国几年的工作中,触及过这个国家各个层面的黑幕,深知这个国家的科研、文化、体育活动等都渗透着政治目的。近年来,新闻界多次揭发N国采用与别国合作的形式秘密研制生化武器,一般由N国出资,合作国提供场所,以避免污染N国的环境。如今把生物制剂与N国相连,我脑海中冒出的第一个念头就是——生化武器!

我一下子兴奋了起来:假设N国的马吕斯以合作之名,暗中研

| 未来

制新型生化武器,并未让合作者白朴察觉,却被瑟瑟发现,她甚至掌握了他研制生化武器的证据,他是否就有充分的理由杀害瑟瑟?

绝对有!马吕斯很可能就使用了他新研制的生化制剂——这用一般的检测方法是无法发现的——杀害了瑟瑟。

如果事实真是如此,那么,既然瑟瑟已死,他的罪恶又不为人知,他为什么还要到这里来呢?他要寻找什么?是不是这里留有他的犯罪证据,比如:瑟瑟先前所掌握的他研制生化武器的证据?

想到这儿,我的目光飞快地在实验室中搜索。突然,我捕捉到了一抹不协调的色彩。那是一个很小的瓶子,瓶口密封,瓶里盛着大约二十毫升的液体,瓶身上半截是红色,下半截则是透明的。由于瑟瑟喜欢白色,中心实验室中使用的器具除透明的以外仅有白色,所以那一抹红就特别醒目。或者可以这样想:这不是瑟瑟实验室的药剂瓶。

敲门声停了,也许马吕斯已经离开,或者守在门口,危险还未解除。我打算暂时躲一躲,并利用这段时间更细致地调查一下。

我把小瓶子放在掌心仔细地瞧,发现瓶上还贴着一个小小的标签,上面写着"Danger"(危险),瓶底玻璃上浮出浅浅的"CN"字样。它使我对马吕斯就是谋杀瑟瑟的凶手的想法深信不疑了。但我该怎么办?马吕斯也许还不知道谁在这里,可如果我走出研究室,他必定会跟踪我的。而且,很可能他事先就从白朴那儿知道我与瑟瑟是最好的朋友,我一到A市他就注意我了,怀疑瑟瑟告诉过我什么。至少,他现在已知道我能开启密码锁,我掌握了他想要的密码!

马吕斯一定会有所行动,在此之前我必须采取主动。当务之急是查明小瓶中的液体,一旦证实它是一种可当作生化武器的新的原病毒，我将立刻通报国际组织，并与《默》总部联络。只要尽快把事实公之于众，马吕斯杀我灭口也就没有了意义。

我的心中有几种念头：一是为瑟瑟报仇，一是惩办这个制造生化武器的魔头马吕斯并声讨 N 国政府，一是为了自己的生命安全而斗争！我深知这事件幕后有 N 国的势力，斩草容易除根难，那将是另一场异常艰苦的战争。

这一瞬间，我胸中充满了战斗的勇气与力量，我不是孤独的，为瑟瑟讨回公道，将不是一场私人恩怨，而是与世界和平息息相关的重大行动。然而，此刻我一个人身在一间与外界隔绝的实验室里，身边都是冷冰冰的仪器与试管。研究所之外仿佛弥漫着罪恶与恐怖的气息，我内心深处有一点儿害怕，不，是非常害怕。

我的身体微微颤抖，我渴望得到谁的帮助，这时候我想到的第一个名字就是白朴。

为什么是白朴？也许因为他让我觉得，他是瑟瑟的男朋友，是一个可以信任和依靠的人。

我取出手提电话，正准备输入白朴的电话号码，耳边却又传来了马吕斯的声音——他果然一直等在门口："如果你现在不能见我，我还会再来造访。或者你用电话和我联系，我的号码是 57326389。"

随后，植物情感变化测定仪上的信号证实：他又一次通过了白桦林并消失了。

我相信，这一次他是真的走了。他大概已知道我的身份，不怕我会逃出他的手掌心。

| 未来 ──

我松了一口气,又拿起电话。不能找白朴——心里有个声音这样说。我犹豫了半晌,才按下顾世林的号码。

为什么不找白朴?因为他的电话很可能被马吕斯监听,他的一切活动,说不定也都受着马吕斯的监视。这个推理合乎逻辑。

"喂喂,我是顾世林。"

"是我,陈平。"

"平,我刚才去找过你,但没有找到。我有事要告诉你。我现在过来可以吗?"大概是感觉到我的犹豫,他做了解释,"是这样的。中午我接到一个电话,请我们两个明天上午9点一起去CN研究所。平,你去吗?"

CN研究所?"是谁打来的电话?"

"对方没有说明。他好像很急,只说请我们去就匆匆挂断了电话。不过,CN研究所不就是瑟瑟的未婚夫白朴工作的地方吗?也许是他请我们去的?"

"你打算去吗?"

"我想见见瑟瑟的未婚夫,看看他是个什么样的人。"

我飞快地思考着——如果是白朴打的电话,他一定会留下姓名。那么,会不会是马吕斯设下的圈套?

不,我们不能去!

但是,如果是白朴打的电话呢?这也不是不可能的。今天我在电话里对他说过,瑟瑟还有一位朋友到了A市,还把顾世林房间的电话号码告诉了他。也许白朴已猜到顾世林就是那个在瑟瑟心中占有重要位置的人,所以打邀请电话的时候,出于某种心理而没有自报姓名。

当然，假如是马吕斯的约会，我们去将会是很危险的。谋杀并不难，尤其是凶手掌握了不留痕迹的新式杀人武器。但这样也好，这正是一次我们互探虚实的机会。可我不能让顾世林去冒这个杀身的危险，我需要想个理由。有了，正好有一件事可以交给他去做。

"世林，拜托你一件事可以吗？"

"尽管说好了。"

"世林，你是知道的，我能留在这儿的时间只有两天了，可我还有其他事要做。明天上午，我本来应该去找一位化学家，请他帮我检验某种药品的成分，这是一件非常重要的工作。当然我更希望去 CN 研究所。"

"你的意思是——"

"明天我代表我们两个人去赴白朴之约，请你代我去找那位化学家，可以吗？"

"平！"世林在电话里的声音变得怪怪的，许是觉得我有点儿蛮不讲理吧！

"我们是老朋友了，就帮我这个忙吧！"

"平，我不是怪你提出的要求不合理。我想你这么决定一定另有原因，你为什么不告诉我呢？有问题我也可以帮你解决嘛！"

我的心中涌上融融暖意，世林对我的理解比我想象的还要深呀！但是那个原因我不能告诉他，否则他一定要孩子气地和我共同冒险。

"那么你是答应了？"我趁势问。

"是的。"世林的回答颇有几分心灰意冷。

| 未来 ——．

    我对他有些抱歉，但我不希望他涉险。他是我的好朋友，我没能救瑟瑟，我至少要救他。

    我把贴着"危险"标签的小瓶放进包里，站起身来，最后把实验室里各种实验器具细细察看了一遍。我事先并没有想到还会有新的发现，这发现后来改变了我的命运。

    那是一个白色大圆筒，打开盖子可以看到，筒里装有一个绿色的密闭容器，我认得这是一种恒温器，可以使容器内部保持特定的温度，而我手中的这个恒温器内部竟保持了零下六十七摄氏度的低温。筒内大约有五百毫升的液体。可以想象，这种液体在常温下呈气态。我盖上盖子，一字字地读出瑟瑟贴上的标签说明：桦树之酒——植物兴奋剂——现仅证明对桦树有效。

    那么瑟瑟成功了！

    她曾对我谈起她的设想：植物表达感情的方式很难被人类所察觉，但只要研究出一种能使植物兴奋的物质，把它们的情绪充分地显露出来，人类终究会认可植物也是有情感的。如果发明了这种物质，她要把它叫作"酒"。

    虽然这种"桦树之酒"只对桦树有效，但这发明已能震惊世界——这是植物的兴奋剂呀，能让我们的世界变成一个有更多的声音、更多的情感、更丰富、更快乐的世界。我要把这件事通知瑟瑟的父亲，他一定会为瑟瑟感到骄傲。我也希望他能以自己的国际知名度，帮助瑟瑟实现她生前的愿望——把"植物之酒"推上世界植物学研究的高峰，而瑟瑟的名字将被载入史册。

    当夜，我秘密地离开了瑟瑟的研究所。第二天早晨，我便把那可能盛放着新病毒的药剂瓶交给了顾世林，请他按我给的地址去找那位化学家。然后，我只身前往 CN 研究所。

CN 研究所占地不大，从外观上看与其说像研究所，不如说像一幢高级别墅。

迎候的人果然是白朴，我顿时松了一口气，悬着的心落到了实处。

"你好！"

"早上好。怎么，只有你一个人吗？"

"世林另外有急事要做，他让我向你代为致歉。"

"请进来坐。"我跟在白朴的身后走进实验大楼，"会客室在一楼，我的卧室在二楼，或者你想看看我的工作室？"

"不，我想去你的卧室说话。"我轻声说，"这幢楼里还有别的人吧？有些话我不想在会客厅里说。"

"这里还有我的合作者马吕斯教授和他夫人。"白朴望了我一眼，接着说，"那就按你的意思，到我卧室去吧！"

一进他的卧室，我立刻关上门，取出一个小如火柴盒的仪器，在房间里四处寻找起来。

"怎么了，你在干什么？"

"嘘——"我示意他噤声。大约五分钟后，我解除了警报。

"我怀疑你被别人监视，不过你的卧室没有装监视仪和监听器，我可以放心说话了。"我见他的神情变得十分严肃，忙继续道，"我待会儿向你解释。你请我和顾世林到这里来有什么事？"

白朴有些犹豫，他缓缓回答："我……其实我是想证明自己的一个猜想。嗯，就是想证实顾世林是否就是瑟瑟一直爱的那个人，我想看看他到底是什么模样。"

未来

"果然如此。"

"你总能了解我。"白朴笑了,他的微笑令人感到温暖,"所以我希望你也一起来。在这种情况下看到你,会使我不那么难过。"

我被他的话深深感动了。闲谈几句之后,我从包里取出那张从瑟瑟的卧室里找到的画片。

"这是瑟瑟的卧室里放着的画片,是你的照片。"瑟瑟虽然一直暗恋世林,但她终于也被白朴的真情感动了。这张暗藏的画片就如她深藏未露的情感,他一看就会明白。

他见状颓然跌坐在床沿,低垂着头,喃喃道:"我明白那句话了……我真愚蠢……"

"白朴,别这样,你应该高兴,她也喜欢你呀!"我不愿看到他颓唐的样子,这令我难受。

白朴抬头望了我一眼,那目光中有种我不能明了的感情,是幸福?痛苦?还是悔恨?不,我说不清那是一种什么样的目光。我忍不住在他身边坐下,轻轻拍拍他的肩膀,当年我也是这样安慰瑟瑟的。

"请你支持我。"他说。他紧紧握住了我的手。我感到他的手是冰凉的,和我一样。

"让我们互相支持吧!"我说,接着向他讲述了我昨天下午的经历。

我省略了关于植物情感变化测定仪的部分,因为白朴说过,他认为植物有感情的说法是荒诞的。我强调说明,从瑟瑟的实验室里藏有 CN 研究所的剧毒制品、瑟瑟的离奇死亡以及马吕斯的出现这三点,就可以推断马吕斯有很大的谋杀嫌疑。

"今天下午我就能得到化验结果，只要那确实是一种新研制的病毒，单凭这一点，我就可以报告公安部门和相应的国际组织。但我还需要你的帮助，白朴。"

白朴握着我的手在剧烈地颤抖，我相信此时，仇恨与愤怒也正在他的胸中沸腾。

我需要白朴的帮助，而且他必须这样做，他必须协助我及公安部门、国际组织的各种调查，证明自己的清白。不管怎么说，他也是 CN 研究所的一员，至少在研制生化武器上有难以洗刷的嫌疑。

"我明白了。"他望着我，恳切而坚定地说，"我会去察看马吕斯的实验室。今天下午你如果得到了肯定的消息，请马上告诉我。"

"如果证实了那种液体是生化武器原病毒，我打算约马吕斯今晚在瑟瑟的研究所会面。"

"是我们与他会面，同时，我会联系好本地公安部门把他当场抓获。马吕斯如果拥有特殊病毒，很可能会像杀害瑟瑟那样杀害你的。记住，我们要并肩战斗！"白朴说。

"好，我们并肩战斗。"我有些哽咽了。

"这件事你没有告诉顾世林？"

"没有。"

"那就别告诉他。这次行动太危险，涉险的人越少越好。"

"我也是这么想的。"

白朴深深地望了我一眼，仿佛了解了我所有的心意。他的嘴角露出一丝笑意："现在，把那二十字的密码告诉我好吗？"

现在是 12 月 25 日晚 7 点 20 分，我正坐在瑟瑟的中央实验室里

未来

等待白朴的到来。我的心情既紧张又激动,目光则停留在实验台上摆着的那个小小的药剂瓶上。

顾世林已为我带来了我想要的答案。这个看似普通的小瓶子中有一个可怕的魔鬼——一种类似艾滋病毒的新型病毒。它通过呼吸道和消化道感染,能使感染者自身的免疫系统在半个月内遭到完全彻底的破坏。这种病毒是以多种植物提取液加上动物激素化合而成,无色无味,是一种极其可怕的"隐形杀手"!

杀害瑟瑟的,应该是另一种毒剂,比起我面前的这种"隐形杀手",那种会使人心肌梗死的药物实在是"小巫见大巫"。而能研制出"隐形杀手"的人,绝对能够研制出那种相对"简单"的毒剂来。

我和白朴约好了7点半在瑟瑟的中心实验室会面,并约马吕斯今晚8点来此处。当然,白朴已通知了公安机关,从7点40分就开始对整个实验区实行监视。计划应该是万无一失了。

我现在的心情有如即将上战场的战士那么紧张和兴奋。

植物情感变化显示仪上的图像出现异状,有人进入了桦树林。是白朴吗?不,不是他。

桦树的感情变化是那么强烈,甚至超过了上一次马吕斯出现时的情况。屏幕上出现高频波状线,仿佛桦树颤抖的心,一如心肌梗死病人的心电图,连仪器本身也开始微微振动,并发出嗡嗡的声音。

"一模一样!简直一模一样!"我不禁叫出声来,脸变得煞白。这图像与瑟瑟被害时的记录极其相似。

我努力抑制自己心中的惶恐,对图像进行"情感辨识"。辨识结果:"极度的仇恨!"

极度的仇恨！难道是马吕斯提前来了吗？但为什么昨日与今日，桦树的情感变化会有这么大的改变？这不符合逻辑！

不，不，冷静，我要冷静下来。从头至尾想一想，我觉得遗漏了什么，我的推理和判断是在哪一步出现了错误？

植物感情变化测定仪上显示的不是"极度反感"，而是"极度的仇恨"。难道，马吕斯不是真凶？

也许……也许还有一种解释。

真凶另有其人？我从不敢这样想，我甚至不忍心做这样的假设。

如果我敢于在心里吐出那个名字，一切问题就很容易得到解释，因为这个人可以比马吕斯更方便地杀害瑟瑟。

我心里乱成一团麻，甚至不能思考下一步我该怎么做，直到我听到了那个人的声音："平，我来了。"

这一刻我如雷轰顶，心痛欲裂，全身战栗不已。

真的是白朴！马吕斯只是他的帮凶。而他居然叫我"平"！

他应该正在输入密码，他马上就要进来了！

我猛地跳了起来，把"隐形杀手"装进提包，又近乎下意识地带上那桶"桦树之酒"，迅速离开中心实验室，冲进走廊斜对面的另一间房间。

这大约是间书房，屋里一片黑暗。我背靠着关上的门，微微喘息，心猛烈跳动，几乎要从嗓子眼儿里蹦出来。

我听到了走廊上的脚步声，只有一个人，他一个人来的。对了，他并不知道有一种仪器早已暴露了他的真实身份。他也许还要演一场戏，骗回"隐形杀手"，然后，他的同伴马吕斯会到来，他们可

未来

以一起杀死我。

当然,不会有什么公安人员来协助我,我不会傻到此刻还指望白朴预先通知了公安机关。

我屏住呼吸,等待着白朴进入实验室的那一刻。这里所有的房间在每次开启后都会自动关上,我只等着白朴进入中心实验室,门一关,我就可以乘机离开这里,冲出大门,逃离研究所。

我把嘴唇咬出了血,带着一丝甜腥味儿。

随着咔嗒的声响后,又是嗒的一声——中心实验室的门关上了,我的等待已至尽头。我立即抽身出门,蹑足向走廊那一边的研究所大门走去。然而我疏忽了一点:书房的门也会自动关闭,那暴露了我行踪的轻轻一声嗒对我而言不亚于山崩海啸的巨响。我不能企望于白朴的迟钝,他一定听到了。我不再蹑足,而是飞也似的一口气奔出了研究所。

不知何时,屋外已下起了大雪,雪片如鹅毛般铺天盖地而来。没有风,但桦树林仍在颤动,想来是它们对白朴的仇恨之情尚未平复。

我奔入林中,在那条林间小径上拼命地跑着。

白朴追上来了,他急促的脚步声与越来越近的呼吸像原始部落祭祀之夜的死亡鼓点。

他马上就要追上我了,逃是逃不掉的。我要赶快想个办法,不然就只能引颈受戮。

提包里有件东西沉沉的,影响了我奔跑的速度。对了,那是"桦树之酒",这种低温存放的植物兴奋剂一旦脱离低温环境就会立刻汽化。

我站住了，每每在最紧张的时刻我会突然镇定。我取出"桦树之酒"，打开白色圆筒，又小心地打开内层恒温瓶的瓶盖。仅仅半秒，瓶中就腾出一阵水汽，在雪光的映照中仿佛闪着绿色的荧光。水汽散得很快，随风飘向林中的每一个角落。这时，白朴已到了我的身后。

我盖上两层瓶盖，"桦树之酒"大约还剩一半，我希望自己还有机会把这剩下的一半交给许教授。

"平，是你吗？"白朴问，"你在做什么？"

我把"桦树之酒"放回提包里，回身面对着他。

"平，你为什么躲着我？我们不是事先约好了……"

我只是望着他，无法提出可以自圆其说的借口。悲愤而痛苦的目光早已暴露了我心中的秘密。

"原来如此……"他喃喃地说，脸色也变了。

也许是我的幻觉，我觉得此刻桦树颤动得更厉害了，枝叶相击发出哗哗的响声。桦林仿佛正经受着龙卷风的袭击，连树干也开始摇晃起来。

白朴从大衣口袋里掏出一个小瓶，大约是某种喷剂。

"你都知道了？是的，是这么回事。瑟瑟发现我和马吕斯合作研制生化武器，还掌握了我们的犯罪证据，她约我在这个地方会面，逼我向公安部门自首。她把我逼得太紧了，我没有办法，只能杀了她。马吕斯没有出手，他只是冷眼旁观，看我执行任务。"

我没有流泪，我唇上的血也凝固了，我的心早已冰冷。我只是说："我真愚蠢。"

"我才真正愚蠢。如果我早知道她对我的感情，或许我会有别

| 未来

的选择。"白朴摆弄着手中的喷剂,好像还没有对我动手的意思,"我一直恨她对我毫不在乎。现在想来,如果我当时选择自首,即使入狱她也许都会等着我。我自小孤独,一无所有。马吕斯给了我一笔巨款,我想金钱或是爱情我至少该拥有一样吧?昨天你告诉我她对我的感情,我才真的后悔当初的选择了。"

桦树树干开始左右摇摆,在我们身边发出可怕的哗啦哗啦的巨响。我的心中萌发出希望,但也未尝不为这种景象感到害怕。

白朴却依然不在意,他从不相信所谓的"植物情感"。他伸手拉我,我想甩开他的手,但他用右臂把我紧紧抱在怀里,左手已把那瓶喷剂凑到我的面前。

我不敢挣扎,我怕挣扎时屏不住呼吸会吸进什么可怕的气体,我知道如果那样,我会像瑟瑟一般死去。心肌梗死,不留痕迹地死去,公安部门即使怀疑也找不到证据。

"我没有骗你。"白朴用一种异常温柔而此刻却令我毛骨悚然的语调说,"第一次见面时,我说的是真话。我很早就认识了你,甚至很早就喜欢你。但这一次我没有选择了,我们之间只有一个人可以活命。"

我心里说:"他就要喷毒气了,他就要喷毒气了!"

此时,整个桦树林已如地狱,四面充斥着可怕的声音,摇摇摆摆的大树,纷纷折断坠落的枝叶,鹅毛般的雪片,仿佛都是有生命的,全都一起在我们身边怒吼!不,不仅仅是这样,它们也要战斗!

我们身边的几棵桦树更是摇摇欲坠,我们仿佛置身于即将倒塌的大厦底层。白朴也好像意识到了什么,他一手死死抱紧我,不让我逃脱,一手把喷剂对着我的面部狂喷。

我紧闭着嘴，屏住鼻息，甚至闭上眼睛。我害怕极了，我不知道自己还能强忍多久，再这样下去我没被毒死就先窒息了。无论是怎么死，我都已看见死亡的大门向我敞开……

忽然间，我听到轰隆一声巨响夹着一声惨叫，抱着我的手臂松开了。

我睁开眼睛，只见白朴倒在地上，一棵粗大的白桦树重重地压在他的身上。不仅如此，还有三四棵桦树剧烈地摇摆着，接二连三地倒在他的身上，发出一声声的轰然巨响。这是桦树的愤怒。

风停了，雪停了，桦树林里静悄悄的。有人在虚弱地呻吟着。

我缓缓走到白朴身边，蹲下身子，以悲喜交加的心情默默望着他的脸。他的头受了重击，血流满面。虽然映着地上的雪光，我却仍然看不清他的表情。

他就要死了，救不活了，他口中仿佛还喃喃地说着什么。我凑近他，想听清他最后的话。

"瑟瑟，那是瑟瑟的眼睛，到处都是……"

我抬头看，黑暗的林中仍可见到桦树干上无数的黑斑，仿佛无数只眼睛。

现在是 7 点 39 分。白朴已停止了呼吸。

马吕斯不久也会来吧？不要紧，我已向公安局报了案，他们即将赶到现场。

明天下午我就要回 N 国去，相信不久就可以在世界各大报刊上看到关于 N 国在我国开设研究所研制生化武器并被当地公安机关破获的新闻。这些将给 N 国的生化武器计划带来沉重的打击，不过，

未来

瑟瑟和白朴的名字将不会见报。

　　明天,我又得离开 A 市了,离开我亲爱的故乡。我想再见世林一面,和他好好谈谈,再一次追怀我俩和瑟瑟共同度过的美好时光。

　　我隐隐听到了警车的声音,仿佛落幕的铃声,宣告又一个故事将要结束。此刻的我,忽然想到两天前初见白朴的时候,昏暗的海边那迷人的天色⋯⋯

　　我轻声对着天空说:瑟瑟,你可以瞑目了!

　　一颗泪珠滑过我的腮边。

版权专有 侵权必究

图书在版编目（CIP）数据

异种入侵/ 王晋康等著.—北京: 北京理工大学出版社, 2017.6
（2018.4重印）
（虫·科幻中国）
ISBN 978-7-5682-3943-1

Ⅰ.①异… Ⅱ.①王… Ⅲ.①科学幻想小说-中国-当代 Ⅳ.①I247.5

中国版本图书馆CIP数据核字(2017)第079975号

出版发行 / 北京理工大学出版社有限责任公司	
社　　址 / 北京市海淀区中关村南大街5号	
邮　　编 / 100081	
电　　话 /（010）68914775（总编室）	
（010）82562903（教材售后服务热线）	
（010）68948351（其他图书服务热线）	
网　　址 / http://www.bitpress.com.cn	
经　　销 / 全国各地新华书店	
印　　刷 / 北京兰星球彩色印刷有限公司	
开　　本 / 880毫米×1230毫米　1 / 32	
印　　张 / 8.75	责任编辑 / 孟雯雯
字　　数 / 186千字	文案编辑 / 孟雯雯
版　　次 / 2017年6月第1版　2018年4月第3次印刷	责任校对 / 孟祥敬
定　　价 / 39.80元	责任印制 / 李志强

图书出现印装质量问题，请拨打售后服务热线，本社负责调换